KB234198

겨울의

Winter's
Lover

연인

겨울의 연인

초판 1쇄 찍은 날 | 2013년 2월 18일
초판 1쇄 펴낸 날 | 2013년 2월 22일

지은이 | 유지니
펴낸이 | 예경원

편집 | 유경화

펴낸곳 | 예원북스
등록번호 | 제396-2012-000132호
등록일자 | 2012. 7. 25
YRN | 제1-0016호

주소 | 경기도 고양시 일산동구 무궁화로 8-28 삼성메르헨하우스 712호 (우) 410-837
전화 | 031-819-9431 팩스 | 031-817-9432
http://cafe.naver.com/yewonromance
E-mail | yewonbooks@naver.com

ⓒ 유지니, 2013

ISBN 978-89-98102-19-7 03810

겨울의

유지니 장편 소설

Winter's Lover

YEWONBOOKS
ROMANCE STORY

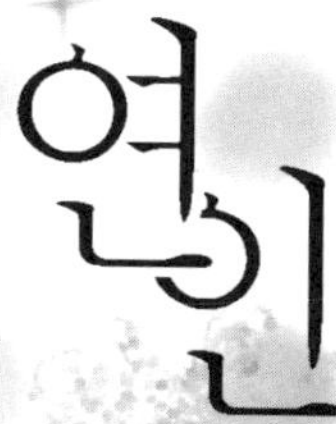

연인

"오빠도 엄마 기다려?"

계집아이는 그가 열 살 때까지 할머니라고 부르던 사람과 똑같은, 검은색에 가깝지만 보랏빛을 띠는, 한국인에겐 아주 희귀한 묘한 색의 눈동자를 갖고 있었다. 그 꼬마 계집아이의 눈이 그가 아는 사람의 눈빛과 똑같다는 것을 깨달은 것은 놀이터의 벤치를 차지한 지 한 달쯤 되어서였다. 두 갈래로 머리를 땋은 계집아이가 쭈뼛쭈뼛 다가와 그렇게 물으며 인환을 향해 방긋 웃었을 때, 인환은 잠시 굳어버렸다.

'할머니!'

계집아이와 똑같은 눈빛으로 그를 보던 할머니가 기억나자 그 뒤를 이어 많은 기억들이 줄 지어 떠올랐다. 할머니, 부모, 그가 살던 집, 그리고 그 속에 살았던 많은 고용인들. 2년 전 그가 얼마나 대단한 집에서 귀하게 살았는지 알려주는 기억들은 이제 그가 얼마나 비참해졌는지 알려주는 것이어서 생각하고 싶지 않았다. 그런데 그만 이 계집아이의 눈빛 때문에 2년 동안 기를 쓰고 억눌렀던 것이 전부 기억나 버린 것이다.

생각하면 안 된다. 그러면 눈물이 날 것이다. 분하고 억울해서 소리 지르게 될 것이다. 폭풍처럼 몰아쳐 오는 기억을 떨치기 위해 인환은 주먹을 꽉 움켜쥐었다. 자신의 기억을 깨운 자그마한 계집애를 향해 욕을 퍼붓고 싶었다. 하지만 차마 욕을 할 수가 없어서 대신 사납고 퉁명스럽게 외쳤다.

"저리 가."

인환의 말에 계집애는 조금 머뭇거렸다. 계집애의 시선이 아이들이 썰물처럼 빠져 버린 텅 빈 놀이터로 잠시 향했다. 사그라지는 빛 속에 어둠이 섞이기 시작하는 이 시각이면 저녁 먹어야지, 혹은 학원에 가야지 하며 엄마들이 데려가거나 제각각 알아서 아이들은 썰물처럼 빠져나갔다. 그래서 언제부턴가 이 시각이 되면 인환과 이 계집아이 둘만 덩그러니 남고 있었다. 인환은 아이들이 모두 돌아간 텅 빈 놀이터에서 늘 캄캄해질 때까지 앉아 있었다.

"오빠는 혼자가 좋아요? 난 혼자인 것은 싫은데."

며칠 동안은 그저 눈치만 보던 계집애가 언제부턴지 아예 작정을 한 것처럼 인환의 곁으로 다가왔다. 피아노학원 이름이 새겨진 가방을 멘 계집애는 이제 겨우 일고여덟 살밖에 돼 보이지 않았다.

피아노! 2년 전까지 인환도 피아노를 배웠다. 일주일에 세 번 피아노 선생이 집으로 와 그를 가르쳤었다. 피아노를 배울 때는 자신이 이 세상에서 가장 귀한 존재인 줄 알았다. 커다란 집에서 어머니와 아버지, 그리고 할머니와 같이 살면서 뭐 하나 부족한 것이 없었고 집 안에 있는 사람들은 그를 도련님이라 불렀었다.

"저리 가라고 했지!"

악을 쓰자 계집애의 눈이 동그래졌다. 확 커진 계집애의 짙은 보랏빛 눈동자를 본 순간 저도 모르게 계집아이가 메고 있는 피아노 가방을 뺏어 바닥으로 집어 던지고 말았다. 그를 버린 모든 사람을 생각나게 만드는 보랏빛 섞인 검은 눈동자가 그를 돌게 만들었다. 울분으로 소리 지르게 만들었다.

『우리 인환이가 세상에서 가장 똑똑한 것 같구나.』

그렇게 귀여워했으면서 할머니는, 왜 나를 버렸어?

『요즘 키가 더 컸구나.』

이렇게 버릴 거면 왜 머리를 쓰다듬고 아들이라고 불렀어?

『여기가 네 집이야. 네 친부모가 데려다 준 곳으로 다시 데려왔으니까 앞으론 여기서 살아.』

그럴 거면 왜 나를 그 집에서 데리고 나왔어? 왜?

"이 계집애야. 죽고 싶어? 썩 꺼지지 못해?"

계집애는 인환의 고함에 겁을 집어먹고 달아나려고 했다. 하지만 뒤로 물러서던 발걸음을 멈추면서 계집애가 주춤 섰다.

"오빠, 울어?"

"이, 이……."

우는 것은 그의 자존심상 절대로 용납되지 않았다. 열두 살이라곤 해도 자존심만은 누구보다 강한 인환에게 우느냐는 질문은 화가 나는 것이었다. 아무리 울고 싶어도, 지금 그의 가슴속 상처가 벌어져 피가 흐르는 것을 이를 악물고 참고 있는데 이 계집아이는 도대체 뭘 보고 그더러 울고 있느냐고 하는 것일까?

"꺼지라고 했지? 꺼지란 말야."

반은 달아나고 싶은 얼굴로 반은 있겠다는 의지로 눈을 빛내면서 여자애는 인환을 말똥말똥 바라보더니 있겠다는 결정을 내렸는지 더듬거리며 말을 이었다.

"오빠, 나는 울 때 누가 옆에서 달래주는 것이 좋아. 그럼 더 눈물은 나지만 그래도 누가 달래주면 좋아. 우리 엄마가 그랬는데 우는 사람은 슬퍼서 우는 거니까 그런 사람에겐 친절해야 한다고 했어. 그러니까 오빠 옆에 있을래."

내가 너 따위 꼬마 앞에서 울 줄 알고? 지금 그는 화가 나 있을 뿐 결코 울고 있는 것이 아니었다.

"가란 말야, 가! 혼자 있게 가."

"오빠는 혼자 있는 게 좋은가? 난 싫은데."

여자애는 피아노 가방을 집어 들고는 툭툭 묻은 흙을 털기 시작했다.

"지저분해졌다고 엄마가 야단칠 거야."

인환은 계집애의 피아노 가방을 뺏어 다시 집어 던졌다. 그리고는 있는 힘껏 걷어차 버렸다. 이런 짓은 예전의 그라면 상상도 하지 못할 일이었지만 지금의 그는 이런 짓은 예사로 할 수 있는 고아일 뿐 예전의 강인환이 아니었다. 그래, 이제 그는 커다란 성에서 왕자님처럼 살던 선양그룹의 총수인 김진옥 회장의 유일한 손자가 아니었다.

『내가 인환이를 낳아서 어쩔 수 없이 사는 거라고? 후훗, 어쩌나. 그런데 인환인 당신 아이가 아닌걸. 사실 인환인 내가 고아원에서 데리고 온 아이야. 한 번도 그런 의심 하지 않았나 봐? 있지도 않은 아이 가졌다고 한 뒤 애 낳으러 친정 간다고 한 내 거짓말에 대해서. 후훗, 미안해서 어쩌나. 당신 아들 고아원에서 물색해 온 아인 거. 나를 욕하고 싶은 모양인데, 당신 그럴 자격 되나? 하늘을 봐야 별을 따는데 당신이 일 년에 두 번도 안아주지 않았잖아.』

부부 싸움 중 나온 말은 가정을 파탄 내기에 충분했다. 그 말로 부부 사이는 깨지고 인환은 나락으로 떨어졌다.

『이혼을 하고 나갈 거면 너만 나가면 된다. 인환이를 왜 데려가려고 해? 인환인 우리 집안의 장손이야. 절대 네게 줄 수가 없다.』

『아뇨, 이 아이는 이 집안의 피가 한 방울도 섞이지 않은 아이입니다. 저는 아이 따윈 가진 적 없어요. 이 아인 내가 고아원에서 데려왔어요.』

『뭐라고?』

『어쩌겠어요. 옛 여자 못 잊고 남편이 옆에 오지를 않는데 어머
닌 손자 기다리고. 그래서 효도하는 셈치고 임신했다고 말했던 거
예요. 그러니 제가 데리고 가는 것이 옳지 않겠어요? 양육권 때문
에 법정에 선다면 전 모든 걸 말해 버릴 거예요. 이 애가 친자식이
아니란 것도, 내가 왜 임신을 할 수 없었는지도. 이 사람과 결혼하
면서 내 인생은 망가졌지만 어머님은 안 그러시잖아요. 그래도 이
아이의 양육권 주장하신다면, 좋아요, 법정까지 가죠 뭐. 천하에
나쁜 년 되는 것, 저는 상관없어요. 하지만 어머님은 스캔들을 감
당하시겠어요?』

그가 10년을 엄마라고 불러온 여자가 어떤 짓을 했는지를 생각
하면 엄마라는 말에 치가 떨렸다. 이 조그만 계집애가 엄마, 엄마
하는 것이 마음에 들지 않았다.

『반쪽짜리 아이라도 내가 남겨줄 것 같아?』

오기로 끝까지 인환을 데리고 나온 엄마란 여자는 집을 나오자
마자 바로 희망복지원으로 그를 데리고 왔다.

『그 집에 돌아가 봤자 환영할 것 같니? 갈 생각은 하지도 말아.
공연히 가봤자 그 할머니가 집안 망신이라고 바로 내쫓을 테니까.
그러니 오늘부터 여기서 살아. 하긴, 원래 여기가 네 집이었어.』

여자의 말은 아주 강하게 그의 가슴에 와 박혔다. 집으로 가면
내쫓길 거라는 말은 맞을 것이다. 할머니는 완벽한 것을 좋아하는
분이니까 그가 고아라는 것을 용납하진 않을 것이다. 인환은 자신
을 두고 등 돌린 여자의 뒤를 보고 입만 벙긋거렸다.

엄마, 혼자 가지 마세요. 나를 데리고 가세요. 엄마, 제발, 엄마, 제발. 엄마, 제발. 제발.

계집애의 입에서 엄마 소리가 나올 때마다 엄마라고 알던 여자의 등이 떠올라 미치고 싶었다.

"시끄러워, 이 계집애야. 그 망할 엄마 소리 그만해. 한 번만 더 엄마, 엄마 해봐. 죽여 버릴 테니까."

"오빠는 왜 엄마 소리가 싫어?"

"이 계집애가."

"난 엄마라고 부르는 게 참 좋은데. 그럼 오빠는 엄마를 뭐라고 불러?"

결국 피아노 가방을 한 번 더 걷어차고 말았다. 그런 인환을 말끄러미 바라보며 계집애는 아무 말도 하지 않았다. 단지 그저 바라보기만 했다. 그것이 인환을 더 화나게 했다. 이 조그만 계집애가 왜 그가 이러는지 이해한다는 눈으로 바라보는 것도, 그 눈길에 자신의 행동이 부끄러워지는 것도 다 마음에 들지 않았다. 그가 받은 교육대로라면 인환은 지금 사과를 해야 했다. 욕을 하고 뭔가를 발로 차는 것은 교양에 어긋나는 짓이란 걸 배웠고 무엇보다 여자에겐 친절해야 한다고도 배웠다. 하지만 인환은 돌아서며 퉁명스럽게 말했다.

"너 다시는 내 눈에 띄지 마라. 그땐 죽을 줄 알아."

조그만 계집애에게 그의 살벌한 협박은 통하지 않았다. 다음날 계집애는 놀이터에 그가 나타나자마자 놀고 있던 애들을 내버려 두고 인환을 향해 달려왔다.

"오빠."

조그만 딸기 모양의 방울을 머리끝에서 앙증맞게 흔들면서 송곳니가 빠진 입으로 크게 웃었다. 그 후 계집애는 인환만 보면 오빠라고 소리치며 달려왔다. 계집아이도 외로웠는지도 몰랐다. 인환의 옆에서 재잘재잘 잘도 종알거렸다. 무시를 해도 다가왔고 귀찮게 하지 말라고 소리쳐도 소용없었다.

"오빠네 엄마도 돈 벌려고 늦게 와?"

"우리 엄마는 돈 벌고 오느라고 매일 늦어요. 집에 혼자 있는 거 싫은데. 엄마 돈 안 벌면 안 되냐고 하니까 엄마가 우리가 먹고살려면 돈이 있어야 한다잖아요. 왜 우리 집엔 돈이 없지? 속상하게."

"오빠는 혼자인 게 좋아?"

"오빠도 혼자고 나도 혼자잖아. 그래서 난 오빠랑 있는 게 좋아."

"오빠는 왜 자꾸 싸움을 해?"

처음 한동안은 대꾸도 하지 않고 쳐다도 보지 않았다. 그를 향해 달려오다 넘어지는 것을 봐도 모른 척했다. 하지만 그 애는 막무가내였다. 그만 발견하면 환하게 웃으며 달려왔다. 왜 이 아이가 이렇게까지 친숙하게 구는지 인환은 정말 알 수가 없었다. 텅 빈 놀이터에 마지막까지 남는 동지 의식일까? 아니면 인형을 갖고 노는 것처럼 그와 소꿉장난을 하고 싶어 하는 것일까? 계집애는 여전히 다가왔고 인환은 무시하는 관계는 꽤 오래 계속되면서 계집애는 단비처럼 인환에게 스며들기 시작했다. 언제부턴가 인환은 놀이터에 오면 자신도 모르게 계집애를 찾기 시작했다. 그날도 계집애는 인환을 보고 달려와 쭉 손을 내밀었다.

"먹어봐, 오빠. 오늘은 좋아하는 사람에게 초콜릿 주는 날이라고 엄마가 그랬어."

좋아하는 사람. 그것은 마법의 주문이었다. 인환은 빠진 이빨을 보이는 조그만 꼬마 아이가 얼마나 예쁘고 귀여운지 처음 알았다. 반짝반짝 빛나는 눈이 얼마나 예쁜지도 비로소 알았다.

"응, 오빠. 이거 먹어요."

인환은 울컥거리는 가슴으로 계집애가 내민 초콜릿을 받아 들었다. 포장지를 찢고 알맹이를 입에 넣었다. 초콜릿이 입에서 녹아갔다. 싸구려 초콜릿은 그가 10년 동안 먹었던 것과는 비교도 되지 않을 만큼 달콤했다. 초콜릿에선 외로움을 달래주는 따뜻한 맛이 났다. 울컥 눈물이 나올 것 같은 슬픈 맛이 났다.

"내년에는 더 많이 사줄게. 저금 많이 해서."

계집애는 제멋대로 약속을 하고는 팔랑팔랑 뛰어가 버렸다. 집으로 가는지 그렇게 어둑해지는 거리를 달려가 버렸다. 모두들 집으로 돌아간 놀이터에서 인환은 잠시 우두커니 서 있었다. 어둠이 완전히 놀이터에 내려앉은 뒤에야 인환은 터벅터벅 걸어 복지원으로 향했다. 그가 복지원으로 들어설 때였다.

"인환아."

갑작스런 부름에 그의 고개가 번쩍 들렸다.

10년 동안 할머니라고 불렀던 선양그룹의 총수인 김 회장이 그를 기다리고 있었다.

"몹쓸 것 같으니라고."

며느리였던 여자의 욕을 하면서 김 회장이 그의 손을 잡았다.

"집으로 가자. 네 어미랑 같이 있는 줄 알았다. 이런 곳에 있는 줄은 정말 몰랐다."

엄마라는 여자는 약물 과다복용으로 미국에서 숨졌다고 했다. 그 여자가 죽었다는 소식을 듣고 김 회장은 자신이 손자를 데리러 갔다가 거기서 인환이 없다는 것을 알았다고 했다.

"그 즉시 찾아왔단다."

다시 열린 천국의 계단이 믿어지지 않아 인환은 잠시 굳어 있었다. 그를 버렸던 세계로 다시 돌아간다는 것이 꿈만 같았다.

"이곳에서의 2년을 모두 잊거라. 넌 절대 이런 곳에서 있지 않았다."

차 안에서 할머니는 그렇게 말했다.

"네."

그럴 것이다. 모두 다 잊을 것이다, 전부 다. 문뜩 초콜릿 맛이 기억났다.

나는 잊을 것이다. 하지만 너는 기억해 줬으면 좋겠다. 모두 다 잊는다는 것이 그도 좋았다. 절대로 이런 곳에서 살지 않았으니까 이런 곳을 기억할 필요가 없다. 단 하나 양 갈래 머리의 작은 계집아이만 빼고. 그 계집아이만 빼고는.

chapter 1

그녀가 떠났다

"내가 당신에게 뭐죠?"

수연은 가끔 묻고 싶었다. 하지만 절대로 물을 수는 없었다. 인환의 대답이 무엇인지 듣지 않아도 이미 알고 있으니까.

아무것도 아니다.

한집에서, 한 방에서, 한 침대에서 밤마다 몸을 섞지만 결코 눈부딪치며 웃어주지 않는 인환을 생각하면 수연의 생각은 틀림없을 것이다. 밤마다 그녀를 안지만, 그렇게 뜨겁게 안지만 아침이 오면 그에게 그녀는 투명인간이었다. 인환은 밝은 날엔 그녀의 존재가 없는 것인 양 무시했다.

난 당신과 말하고 싶어. 마주 보며 웃고 싶어. 그리고 난 당신이 불러주는 내 이름을 듣고 싶어.

같이 사는 여자의 이름을 한 번도 불러주지 않는 남자를 바라보며 사는 일에 이제 지친 것일까? 냄비를 휘젓는 수연의 손이 서럽기만 했다. 수연은 준비해 놓은 틀에다 초콜릿을 붓기 시작했다.

"냄새가 아주 맛있네."

가정부인 논산댁이 틀에 부은 갈색의 초콜릿을 들여다보며 감탄했다. 이제 굳기만 하면 작년에 만들었던 것처럼 예쁜 모양의 윤기가 나는 초콜릿이 완성될 것이다.

"예쁘기도 하네."

"이건 아주머니 거예요."

"내 거? 어이구, 나도 주는 겨? 초콜릿은 남자에게 주는 거라며."

논산댁이 수연이 가리키는 초콜릿을 보며 흡족한 표정으로 웃었다.

"아니오, 좋아하는 사람에게 주는 거예요."

수연은 수더분한 논산댁이 좋았다. 그래서 올해는 논산댁의 몫까지 초콜릿을 만들었다. 영역을 침범당한다고 생각했는지 논산댁은 처음엔 수연을 그리 달가워하지 않았다. 하지만 요즘은 많이 달라져서 제법 살가워졌다. 그러니 좋아하는 사람에게 주는 초콜릿을 논산댁의 몫까지 만드는 것은 자신에게 호의적인 사람에게 무척 약한 수연에겐 어쩌면 당연한 일이었다.

"예쁘기는 참 예쁜데……."

그걸 주인이 받아줄지 모르겠네. 논산댁은 뒷말은 하지 않았다. 인환이 얼마나 수연에게 냉정한지 3년이나 보아온지라 논산댁은 사실 수연을 이해하지 못하고 있었다.

대체 이 아가씨는 왜 그런 대접을 받으면서 주인 옆에 있을까? 논산댁이 알기엔 수연의 엄마가 죽었을 때 병원에서 주인과 처음 만났다고 했다. 돈 많은 부자들이 가끔씩 이상한 짓을 저지른다는, 이른바 부자들의 기행인지 아니면 그 무렵 주인도 아버지를 잃은 동질감 때문인지 모르지만 주인은 슬픔으로 반쯤 정신이 나간 이 아가씨를 집으로 데리고 왔다. 아니, 어쩌면 이 아가씨에게 흑심이 있었던 것일까? 처음엔 정중한 손님처럼 대하던 주인이 어느새 이 아가씨를 애인처럼 대하고 있으니까 말이다. 아니다. 애인이란 표현도 좀 맞지 않는다. 주인이 이 아가씨를 대하는 태도는 참 이상했다. 제대로 쳐다보지도 않고 말도 섞지 않았다. 남녀관계란 그 속을 들여다보기 전엔 모르는 것이라지만 이렇게 예쁘고 참한 아가씨가 그런 대접을 받으면서 왜 주인 곁에 있는지 참으로 이상했다.

"맛도 좋을 거예요."

배싯, 수연이 웃으며 말했다.

"웃는 거 아주 오랜만에 봐."

인환 씨, 인환 씨, 부르면서 수연은 참 잘 웃었다. 속도 없나, 저런 대접을 받으면서 웃게. 속으로 혀를 찬 적도 많을 만큼 그렇게 잘 웃던 수연이 언제부턴가 웃지 않고 있었다는 걸 수연의 웃는 얼굴을 보고서야 논산댁은 깨달았다.

"모양도 예쁘고 맛도 좋으니 돈 주고도 사기 힘들 거여. 주인이 좋아하겠어."

그럴까요? 수연의 입가에 씁쓸한 웃음이 다시 번져 나갔다. 과연 받아줄까요? 작년에 거절당했던 일을 떠올리자 갑자기 서글퍼졌다. 그런 일 다시 반복하고 싶지 않았다. 그래서 올해는 만들지 않으려 했다.

언제부터일까? 이런 짓을 해도 아무런 소용이 없다는 것을 알아버린 것은. 이제 그가 수연을 원하지 않는다는 것을 깨달아 버린 것은.

사랑하는데. 아니, 사랑했는데.

지쳤나 보다. 아무리 바라봐도 돌아봐 주지 않는 인환에게.

수연은 아주 오래전부터 느끼고 있었다. 인환은 말로 하지 않았지만 이제 그만 내 곁에서 사라지라는 뜻을 명확하게 그녀에게 알리고 있었다.

나 이제 떠나야 하나?

내일로 인환의 집에 들어온 지 딱 천 일이었다.

내일, 내일 아침 이 초콜릿을 주고 그가 받지 않는다면…… 그래, 떠나자. 그렇게 결심한 지는 열흘째.

떠나고 싶지 않아, 인환 씨. 난 당신 옆에 계속 있고 싶어. 그러니 내일 발렌타인데이에 이 초콜릿을 당신이 받아줘요.

새벽 5시. 수연은 자신의 허리에 팔을 두르고 있는 인환의 품에서 눈을 떴다. 인환은 수연의 몸을 꼭 끌어안은 채 아직 자고 있었다. 두 사람 다 알몸이었다. 어제 인환은 격렬하게 그녀를 안았다. 내일이면 떠날지도 모른다는 생각으로 평소와 달리 적극적으로 다가간 수연에게 새로운 자극을 받은 모양이었다. 다른 날보다 그의 몸짓은 더 격렬했다. 가슴을 움켜쥔 손의 압력도 허리를 잡은 손아귀에 그녀의 안으로 치고 들어오는 그의 몸에도 다른 날보다 훨씬 힘이 들어가 있었다.

사랑해요. 수연은 말하는 대신 울었다. 사랑해요. 흑흑. 느꼈다. 인환의 가슴을 핥아 내리면서, 그의 히프를 잡아당기면서 끝없이 흐느꼈다. 두 사람은 넓은 침대 위를 구르고 헤매며 서로를 탐했다. 서로의 살갗을 물고 빨았다. 입술을 부비면서 핥았다. 한마디 말도 없이 그저 헐떡이면서 정신없이 서로의 몸에 집중했다. 좀 더 깊게 들어가기 위해, 좀 더 깊게 받아들이기 위해 결사적으로 몸을 내주고 가졌다.

아직도 몸 한 곳의 감각은 얼얼하기 짝이 없었다. 수연은 살그머니 몸을 일으켰다. 아니, 일으키려고 했다. 하지만 그녀가 몸을 움직인 순간 인환이 그녀를 덥석 끌어안았다.

"죄송해요."

인환의 잠을 깨운 것이 미안해 수연은 얼른 사과했다.

"주방에 내려가려고요. 앗."

수연은 자신의 말대로 하지 못했다. 그녀는 침대에 눕혀졌고 그녀의 몸 위로 인환이 올라왔다. 어젯밤의 연장처럼 인환이 약탈자처럼 격렬하게 다시 밀고 들어왔다. 어둠 속에서 관능이 깨어나기 시작했다.

"아, 아!"

수연은 탄식했다.

사랑한다고 속삭이고 싶었다. 그의 이름을 부르고 싶었다. 하지만 그녀가 할 수 있는 것은 입안으로 밀고 들어온 그의 손가락을 혀로 감싸고 빠는 것뿐이었다. 쾌락으로 인해 눈앞이 하얗게 변해간다. 헉헉, 숨이 가쁘게 치솟기 시작했다.

어둠 속의 인환은 격렬하고 정열적이지만 빛 속의 인환은 얼음보다 더 차갑고 쌀쌀했다. 한 번도 눈길을 주지 않는 인환을 위해 수연은 부지런히 아침 시중을 들었다. 재킷을 꺼내주고 넥타이를 골랐다. 가방을 받아 드는 인환에게 수연은 마음속으로 외쳤다.

다녀올게. 한마디만 해줘요. 오늘은 제발 말해줘요.

말없이 몸을 돌리는 인환을 향해 수연은 다급하게 외쳤다.

"잠깐만요. 이거요."

금빛의 포장지에 은빛의 꽃을 붙인 상자를 인환에게 내밀며 수연은 억지로 웃었다.

"뭐야?"

"오늘 발렌타인데이잖아요. 초콜릿이에요."

"나 초콜릿 안 먹는 것도 몰라?"

"안 먹어도 좋으니까 그냥……."

발렌타인데이의 초콜릿은 먹으라는 것보다는 내가 당신을 사랑한다는 고백이었다. 그러니 마음을 받아준다는 표시로 그냥 받아만 주면 되는 것이다.

"그냥 받아만 주세요."

수연의 목소리는 가늘게 떨리고 있었다. 제발, 제발……. 소리 없는 사정이 간절하게 수연의 눈빛에서 흔들렸지만 인환은 그냥 몸을 돌렸다.

수연의 눈 안에 눈물이 고이기 시작했다. 수연은 거절당한 초콜릿 상자를 우두커니 내려다보았다. 작년에도 수연은 초콜릿을 만들었고 이렇게 거절당했다. 기억해 내고 싶지 않은 것들이 떠올라서 수연은 비참해졌다. 눈물이 툭 수연의 손등 위로 떨어져 내렸다.

저 사람은 나를 사랑하지 않아. 아니, 미워해.

인환이 그녀를 싫어한다고 느낄 무렵엔 밤마다 그녀를 안는 것이 사랑하기 때문이라고 생각하려 했다. 하지만 밤의 정열은 단지 욕정일 뿐이란 것을, 그리고 미워하거나 싫어하는 상대에게도 욕정이 일어난다는 것을 알 만큼, 수연은 충분히 나이 먹었다. 언제부턴가 수연은 인환이 그녀를 싫어하고 있다는 것을, 그래서 내치고 있다는 것을 인정하고 있었다.

왜 미워할까?

마지못해 인환이 그녀를 미워한다는 것을 인정한 순간 수연은 너무도 비참했었다. 그때 수연은 인환을 떠나고 싶었다. 아니, 떠나려 했었다.

그녀를 사랑하지 않는, 미워하는 남자와는 살 이유가 없다라고 생각했었다. 하지만 수연은 떠날 수가 없었다. 처량하게도 인환을 사랑하는 마음이 너무 커서 도저히 떠날 엄두가 나지 않았다. 결국 바보 같은 결심을 해버렸다.

인환 씨가 나를 사랑하지 않아도 좋다. 내가 사랑하면 되니까.

그 결심이 얼마나 그녀를 아프게 하는지 그때는 알지 못했다. 결코 익숙해지지도 않고 면역도 생기지 않는 초라하고 잔인한 고통, 거절! 수연은 물끄러미 상자를 내려다보았다. 이것을 거절당하면, 이제 당신을 완전히 포기하기로 마음먹은 것을 알았다면, 당신은 이걸 받아줬을까? 조금은 받으려고 머뭇거려 주었을까?

수연은 창으로 다가가 정원을 내려다보았다. 그가 차 문을 열고 있었다.

평소처럼 차까지 따라가지 않은 나를 알아차리지 못한 거예요? 다녀오라고 인사하는 내가 거기에 없는 것이 아무렇지도 않은 거예요?

한 번쯤 주위를 둘러 찾아준다면 사랑하는 것을 포기하지 않을 텐데.

바보 같은 미련이 또다시 밀고 올라와, 인환이 주위를 둘러 그녀를 찾아주기를, 그녀가 없는 것을 깨닫고 눈을 올려 창을 바라보기를 간절히 빌면서 수연은 기다렸다.

하지만 수연의 바람과 달리 인환은 주위를 둘러보지 않고 차에

올랐다. 차가 달려가는 것을 바라보다 수연은 고개를 떨궜다.

내 인사를 안 받고 가도 당신은 아무렇지도 않은가 봐요.

인환의 마음이 정말 그렇다면 너무도 억울한 일이었다. 그녀는 일 초라도 더 인환의 시선을 받고 싶고 그의 곁에 있고 싶었다. 수연은 우두커니 서서 들고 있는 초콜릿 상자를 내려다보았다.

미련을 접자. 그래, 이제 끝내자. 천 일이잖아. 할 만큼 했어. 사랑받기 위해 할 수 있는 것은 모두 해봤잖아. 그러니까 끝내. 하지만, 하지만. 미련이 이다지 깊다니. 그래도 포기가 되지 않다니.

그럼 그 사람의 잠자리는 누가 봐줘? 피곤할 때 머리의 지압은 누가 해줘? 누가 저녁을 챙겨줘? 뭔가 핑곗거리가 자꾸만 떠올랐다. 누가 그의 목 뒤를 주무르고 누가 사랑한다고 말해줘? 누가 그를 향해 웃어주고 누가 그가 잘 때 그의 얼굴을 바라보며 미소 짓겠어. 누가, 누가. 사실 그런 것들은 누구나, 꼭 수연이 아니라도 누구라도 할 수 있는 일이었다.

그래, 누구라도 할 수 있는 일일 거야. 하지만, 하지만 말이지. 그들은 나만큼 그를 사랑하진 않을 거야. 그러니 끝낼 수 없어. 아무리 고통스럽다 해도 끝낼 수 없어. 엄마의 마지막을 지켜준 사람인걸. 엄마의 임종을 지켜준 사람이잖아. 사랑해야지. 사랑할 거야.

자신의 바보스런 억지에 그만 속에서 쓴물이 올라왔다.

그래서? 이런 대접을 받고 그냥 있자고? 돌아봐 주지 않는 남자의 눈앞에서 웃고 떠들고 그를 위해 살고 싶다는 생각으로 그만 바라보라고? 아니야, 끝내야 해. 더 이상 이런 병신 같은 생활을 유지할 수는 없어.

전화기를 들고 가구점의 번호를 눌렀다. 연결음이 끝나고 상대가 막 전화를 받는데 누군가가 방문을 노크했다.

“다시 전화할게요.”

급히 전화를 끊고 수연은 문을 열었다.

“나와 봐요, 양재동 사모님 오셨어.”

양재동 사모님은 인환의 고모였다. 이렇게 일찍? 아침이라기보단 새벽이라고 할 수 있는 시간이었다. 아무리 조카의 집이긴 해도 남의 집에 찾아올 만한 시간은 아니었다.

“본부장님을 만나러 오셨다는데, 이미 출근하셨다니까……”

논산댁이 말을 흐렸다. 인환의 고모는 그녀가 인환과 살고 있는 것을 아주 싫어했다. 가끔씩 수연을 찾아와서는 인환을 떠나라고 종용하며 수연을 몰아세우기 일쑤였다. 칼처럼 날카로운 말로 사정없이 수연을 찌르고 벴다. 그걸 알기에 가정부의 표정엔 수연을 향한 동정이 스며 있었다. 어른어른 눈물자국이 나 있는 수연을 보고 양재동 사모님의 지독한 공격을 받고 견딜 수나 있을지 은근히 걱정했다.

“곧 내려갈게요.”

수연은 억지로 표정을 펴고 욕실로 들어가 서둘러 세수를 시작했다. 빨개진 눈을 감추기 위해 찬물을 틀어놓고 한참 동안 눈을 눌렀다.

괜찮아.

수연은 거울 속의 자신을 달랬다.

내려가서 이 집을 떠날 거라고 말하면 다 끝날 거야. 그러면 더이상 뭐라고 안 할 거야. 그래, 이제 더 이상 그분의 눈초리에 주눅 들 필요도 없는 거야.

억지로 달랬지만 마음은 쉽게 가라앉지 않았다. 떠나기 싫다는 마음이 계속 소용돌이쳤다.

안 떠나.

못 떠나.

이렇게 떠나려고 천 일 동안이나 무시당하고 거부당하면서 산 게 아니야.

치열한 두 가지 마음을 안고 수연은 천천히 아래층으로 내려갔다. 거실의 소파에 앉아 있는 도경이 내려오는 수연의 위아래를 날카롭게 훑었다.

"넌 언제쯤 여기서 나갈 참이냐?"

나갈 거라고 말해 버리자. 저런 멸시 이제는 넌덜머리가 난다. 당신의 잘난 조카와 더 이상 어울리지 않겠다고 말해 버리자. 하지만 입이 떼어지지 않았다.

"너라는 애는, 대체 언제까지 네 엄마를 죽인 남자랑 붙어 살 거니?"

갑작스런 말에 수연의 눈이 커다래졌다. 대체 이분이 뭐라고 하는 것이지? 그만 전신에서 소름이 좍 돋아났다.

“무슨 말씀이세요?”

간신히 더듬거리며 물었다.

“저런, 몰랐니?”

도경의 눈이 악의로 번쩍거렸다.

“정말 몰랐어? 네 엄마가 죽을 때 일어났던 사고의 배후에 인환이 있었다는 것을? 이런, 정말 몰랐던 모양이구나. 미안해서 어쩌나. 난 또 그걸 알면서도 네가 인환의 옆에 있는 줄 알고 쓸개 빠진 년이라고 욕을 했지 뭐냐. 사내에게 눈멀었다고. 한데 이제 보니 넌 정말 몰랐던 모양이구나.”

“무슨 말씀이세요? 대체……!”

수연의 입에서 비명이 터져 나왔다. 도경의 말이 이해가 되지 않았다. 쯧쯧쯧. 도경이 혀를 찼다.

“믿고 싶지 않은 모양이구나.”

모양이 아니라 진실로 믿어지지 않았다. 인환이나 도경은 선양 그룹의 김 회장과 아무런 피의 연결이 없는 사이였다. 도경은 김 회장의 수양딸일 뿐이고 인환은 아들의 호적에 올라 있지만 한 방울의 피도 섞이지 않은 김 회장의 이름뿐인 손자여서 두 사람이 고모와 조카라고는 해도 말뿐인 관계로, 생판 남이라는 것은 세상 모두 알고 있는 일이었다. 아무리 그렇다 해도 어떻게 이런 말을 할 수가 있을까? 우리 엄마에 대해 뭘 안다고. 3년 전 수연의 엄마는 오토바이에 치여 뇌진탕으로 돌아가셨다. 병원에서 우연히 인환을 만나기 전엔 수연과 인환은 타인이었다. 접점이 전혀 없는 사이였다.

"들어보렴."

핸드백에서 작은 녹음기를 꺼낸 도경이 찰칵 스위치를 눌렀다.

[한지희를 막아. 절대로 만나게 해선 안 돼. 오토바이라도 한 대 보내서 들이받게 해. 다리라도 부러지면 오지 못할 테니까.]

녹음기에서 흘러나오는 인환의 음성을 들은 수연의 표정이 하얗게 질려갔다. 무슨 소리인지 이해가 되지 않았다. 한지희, 엄마의 이름을 왜 인환이 말하는 것일까? 오토바이라도 보내? 오토바이 사고로 세상을 뜬 엄마! 모조리 피가 빠져나간 사람처럼 수연의 얼굴이 새파래졌다.

오후 4시, 한창 바쁠 시간이었다. 서류를 분류하던 윤희는 노크 소리에 고개를 들었다. 문 앞에 나타난 사람을 보고 윤희는 어, 소리를 냈다.

"안녕하셨어요."

새하얀 얼굴에 가녀린 미소를 띤 수연이 머뭇거리며 사무실로 들어섰다. 윤희에게 수연은 뭐라고 호칭하기 애매한 인물이었다. 수연은 그녀의 상사이자 친구인 인환과 동거 중인 여자였다. 인환은 우연히 몇 번 부딪쳤어도 수연을 정식으로 그녀에게 소개시키지도 않았다.

"웬일이세요?"

저도 모르게 인환의 방을 힐끗 바라본 윤희의 이마가 살짝 구겨졌다. 언젠가 수연이 찾아왔을 때 인환은 약속이 돼 있지 않은 사람은 누구를 막론하는 만나지 않겠다며 수연과 만나는 것을 거절했었다. 윤희는 그때 수연의 표정이 어떠했는지 똑똑히 기억하고 있었다. 참담하게 일그러져서 고개 숙이고 돌아가는 수연의 뒷모습을 보고 인환에게 화가 났었던 것도. 돌아서는 수연의 어깨가 감정을 삼키기 위해 잘게 떨리던 것을 보며 윤희는 수연이 너무 불쌍해 인환에게 화가 났었다.

'이 썩을 놈아, 이 무슨 건방이냐. 그렇게 푸대접하고 무시하면서 왜 저 여자랑 살고 있니? 응?'

속으로 욕을 했지만 인환 앞에선 한마디도 할 수 없었다. 윤희는 지금 또 수연에게 그런 일을 겪게 하고 싶지 않았다.

"연락도 없이……."

"연락도 없이 와서 죄송해요."

동시에 같은 말을 한 것에 윤희는 웃음을 터트릴 뻔했으나 겁먹은 어린아이처럼 잔뜩 주눅이 든 수연의 눈망울에선 금방이라도 눈물이 흘러내릴 것 같아 윤희는 나오는 웃음을 얼른 멈췄다.

"본부장님은 지금……."

"인환 씨를 만나러 온 것은 아니에요."

"그럼?"

"저어……."

가방에 수연이 작고 예쁘게 포장된 선물상자를 꺼내 들었다.

"이것 좀 인환 씨에게 전해주셨으면 해서요. 이걸 윤희 씨가 주는 것처럼 전해주시면 안 될까요?"

"초콜릿인가 봐요?"

"네."

"직접 전해주시지 왜 내가 주는 것처럼 하고 줘요?"

윤희의 말에 수연은 다시 서글프게 웃었다. 적어도 그러면 받아
는 줄 것이니까요. 거절은 하지 않을 테니까. 그러면 인환에게 이
초콜릿은 들어갈 테니까.

"부탁드려요."

수연의 흔들리는 눈동자를 바라보다가 윤희는 고개를 끄덕였
다.

"알았어요, 그러죠."

"고마워요. 그럼 이만 가볼게요."

"차라도 한잔하고 가세요."

수연의 얼굴이 다른 때보다 더 희고 창백해 보여서 윤희는 차를
권했다.

"아니에요. 그만 가볼게요. 인환 씨에겐 제가 왔었다는 말은 하
지 마세요. 그럼."

그림자처럼 조용히 수연은 문을 닫았다.

"하아."

인환의 사무실을 나온 수연은 한숨을 쉬었다.

받아주길 바라. 이게 내 마지막 사랑이거든. 오늘로서 그녀의
사랑은 끝났다. 천 일이라는 마지노선을 정해놓고도 미련으로 허

우적거리는 그녀의 마음을, 고맙게도 도경이 정리해 주었다. 엄마의 죽음에 대한 숨겨진 비밀 하나로.

인환의 회사 빌딩을 나온 수연은 천천히 걸었다. 이제 무엇을 할까? 수연의 걸음이 자꾸만 엉켰다. 철물점으로 들어가 칼을 살까? 그 칼로 그의 심장을 그대로 찔러 버릴까? 악마의 마음이 그녀에게도 있었나 보다. 죽이고 죽자. 그런 유혹이 불쑥불쑥 일어나는 걸 보면.

수연은 길을 잃은 것처럼 걸음을 멈추고 주위를 둘러보았다. 갈 곳이 없다! 갈 곳도 없고 가고 싶은 곳도 없다니 이 얼마나 슬프고 비참한 일인가. 문뜩 여행사 간판이 눈에 들어와 수연은 그리로 향해 걸어 들어갔다. 문을 밀자 조그만 사무실에서 직원이 반갑게 그녀를 맞이했다.

"어떻게 오셨습니까?"

수연은 직원이 서 있는 뒷벽에 붙은 광고용 화보 사진을 물끄러미 바라보았다. 제주도로 오세요. 남국의 바다에서 당신을 초대합니다. 화보 속에 적힌 문구를 수연은 눈으로 천천히 읽어 내려갔다.

"내일 비행기 표를 구매하고 싶은데 가능할까요?"

"어디로 가시는데요?"

"제주도요."

마지막 마무리를 하고 인환은 시각을 확인했다. 오늘도 7시가 넘어 있었다. 그가 일어서는데 윤희가 들어왔다.

"자."

불쑥 윤희가 그의 눈앞에 작은 상자를 내밀었다. 비서지만 대학 동기인 윤희는 퇴근 시간이 지나거나 아무도 없을 때면 가끔 이렇게 스스럼없이 말을 놓았다.

"뭐야?"

"발렌타인데이잖아."

윤희가 그의 코앞으로 더욱 초콜릿을 쭈욱 내밀었다. 인환은 잠시 윤희가 내민 상자를 바라보기만 했다.

"받아, 팔 아파."

"철형이도 네가 나한테 이런 거 주는 것을 알고 있어?"

"당연 모르지. 철형 씨 질투심 엄청나잖아. 아마도 알려지면 그 순간부터 넌 철형 씨의 주적이 되는 거야."

"별로 받고 싶지 않은데. 철형에게 당하고 싶은 생각은 없다."

"그럼 나한테 당해볼래? 그럼 더 피곤해질걸. 그러니까 받아. 버리든 먹든 상관 안 할 테니까."

"고맙다."

억지로 받아 드는 인환을 보며 윤희가 한숨을 조그맣게 내쉬었다. 받았다. 아니, 전해줬다. 그런데 정말 수연 씨는 이렇게 전해주는 것만으로도 만족할까? 그녀가 주었다는 말을 해주는 것이 좋지 않을까?

"수연 씨가……."

얼음처럼 싸늘해지는 인환의 표정을 보고 윤희는 급히 말을 돌렸다. 이래서 수연 씨가 내가 주는 것처럼 주라고 했나 보다. 대체 이 녀석은 이름을 듣는 것만으로도 표정이 변할 만큼 싫은 여자랑 왜 살고 있는 거야?

"자, 이것은 여직원들이 본부장님께 전해달라는 초콜릿이야."

윤희가 초콜릿 상자가 가득 든 쇼핑백을 다시 내밀었다. 오늘 여직원들이 본부장님께 전해주세요, 하며 하루 종일 윤희에게 가져온 것들이었다.

"이런 짓들을 꼭 해야 하나?"

"물론이지. 한 달 후 화이트데이 땐 답례로 사탕을 쫙 돌리는 것도 잊지 마."

"그건 비서인 네가 할 일 아닌가."

"초콜릿은 자기가 받고 사탕은 비서더러 돌리라니. 네가 이렇게 몰인정하고 얌체 같은 걸 여직원들이 알아야 하는데. 수연씨도 네게 초콜릿 주면서 이러는 거…… 수연 씨에게 초콜릿을 못 받았나 보네? 표정이 안 좋은 것을 보니."

수연의 이름에 또다시 인환의 표정이 싸늘해지는 것을 보고 윤희가 얼른 눙쳐 버렸다.

"퇴근하자."

정말 너는…….

윤희는 인환을 향해 슬쩍 눈을 흘겼다. 하지만 윤희는 인환과 싸우고 싶진 않았다.

"그럼 월요일 날 봅시다. 야!"

윤희는 자신이 건네준 초콜릿 상자를 툭 책상 위에 던지는 인환을 보고 정색을 했다.

"그렇게 막 내던질래?"

"버리든 먹든 상관 안 한다면서?"

"그래도 그렇지. 적어도 준 사람 앞에선 예의를 지켜야 하는 거잖아!"

"오케이, 오케이."

인환이 상자를 집어 들었다. 둘이 사무실을 나오자 아직 퇴근 안 한 직원들이 인사를 해왔다.

"이건 민폐야. 네가 늦게 퇴근을 하니까 다른 직원들이 눈치 보느라 황금 같은 금요일에 제시간에 퇴근을 못하고 있잖아."

"비서님, 요즘 불만이 많습니다그려."

"요즘 본부장님이 하시는 것이 이것저것 많이 마음에 안 들어서 그래요."

엘리베이터 버튼을 누르면서 윤희가 입술을 비죽거렸다. 그들이 타자 엘리베이터가 하강을 시작했다. 철형이 데리러 온다며 윤희는 1층에서 내렸다.

"월요일 날 보자."

"그래, 월요일 날 보자."

지하주차장으로 내려온 인환은 자신의 차를 향해 걸었다. 차 문을 열고 들고 온 상자를 툭 조수석으로 던져 버렸다.

초콜릿이라니. 세상에서 제일 싫은 게 초콜릿이 된 것은 3년 전부터였다. 그에게 초콜릿을 받는다는 것은 사랑을 받는다는 거였다. 어린 시절 조그만 계집애가 쭈뼛쭈뼛 내밀었던 초콜릿을 받았을 때부터 그에게 초콜릿은 사랑이었다. 그리고 이제 그에게 사랑이라는 것은 너무도 사치스러운 감정이었다. 그러니 누구에게도 초콜릿을 받는 것은 사양하고 싶었다.

젠장, 이런 것들은 왜 줘서는…….

윤희가 건네준 상자를 물끄러미 보고 있자니 수연이 생각나 버렸다.

한수연.

묵직한 돌이 얹혀지는 것처럼 가슴이 무거워지기 시작했다.

인환이 집에 들어온 것은 자정이 훨씬 지나서였다. 인환은 방문을 열고는 그 자리에 우뚝 섰다. 방은 아침과 달리 많이 변해 있었다.

"가구를 바꿨어요. 커튼하고 침대. 봄이어서요."

수연의 말에 그제야 인환은 침대가 바뀐 것을 깨달았다.

수연은 침대만은 호화로운 것이 좋다고 했다. 보통 침대는 병원이 생각나서 싫다고 캐노피 침대를 고집했었다. 그 캐노피 침대가 사라지고 그 자리에 심플하고 단정한 남성적인 느낌이 나는 침대가 놓여 있었다.

"말없이 바꿔서 화났어요? 아니면 내가 다녀왔냐는 인사를 안

해서 화가 났어요? 화난 것 같아. 어, 정말 내가 다녀왔다는 인사 안 해서 그런 거예요? 자, 자, 화 풀어요. 후후, 다녀왔어요?"

수연이 쇼핑백을 받아 들었다.

"초콜릿인가 봐요."

수연은 재빨리 쇼핑백 안을 훑었다. 아무리 봐도 색색의 상자 속엔 그녀가 윤희에게 전해달라고 부탁한 상자가 없었다. 윤희가 전해주지 않은 것일까? 아니면 그녀가 전해달라고 부탁한 것을 눈 치채고 인환이 받지 않은 것일까?

"저녁은요?"

"먹었어."

"요즘은 늘 바깥에서 저녁을 먹고 오네요."

재킷을 벗어 수연에게 주고 욕실로 들어가기 위해 드레스룸으 로 들어선 인환이 주춤 발을 멈췄다. 여기도 뭔가 변했다. 그는 잠 시 변한 것이 무엇인지를 찾아서 두리번거렸다. 하지만 뭔가 변한 것 같은데 그게 무엇인지 찾지 못했다. 끝내 인환은 끝까지 수연 의 옷과 그녀의 화장품이 사라졌다는 것을 깨닫지 못했다.

수연이 재킷을 받아 양복장에 건 뒤 먼저 욕실로 들어갔다. 물 의 온도를 맞추고 물을 틀었다.

"낮에 양재동 사모님이 다녀가셨어요."

수연의 말에 인환은 인상을 쓸 뻔했다. 도경이 다녀갔다면 수연 에게 또 한바탕 퍼부었을 것이다.

"늘 하시는 말씀을 하시고 가셨어요."

쏟아지는 물소리에 눌려 수연의 말은 잘 들리지 않았다.

“⋯⋯그래서 네, 라고 대답했어요.”

뭐?

말을 미처 알아듣지 못해 반문을 하려는데 수연이 돌아섰다. 이상하게 수연의 눈이 번들거리고 있었다.

당신이 정말 우리 엄마를 죽였어?

차마 입에서 나오지 않는, 잔인하고 무서운 질문이 계속 입안을 뱅뱅 맴돌았으나 수연은 끝내 참아냈다. 인환에게 그렇다는 대답을 들으면 어떻게 될까? 자신은 절대로 거짓말은 하지 않는다고 인환은 말했다. 그래서 처음 그녀를 안기 전 너를 사랑하지 못한다고, 그래도 좋으냐고 못을 박았다. 그러니 정직하게 인환이 그렇다는 대답을 한다면 그때 그녀는 어떻게 반응해야 하는 것일까?

도경의 말이 정말일까? 고모님이 거짓말을 했을 수도 있다. 끔찍이도 그녀를 싫어했으니까.

그녀를 이 집에서 나가게 하기 위해 도경이 날조를 할 수도 있다는 생각은, 스스로를 속이는 간절하고 슬픈 억지 위안이었다. 도경이 그렇게 명확한 증거를 들이밀었음에도 수연은 믿고 싶지 않았다. 눈 감고 싶었다. 아닐 거라고 외면하고 묻어버리고 싶었다.

그렇지만 그녀가 들었던 녹음기 속의 엄마의 이름과 인환의 말은⋯⋯. 수연은 아무런 생각도 하지 않기 위해 사력을 다했다. 오늘만 어제처럼 보내고 난 뒤 내일 물어보자. 당신의 고모가 한 말이 사실인지. 정말 그런 것이지. 오늘만 그냥 어제처럼 지내자.

언제나 그러는 것처럼 인환의 셔츠단추를 벗겨주기 위해 손을 뻗었다가 손끝에 그의 살이 닿자 수연은 저도 모르게 급히 손을 거둬들였다.

더러운 것. 추악한 자신에 대한 혐오가 끝없이 올라왔다. 사내에 미친 창녀 같은 것. 아니, 창녀보다 더한 것. 창녀는 돈을 받기 위해서 몸을 판다. 하지만 자신은? 엄마를 죽인 남자를 원하다니, 나는 창녀보다도 못하다.

수연은 힘껏 입술을 깨물었다. 그런 수연을 보고 인환의 눈매가 살짝 찌푸려졌다. 잠시 어두워지는 수연의 표정을 보던 인환이 허리로 손을 감아왔다. 수연이 급히 몸을 뺐다.

"생리해요."

메마른 음성으로 말을 한 수연이 허둥지둥 몸을 돌렸다. 인환의 눈길이 서둘러 방으로 나가는 그녀의 등 뒤에 가 꽂혔다.

인환이 목욕을 끝내고 욕실에서 나왔을 때 수연은 가방을 싸고 있었다. 여행 가방에다 꼼꼼히 자기 물건을 챙겨 넣고 있었다.

"어디 가려고?"

"여행이오."

"어디로?"

"제주도요."

"언제?"

"내일요. 아니, 오늘인가? 이미 자정이 넘어버렸으니 오늘 비행기가 맞네요. 오전 10시 비행기로 떠나요."

"언제 오는데?"

수연이 그제야 고개를 들고 긴 속눈썹에 아롱아롱 슬픔을 매단 눈으로 그를 바라봤다.

"안 와요."

담담했지만 처연함이 느껴지는 수연의 대답에 인환의 눈살이 조금 찌푸려졌다.

"이제 끝낼래요. 난 이제 더 이상 당신 사랑 안 할래요."

애초부터 인환은 수연이 이러기를 바랐다. 그의 인생에서 수연이 스스로 사라져 주길 바랐다. 한데 이상했다. 그가 원했던 행동을 수연이 하는데 조금도 기쁘지가 않았다.

"우리가 만난 지 얼마나 됐는지 알아요?"

"……."

"역시 모르는구나. 가르쳐 줄게요. 우리 만난 지 오늘로, 아니, 자정이 지났으니까 어제로 꼭 천 일째였어요."

수연은 일어서서 가방의 손잡이를 잡아 뺐다.

"나 참 질기죠. 천 일이나 떨어져 나가지 않았으니. 진작부터 알고는 있었어요, 당신이 내가 떠나길 바라고 있다는 것을. 그걸 알면서도 모른 척했어요. 언젠가는 당신이 마음을 돌려 나를 봐줄 거라고 기대하면서 그것이 그저 나만의 기대로 끝나도 좋다고도 생각했어요. 그래도 괜찮다고, 내 인생에서 썩 사라져, 라는 소리를 직접 듣지 않았으니 그냥 계속 옆에 있겠다고 생각했었어요. 근데 이제 그런 거 안 할래요. 너무 힘들어요.”

“이봐.”

‘수연아’ 라고 한 번이라도 불러보았으면. 천 일 동안 당신에게 나는 그저 ‘이봐.’ 였을 뿐 한수연이 아니었어. 그래, 이제 공평해지자. 나도 당신의 이름 따윈 부르지 않겠어. 수연은 겨우 입가를 비틀며 웃어 보였다.

“행복하세요.”

아니, 절대로 행복하지 마.

사랑을 바보같이 했으니 이별만은 좀 다르게 하고 싶었다. 하지만 수연이 할 수 있는 것은 억지로 웃으며 작은 목소리로 행복을 비는, 억울하고 야속한 생각으로 속마음은 부글부글 끓어올라도 입가에 씁쓸한 웃음을 억지로 웃는, 그런 바보 같고 처량 맞은 행동뿐이었다.

문을 열기 직전 수연은 마지막으로 방을 둘러보았다. 이제 기억에서 깨끗이 지워 버려야 할 방은 부랴부랴 자신의 흔적을 없앴던지라 처음 들어왔던 3년 전처럼 변해 있었다. 커튼도, 침대시트도, 가구의 동선까지 모두 그를 위해 바뀌어 있었다.

‘사랑했어요.’

정말로 과거형일까? 사랑을 했었던 것일까? 지금도 사랑을 하는 것은 아닐까?

‘상관없어. 이제는 당신을 미워할 테니까.’

증오는 사랑하는 것보다 더 아프고 힘들지도 모른다. 사랑하는 것만으로도 아팠던 수연이었다. 사랑 때문에 죽을 만큼 아프고 서러웠었다. 그랬는데 이제 사랑보다 더 아플 증오를 해야 한다.

수연은 다시 한 번 방을 둘러보면서 자신의 흔적이 남아 있는지 꼼꼼히 살폈다. 아무것도 없다는 것을 확인한 수연은 방을 나와서 문을 닫았다. 수연은 거실을 지나 현관을 거치고 그대로 마당을 가로질렀다.

대문의 철문에 손이 닿자 가슴이 아파왔다. 정말 이대로 끝내야 하는 것일까? 혹시라도 그가 달려와 잡아주지 않을까? 그런다면 그땐 어째야 하는 것일까?

엄마!

엄마를 생각하며 수연은 더럽고 치사한 미련을 버렸다. 분노의 힘으로 대문을 열었다. 피가 나올 정도로 악문 입술에서 느껴지는 통증으로 돌아보지 않고 대문을 나올 수 있었다. 대문 앞엔 그녀가 부른 택시가 기다리고 있었다.

"어디로 갈까요?"

택시에 오르자 기사가 친절하게 물었다.

"김포공항이오."

"김포공항이오?"

새벽 2시에 공항으로 가는 것이 너무도 처량 맞아서 수연은 실없이 웃었다. 하지만 입은 웃고 있는데 눈에선 주룩주룩 계속 눈물이 흘러나오고 있었다.

마음이 커다란 돌처럼 무겁기는 했지만 어쩔 것인가. 원래 인간 관계에서 기분 좋은 끝이란 희귀할 만큼 드문 일이고, 특히 살을 섞다가 헤어지는 남녀에겐 거의 없는 일이지 않는가.

그런 생각을 하면서도 인환은 자신도 모르게 창가로 가서 나가는 수연의 모습을 찾기 시작했다. 정원을 가로질러 가는 수연의 모습이 보였다.

애처롭게 비치는 가로등의 불빛을 제외하고 그녀의 주위는 온통 무겁고 짙은 어둠이었다. 수연이 한 번도 돌아보지 않고 타박타박 대문으로 다가갔다. 이제 지긋지긋해, 라는 느낌이 물씬물씬 그녀의 몸에서 품어져 나왔다. 수연이 대문을 연다.

철컹. 인환의 마음속에서 대문이 열리는 소리가 들려왔다. 이제 수연이 저 대문을 열고 나가면 다시는 볼 수 없을 것이다.

인환은 자신도 모르게 주먹을 움켜쥐었다. 다시 못 봐? 다시 못 본다고? 갑자기 인환의 등으로 선뜻한 바람이 훑고 지나갔다.

잡아…….

지금은 새벽 2시. 집을 나가기엔 너무도 이른 시각이었다. 게다가 수연이 끝을 외치고 나갈 때 주려고 준비한 것을 하나도 주지 않았다.

수연을 만류해야 할 여러 가지 이유들을 생각하며 인환은 급히 뛰어나왔다. 단숨에 정원을 가로질렀다. 대문을 열고 나간 인환의 눈에, 길 끝으로 사라져 가는 택시가 들어왔다.

택시를 불렀던가?

인환은 우두커니 서 있다가 몸속으로 스며드는 차가운 기운에 정신을 차렸다. 밤의 어둠이 절망처럼 짙은 색으로 수연이 떠나간 길가에 내려앉아 있었다. 아직 채 마르지 않은 젖은 머리카락과 바스가운만 입은 인환의 맨몸으로 겨울의 바람이 날카롭게 휘감겨 들었다.

『내일요. 아니, 오늘인가? 10시 비행기로 떠나요.』

갑작스럽게 떠오른 수연의 말에 인환은 쓴웃음을 지었다. 수연의 그 말은 잡아달라는 호소였을 것이다. 그렇지 않다면 굳이 그런 말을 하지 않았을 테니까.

"젠장."

결코 잡을 수 없는 이유를 생각하며 인환은 저도 모르게 욕설을 내뱉었다.

금방이라도 눈이 내릴 것 같은 짙은 회색의 추운 겨울의 밤에 수연은 떠났고, 그 길을 바라보면서 인환은 한참을 서 있었다.

chapter 2

그녀가 죽었다

"저렇게 눈이 오는데 비행기가 뜨겠어?"

수연은 어느 여자의 목소리에 멍한 의식에서 깨어났다. 창을 바라보고 나서야 수연은 창으로 보이는 세상이 온통 눈으로 덮여 있는 걸 알았다. 어쩐지 웃음이 나왔다. 이렇게 눈이 왔는데도, 아침이 이렇게 훤히 밝았는데도 장님처럼 아무것도 보지 못하고 있었다니.

한수연, 이렇게 살지 않기 위해 그 집을 나온 거잖아. 정신 차려.

피 맛이 느껴져 입술을 누르니 살짝 혈흔이 묻어 나왔다.

이것은 피의 맹세, 나는 울지 않을 것이다. 인환을 생각하지도 않고 그를 미워하지도 않을 것이다.

그래, 그럴 것이다.

"결항하면 어쩌지?"

"비행기를 뒤에서 밀면 되지. 기운 뒀다 뭐 할래?"

쾌활한 음성으로 옆자리의 여자가 말하자 일행인 남자가 대답했다.

"아꼈다가 너 때릴 때 쓸 거야."

"내가 여자에게 맞을 사람으로 보이냐?"

"때리면 맞아야지, 별수 있어? 그리고 넌 맞는 데 여자 남자를 가려서 맞니?"

"여자가 돼서 남자를 때리겠다고? 어허, 참. 내가 너를 잘못 키웠구나. 점점 드세지니, 이래서 시집이나 가겠니?"

"나는 네가 키운 것이 아니고 스스로 컸거덩? 그리고 시집은 내가 알아서 잘 갈 테니 네가 걱정할 필요는 없고, 그럴 시간 있으면 네 장가갈 걱정이나 해. 너는 걱정스럽지도 않아?"

"뭐가?"

"작잖아. 여자들은 너무 작은 것을 안 좋아해."

"내 키 얘기 하는 거라면 나 별로 안 작다. 80이다. 이만하면 절대 작지 않아!"

"어디서 반올림! 네 키가 77밖에 안 되는 거 10년 전부터 알고 있거덩? 그리고 나는 키 얘기한 것이 아냐."

"그럼?"

"가지 얘기했어."

“가…… 지?”

“내게도 사회적 체면이 있어. 너무 적나라한 말은 좀 피해야잖아. 그래서 그냥 자 자를 가 자로 바꿨으니 알아들으셈.”

“그런 말을 아무렇지 않게 하다니. 넌 정말 불알만 안 달린 남자인 것이 분명하다.”

“너 달린 것 보니까 안 달린 게 천만다행이야. 뭐냐, 그거. 달랑달랑, 방울 두 개. 흥!”

“이 가시나가. 할 말이 있고 못할 말이 있지. 네가 언제 봤다고…….”

“왜 이래. 목욕탕에서 만났으면서. 너 유치원 다닐 때 할머니 따라서 여탕 왔었잖아.”

“그건!”

“그때 다 봤거덩? 그리고 하나도 안 잊고 기억하거덩?”

여자가 팔짱을 턱 끼며 싱글싱글 웃었다.

“네 거 생긴 것까지 얘기하기 전에 내 입 막을 생각 없어? 달려가서 커피나 사오지?”

“이 자식이.”

주먹을 쥐고 여자의 머리를 쥐어박는 시늉을 하던 남자가 커피를 사러 가는지 일어나 가버렸다.

“남자들은.”

남자의 뒷모습을 보며 여자가 끌끌 혀를 찼다.

“애라니까요. 잘 데리고 놀아야 해요. 안 그래요?”

여자의 시선이 그대로 수연에게 돌아왔다. 두 사람의 대화를 엿듣고 있는 것같이 돼버려 수연은 얼른 시선을 피해 고개를 돌렸다. 여자가 다시 말을 걸어왔다.

"어디가 아픈 거예요?"

수연은 잠시 할 말이 없어져 버렸다. 타인의 눈에 아파 보인다는 것이 너무 초라했다.

"몸? 아니면 마음?"

여자의 오지랖이 부담스러워 자리에서 일어선 수연은 조용히 가방을 끌고 사람이 없는 구석진 장소로 걸음을 뗐다.

"뭘 보고 있어?"

커피가 담긴 종이컵을 쥐고 돌아온 혁진이 수연의 등을 바라보고 있는 세나를 툭 쳤다.

"저 여자."

세나가 구석진 곳에서 창밖을 바라보고 선 가느다란 여자를 가리켰다. 여자가 입고 있는 단정한 선의 보라색 외투를 보니 좀 전에 세나 옆에 앉아 있던 여자인 것 같았다.

"참 슬퍼 보이는 눈을 갖고 있네. 진짜로 울고 있는 건지 아닌지 모르겠어."

"시작이 됐구나."

"눈 봤어? 깊어도 저렇게 깊은 눈은 처음 봐."

만화가 아니랄까 봐 참 상상력이 풍부한 세나였다. 혁진은 혀를 끌끌 찼다. 세나는 캐릭터를 위해서라며 자신의 마음에 드는 사람을 보면 '안녕하세요. 커피 좋아하세요?' 라며 말도 잘 붙였고, 겁도 없이 처음 만난 사람을 잘도 따라다녔다. 세나의 말을 빌리면 그것이 사람을 줍는 작업이라고 했다.

만화가는 말이지, 수많은 캐릭터를 창조하는 직업이라고. 평소 그런 주장을 했던 세나가 아까 부득부득 이곳으로 오자고 한 것은 저 여자 때문이었나 보다. 이번에 주울 사람을 저 여자로 정했나?

"제주도 가는 여자일까? 같은 비행기라면 좋겠다."

갑자기 세나가 툭 혁진의 손에 든 커피잔을 채갔다. 아직 한 모금도 입에 대지 않은 커피를 빼앗긴 혁진이 소리 질렀다.

"그건 내 거야!"

언제부턴지 혁진의 것은 자기 것, 자기 것도 자기 것이 된 지 오랜 세나였다. 세나는 혁진의 말을 무시하며 여자가 있는 쪽으로 걸음을 옮겼다.

"따뜻한데 커피 마실래요?"

수연에게 다가간 세나가 커피를 내밀며 상냥하게 웃어 보였다.

"향이 참 좋아요. 공항에서 팔기엔 아까울 정도로 그윽한데요."

좋기는 개뿔. 사실 커피는 찌꺼기만 모아서 내린 것 같은 형편없는 맛이었다.

"정말 맛있어……."

"됐습니다."

수연의 말투는 얼음처럼 서걱거리면서 칼처럼 날이 서 있었다. 혼자 내버려 둬요. 이런 단호한 거절을 알아들었지만 세나는 꿈쩍도 하지 않았다.

"누굴 기다리세요?"

순간 수연의 표정이 확 변했다.

"아뇨."

수연은 자신도 모르는 속마음을 모르는 여자에게 들킨 것 같아 얼굴을 붉히고 말았다.

기다렸을까? 나도 모르게 그가 달려와 잡아주길 기다렸던 것일까?

"박세나, 비행기 뜬단다. 수속 밟자."

수연은 몸을 돌려 그 자리를 바삐 벗어났다. 그런 수연의 뒷모습을 바라보며 세나가 다가온 혁진에게 투덜거렸다.

"저 여자는 내가 싫은가 봐. 왜 그럴까? 나를 싫어하는 사람이 있다니, 이건 말도 안 돼."

"박세나."

"왜?"

"왜 사람들이 다 너를 좋아할 거라는 망상은 품고 살아?"

"그야 뭐, 나는 미인이고 능력 있고 착한……."

"헛소리 그만두고 어서 수속이나 밟자."

"뭐야. 너, 내 말에 수긍 안 하는 거야? 너, 지금 내 자존심 밟은 거지?"

"자존심도 밟는 거냐? 그런 줄 미처 몰랐네."

혁진이 싱긋 웃는 게 영 마음에 들지 않아 세나는 주먹으로 한 대 치고 말았다.

폭설로 인해 많은 사람들이 취소를 해서 좌석은 많이 비어 있었다. 수연은 배정된 자리에 앉아 안전벨트를 맸다. 동그란 기내의 창으로 보이는 바깥의 풍경은 활주로를 제외하고 온통 눈이었다.

이제 떠난다. 이제 끝이다. 이 비행기가 뜨면 인환과 다시는 만나지도 않고 기억하지도 않고 그렇게 살아갈 것이다.

승객의 탑승이 모두 끝났는지 스튜어디스가 인사를 하고는 비상시의 대처하는 법을 설명하기 시작했다.

그래, 이제 끝이야.

수연은 깊은 숨을 내쉬었다.

미련도 미움도 사랑도 이제 갖지 않겠다. 그의 이름 자체를 잊겠다.

갑자기 억울한 생각이 물밀듯 이어져 왔다. 주마등처럼 인환과의 시간이 눈앞에 지나가자 헉헉 숨이 막혀왔다.

길다면 길었던 천 일의 시간. 그녀가 필사적으로 인환을 향해 살았던 시간 동안 인환이 얼마나 인색했는지 생각이 났다. 그가 다정한 말을 해준 것은? 기억에 없다. 다정한 행동은? 기억에 없다. 그녀를 향해 웃어준 것은? 그 역시 기억에 없다.

억울해. 천 일 동안 그녀가 받았던 것은 무시, 그리고 냉대뿐이었다. 어제까지 그녀는 그런 인환의 무시를 감정을 표출하지 않는 성격 때문이라고 생각했었다. 그의 쌀쌀맞음도 타고난 성격이 그래서일 거라고 생각했었다.

사실은 아니란 걸 알고 있었으면서…….

꾹꾹 눌렀던 모멸감이, 분노가, 화산이 폭발하듯 갑자기 터져 나왔다.

"아아아악!"

날카로운 비명이 갑자기 수연의 입에서 터져 나왔다. 깜짝 놀란 승객들의 시선이 일시에 몰려들었으나 수연은 아무것도 보지 못했다. 억울하다. 너무 억울해서 미칠 것 같다. 눈물이 펑펑 흘러나왔다.

"아아아아악!"

미친 듯 소리치는 수연의 눈에서 눈물이 펑펑 쏟아져 나왔다.

손도 대지 않은 식탁을 정리하면서 논산댁은 계속 인환을 흘끔거렸다. 그녀가 이 집에서 가정부 생활을 한 지 4년이었으나 그동안 인환은 한 번도 이렇게 식사에 손도 대지 않은 적은 없었다.

'지금은 생각이 없습니다.'

늘 아침을 먹는 시간에 방을 노크했던 논산댁은 들려온 인환의 대답에 살짝 놀랐다. 별일이네. 고개를 갸웃거리며 아래로 내려왔는데 별일은 그것만이 아니었다. 오늘 아침엔 수연이 7시가 훨씬 넘었는데도 2층에서 내려오지 않고 있었다. 수연은 이 집에 들어와서 아직까지 늦잠을 잔 적이 없었다.

'안녕히 주무셨어요.'

6시 정각이 되면 인사를 하며 주방에 들어와 인환에게 줄 녹즙을 갈았다.

어디 아픈가? 아니면 둘이 싸우기라도 했나? 그렇다고 가뜩이나 새가 먹이 먹는 것처럼 적게 먹는 사람이 아침을 건너뛰어서야 쓰나. 인환보다 수연이 아침을 거르는 것이 마음에 걸려서 논산댁은 연신 2층을 올려다보았다.

10시가 넘자 인환이 내려왔다.

"아침을 주십시오."

수연이 같이 내려오지 않는 걸 보니 사단이 나도 단단히 난 모양이었다. 싸운 것이 분명해. 이럴 땐 그저 조심해야 한다. 주인의 기분이 나쁠 게 분명하니까. 가정부로 지낸 지 벌써 4년이나 지났는데도 인환은 첫날 그녀를 맞이하던 모습에서 조금도 변하지 않았다. 그래서 논산댁은 자신보다 한참 나이 어린 인환을 어려워했다. 인환은 필요한 말 외엔 논산댁과 말을 섞지 않았다.

논산댁은 겸상으로 식탁을 차려놓고 인환을 향해 조심스럽게 물었다.

"올라가서 내려오라고 할까요?"

인환의 얼굴에서 싸늘한 기운이 뿜어져 나오는 걸 보고 논산댁은 적이 당황했다. 뭔가 잘못 말했나? 안절부절 어쩔 줄 몰라 하는 논산댁을 향해 잠시 침묵하던 인환이 입을 열었다.

“그럴 필요 없습니다. 그 사람, 이제 이 집과는 아무 상관이 없는 사람입니다. 어제 나갔습니다.”

아. 이번엔 논산댁이 잠시 침묵했다. 결국엔 그렇게 됐구나. 그동안 지내온 것을 보았기에 수연이 나갔다는 것이 조금도 이상하지 않았다. 논산댁은 주인을 흘끔 바라보았다. 키우던 강아지가 나가도 서운해하는 게 인지상정인데, 어떻게 같이 살던 여자가 집을 나갔는데도 이렇게 태연할까.

그래도 기분은 안 좋은 모양이었다. 인환이 두어 수저 뜨고는 숟가락을 놓았다.

“커피 드릴까요?”

“됐습니다.”

“전화 왔네요.”

아무렇지 않은 것은 표면뿐이었나? 조금은 신경이 쓰이나 보다. 전화가 걸려온 것도 모르는 것을 보니. 전화받을 때는 자리를 피해주길 바라는 것을 잘 알기에 논산댁은 조용히 물러났다.

액정에서 윤희의 번호를 본 인환은 눈살을 찌푸렸다. 토요일인 이 시각에 전화를 하는 걸 보면 굉장히 급한 일이 생겼나 본데, 뭐지? 다 귀찮았다. 오늘은 그냥 쉬고 싶었다.

“왜?”

[수연 씨 집에 있어?]

“아니.”

[어디 갔어? 혹시 수연 씨, 제주도 간 것은…… 아니야, 아닐 거

야. 그렇지?]

"그걸 네가 어떻게 알아?"

[오, 안 돼. 세상에, 정말로 제주도를 갔단 말이야? 이 일을 어째.]

"왜?"

[정말 제주도에 갔어? 오늘 비행기로 간 거야? 응?]

"왜 그러냐고 물었지? 두 번 묻게 하지 마."

[뉴스 좀 봐. 제주행 비행기가 공항에서 이륙하다 비상착륙을 했는데 부상자 명단에 수연 씨 이름이 있어.]

지금 내가 무슨 말을 들은 거지? 윙, 귀에서 이명이 일어났다.

먹은 게 잘못됐나? 속이 들끓어 오르면서 구토와 오한이 일었다. 뭔가 축축한 것이 얼굴에서 흘러내려 인환은 손을 올렸다. 이마에서 진땀이 배어 나오고 있었다.

'뉴스 좀 봐.'

뉴스?

'제주행 비행기가 공항에서 이륙하다 비상착륙을 했는데…….'

제주행 비행기?

언제 거실로 나가 언제 텔레비전에 전원을 넣었을까? 그는 거실의 텔레비전 앞에 서서 이미 전원이 들어와 있는 텔레비전을 멍하니 바라보고 있었다. 화면에서 영상과 소리가 부산스럽게 흘러나왔다. 김포발 10시 제주행 비행기가 이륙을 시도하다 갑자기 엔진 하나가 꺼져 비상착륙을 했다는 사고 뉴스로 시끄러웠다.

[제주행 10시 비행기가 이륙 도중 오른쪽 날개 엔진의 결함으로 그대로 곤두박질하듯 비상착륙을 했……. 동체 착륙 중 왼쪽 날개가 부서지는 등 그야말로 대형사고가 ……날 뻔……. 몇몇 부상자들은 경과를 지켜봐야 할 정도로 심한 부상이라고 합니다.]

소리가 들렸다 말았다 해서 인환은 리모콘의 소리를 최대한 올렸다.

『10시 비행기로 제주도에 가요.』

금방이라도 울어버릴 것 같은 눈으로 그의 시선을 맞추고 수연이 오늘 새벽 그에게 그렇게 말하고 집을 나갔다.

한수연.

자막 속 부상자 명단에 그녀의 이름이 지나가는 것을 본 순간 서늘한 것이 인환의 등골을 훑어 내렸다.

[다음은 방화동의 삼정의료원으로 이송된 부상자입니다. 강민교 씨 남자 54세, 나석영 씨 남자 34세, 남지태 씨 남자 40세……. 아, 급보입니다. 사망자가 나왔습니다. 김포의료원으로 옮겨진 28세의 한수연 씨가 지금 막 숨을 거뒀다고 합니다.]

"윽!"

갑자기 누군가가 심장을 왁살스럽게 움켜쥔 뒤 쥐어짜는 것 같은 거센 고통이 밀려들었다.

"에그머니나! 본부장님, 왜 이러세요?"

논산댁의 말이 저 멀리서 윙윙거렸으나 인환의 귀에 들어온 것은 텔레비전에서 흘러나오는 소리뿐이었다.

[김포의료원에 나가 있는 김연숙 앵커를 불러 보겠습니다. 김연숙 앵커, 지금 김포의료원에서 최초로 사망자가 나왔다죠?]

[네, 그렇습니다. 안타깝게도 숨진 한수연 씨는 사고로 인한 부상이 아니고 사고 후 기내를 탈출하다 일어난 시고라고 합니다. 한수연 씨가 넘어졌는데 사고로 놀란 사람들이 그대로 밟고 지나가 그것이 사망의 원인이 되었답니다.]

[넘어져서 밟혔다고요?]

[그렇습니다. 넘어진 한수연 씨를 놀란 사람들이 그대로 밟고 지나가면서 일어난 사고라고 밝혀져 주위의 안타까움을 사고 있습니다.]

"본부장님, 본부장님!"

"왜요?"

"전화……."

그제야 인환은 자신의 손에서 전화가 요란스런 소리를 내고 있다는 것을 알아차렸다.

"괜찮으세요? 본부장님?"

"내가 왜요?"

날카로운 인환의 말에 걱정스럽게 쳐다보던 논산댁이 무안한 얼굴을 하고 얼른 주방으로 물러갔다.

"왜?"

[김포의료원으로 갈 테니 어서 와.]

그 말만 하고 윤희가 전화를 끊어버렸다.

인환이 김포의료원에 도착했을 때는 탑승자의 가족과 취재진으로 병원은 혼돈 상태였다. 병원에 오니 그제야 수연이 죽었다는 실감이 왔다. 죽었구나. 한수연, 죽어버렸구나. 다시는 나 같은 놈과 어울리지 않아도 되겠구나. 갑자기 마음속에서 싸아 바람이 불어왔다. 뼈가 시릴 정도로 차가운 바람이 그의 전신을 감쌌다.

"강인환."

먼저 와 있던 윤희가 인환을 보고 다가오다 멈칫 걸음을 멈추었다. 인환의 모습이 차가운 돌덩이처럼 굳어 있었다.

그래도 3년이나 같이 살더니 내색하진 않았어도 마음은 있었나보다. 하긴 마음이 있었으니 집 안에 들여놨겠지. 윤희는 위로랍시고 말을 꺼내기가 조심스러워 입만 벙긋거렸다. 비행기 사고에서 유일한 사망자가 수연이라는 것도, 하필이면 수연이 사고난 비행기에 탑승한 것도 참 기가 막힌 일이었다.

"사람들이 몰려 나가는데 그 아가씨는 핸드백을 집느라고 거꾸로 밀고 들어왔다가 아차 밀려 넘어졌지. 순간이었어. 다들 우르르 몰려 나가느라고 정신없어서 밑에 사람이 있는지 없는지도 몰랐던 것 같아. 내가 사람 쓰러졌다고 소리소리 질렀는데 다들 들은 척도 안 했어."

같은 병원에 이송된 부상자가 하는 말을 듣고 윤희는 그까짓 핸드백이 뭐라고…… 하며 혀를 차고 있었다.

"수연 씨의 일은 정말……."

이런 말이 위로가 될까? 듣기 싫은 것 같은 인환의 표정에 윤희는 얼른 말을 돌렸다.

"우선 경찰을 만나봐. 가서 신원 확인을 해야지."

"왜 내가 아무 상관 없는 여자의 신원 확인을 해?"

응? 잘못 들었겠지. 왜 내가, 라니? 하지만 저 냉정한 표정은 뭐지?

"상관이 없다니. 너랑 수연 씨……."

"헤어졌어."

"무슨 소리야. 어저께까지 같이 살았잖아."

"오늘 새벽에 끝났다."

느지막이 일어나 텔레비전을 틀었다가 한수연의 이름을 발견한 것을 시작으로 젠장, 무슨 날이 이래? 하루 종일 놀랄 일이 왜 이리 많단 말인가. 계속 폭탄이 터지고 있다. 망할 놈, 말하는 것하곤. 헤어졌어? 그래서 신원 확인을 할 수가 없어?

"신원 확인을 안 할 거면 여긴 왜 왔는데?"

"네가 일방적으로 오라며 전화를 끊었잖아."

"너, 정말……."

"분명히 말하는데, 어제, 아니, 오늘 새벽으로 한수연과 나는 아무 상관이 없다."

세상에, 뭐 이런 놈이 다 있어? 정말 직장 상사가 아니라면 어퍼컷에다 원투 스트레이트를 연속으로 날려 버릴 텐데.

윤희는 돌아서는 인환의 등을 흘겨보며 속으로 욕을 하기 시작했다. 와, 저놈. 못된 놈인 줄은 알았지만 정말 저렇게까지 나쁜 놈인 줄은 몰랐네.

대학 시절 지독할 정도로 냉정했던 인환을 두고 윤희는 늘 밥맛 없는 놈이라고 불렀다. 보기만 번듯했지 절대로 친구로 두고 싶지 않은 놈이었다.

"사표 써서 얼굴에 홱 던지고 싶네. 나쁜 놈의 새끼."

벽처럼 단단해 보이는 등을 향해 들려도 좋다는 심정으로 윤희는 좀 크게, 아니, 많이 크게 중얼거렸다. 인환이 아무런 반응을 하지 않자 그만 욱해 버렸다.

"강인환, 정말 냉혈한이다. 같이 산 여자가 죽었는데도 아무렇지도 않니? 마치 수연 씨 죽기를 기다리기라도 한 것 같구나."

결혼식만 올리지 않았지 한집 한방에서 3년이나 같이 살았는데 죽었다는 말에도 조금의 감정이 없단 말이니? 헤어졌다는 한마디 외에는? 혹시 저놈, 헤어진 것이 아니고 수연 씨에게 걷어차인 것은 아닐까? 맞아. 그랬나 보다. 그러니까 저러지. 나 같아도 너 같은 싸가지는 걷어찼다.

"수연 씨, 인환이 놈 잘 걷어찼어. 진즉에 좀 걷어차지. 정말 탁월한 선택이었어."

단지 제주도행 비행기, 이것만 탁월하지 않은 선택이었지. 정말 불쌍도 하지.

중얼대면서 윤희는 병원 안으로 들어갔다. 인환이 그냥 가버렸으니 그녀라도 수연의 신원 확인을 해야 했다. 윤희는 경찰과 공항 관계자를 찾았다. 오는 도중 전화를 걸었던 터라 경찰관이 윤희를 반갑게 맞이했다.

"박윤희 씨와 한수연 씨는 어떤 관계입니까?"

"잘 아는 동생입니다."

상사의 연인이라는 말을 할 수는 없어 윤희는 대충 얼버무렸다. 수연의 가족을 기다렸는지라 경찰의 표정이 조금 찌푸려졌다.

"한수연에게 가족은 아무도 없어요. 아니, 없다고 그렇게 들었어요."

수연은 고아라고 했다. 혈혈단신의 혼자라고 했다. 갑자기 수연이 너무 가엾다는 생각이 들어 윤희는 저도 모르게 한숨을 내쉬었다.

경찰이 안내한 방에는 하얀 천으로 덮은 침대가 놓여 있었다. 그것을 보자 갑자기 너무 가엾다는 생각에 윤희의 눈에 눈물이 고였다.

"시체 안치실로 옮기려는데 박윤희 씨의 전화를 받았어요. 곧 도착한다고 해서 영안실로 안치하지 않고 기다렸습니다. 확인해 보세요. 한수연 씨가 맞습니까?"

경찰이 천을 걷었다. 상처로 처참한 여자의 얼굴이 드러난 순간 윤희는 자기도 모르게 신음 소리를 내고 말았다.

폭설로 인해 도로는 거북이처럼 차가 뒤엉켜 병원을 떠나온 지

20분이나 지났는데 그의 차는 아직도 김포시를 벗어나지 못하고 있었다. 인환은 차로 가득한 도로를 무심한 얼굴로 바라보았다. 하지만 무심한 것은 표정뿐이었다. 그의 가슴은 지금 지글지글 끓고 있었다.

한수연!

인환은 이를 악물었다. 갑자기 심장이 조여들었다. 참으려고 이를 악물었으나 고통은 너무 심했다. 금방이라도 심장이 터져 버릴 것 같았다. 뭔가 이상이 생기기라도 한 것일까? 인환은 떨리는 손으로 휴대폰을 집어 들었다.

"안철형."

[목소리가 왜 그래? 참, 그것보다 윤희가 큰일 났다고 달려나갔는데 대체 비행기에 누가 타고 있었던 거야?]

"나 지금 네 병원으로 간다."

[뭐야? 나 오늘 휴일인데…….]

휴대전화를 집어 던지고 인환은 이마에 흐른 땀을 닦았다.

"가슴이 아파?"

모처럼의 휴일이라 느긋하게 집에서 쉬고 있던 철형은 느닷없이 병원으로 온다는 인환의 말에 이런 미친놈을 중얼거리며 달려나왔다. 왜 하필 병원으로 온다고 하는 거냐며 구시렁거리며 달려간 철형은 병원 문 앞에 서 있는 인환을 보고 몹시 놀랐다.

"왜 그래?"

생전 처음 보는 표정으로 인환이 서 있었다.

"여기가, 아프다."

인환이 왼쪽 가슴을 누르고 대답했다. 감정 표현에 인색해서 웬만큼 아프지 않으면 아프다는 내색도 하지 않을 녀석이 인환이었다. 인환은 아파도 아프다 소리 않고 억울해도 억울하다 소리를 하지 않았다. 좋아하는 것도 싫어하는 것도 없는, 감정 위에 방어막을 겹겹이 철갑처럼 두르고 있어서 죽을 때까지 나약한 말이나 속마음을 내보이지 않을 줄 알았는데, 그런데 아니었어?

철형이 급히 셔터를 열고 문을 열자 인환이 상담실로 들어서기가 무섭게 무너지듯 앉았다.

"무언가가 심장을 움켜쥐고 비틀어 짜는 것 같아."

"그럼 내과를 가야지 왜 신경정신과 의사를 불러내?"

잔뜩 일그러진 인환의 표정에 철형이 급히 외쳤다.

"그렇게 아프면 응급실로 가서 심전도 검사를 해볼래?"

얼마나 힘이 들어갔는지 가슴을 움켜잡은 인환의 손에서 힘줄이 툭툭 불거져 나와 있었다.

"얼마 전에 받은 건강검진에는 아무 이상도 없었어."

극심한 고통이 허리를 꺾어왔으나 인환은 입술을 악물고 견뎌냈다.

죽을 것처럼 아프다. 죽을 것처럼. 죽을 것처럼……. 죽을 때 너도 아팠니? 이만큼 아팠어? 수연을 생각하자 고통의 강도가 더 세졌다. 아! 불현듯 인환은 깨달았다. 이건 양심의 고통이구나. 그렇구나. 아직 그에게 양심이란 것이 남아 있었나 보구나. 그렇다면 그는 아프다는 소릴 할 자격도 없는 것이다.

"내가 아픈 것은…… 아픈 짓을 해서일지도."

"아픈 짓이라니?"

너무도 아파서, 혹시 이러다 심장이 멈출지 모른다는 생각이 들어서 철형을 불러냈지만 그에게 이러니저러니 속에 든 말을 하기는 싫었다.

"간다."

"야! 강인환."

대답 없이 나가는 인환의 등이 차갑게 굳어버려 마치 벽처럼 보였다.

집에 도착했을 때는 고통과 싸우느라고 인환의 온몸은 땀으로 젖어 있었다. 겨우 태연한 얼굴로 차에서 내린 인환은 자신도 모르게 달려나오는 수연을 찾기 시작했다. 미친놈. 논산댁이 달려나오는 것을 보고 자신을 향해 욕을 퍼붓고 말았다.

"양재동 사모님이 오셨어요."

도경에게 허점을 보이기 싫어서 인환은 꼿꼿하게 등을 펴고 집 안으로 들어갔다.

"오셨습니까?"

"사고 소식 듣고 달려왔다."

"무슨 사고요?"

도경이 인환의 위아래를 살피기 시작했다. 인환의 마음이 어떤 지 알아내려는 듯 눈을 빛냈다.

"아직 연락 못 받았어? 그 아이 말이야."

"그 아이라니요."

"그, 걔 말이다. 한, 한…… 수연."

"피곤합니다. 모르는 사람 이야기로 시간을 낭비하고 싶지 않 습니다. 이만 올라가겠습니다."

"모르는 사람? 한수연이 모르는 사람이라고? 여태 끼고 산 그 애를 왜 이제 와 모르는 사람이라고 하는 거니?"

"올라가겠습니다."

등을 돌리고 인환은 2층으로 오르기 시작했다. 도경의 존재는 이미 안중에 없었다. 인환은 몸을 바로 세웠다. 타인에게 자신의 약한 모습을 보여주기 싫었다. 그것이 도경이라면 더욱더.

"참 이 집은 대단한 집이야. 죽은 사람을 밟고 서야만 주인이 되 는 더러운 집이야. 안 그래?"

인환이 걸음을 멈추고 몸을 돌리고 물었다.

"누가 죽기라도 했습니까?"

chapter 3

그 여자를 버렸다

“이 집의 진짜 주인, 한수연이 죽었잖아.”

수연의 이름을 들을 때마다 가슴을 불로 달군 쇠꼬챙이로 관통하는 것 같은 뜨거운 고통이 밀려들었다. 그래서 수연을 버렸다. 그녀에게 줄 수가 없어서, 그녀의 것을 모조리 차지하기 위해서.

“이 집의 진짜 주인은 접니다.”

“그럴까?”

비웃음이 도경의 얼굴에 가득했다. 하지만 인환은 수연과 지내는 3년 동안 도경이 얼마나 수연을 내쫓기 위해 애썼는지 다 알고 있었다.

“피곤합니다. 이만 쉬어야겠어요. 다음에 뵙지요, 고모님.”

고모와 조카. 겉으론 분명 그런 사이고 남들 앞에서도 그렇게 불렀지만 두 사람의 사이는 앙숙이었다. 천적이나 마찬가지였다.

"뻔뻔도 하지. 아무것도 아닌 주제에 진짜 주인을 쫓아내 놓곤."

"우리 둘 다 마찬가지 아닙니까? 같은 뻐꾸기 새끼, 안 그렇습니까?"

"시끄러. 난 너랑 달라. 난……."

도경이 사납게 눈을 치떴다.

"너, 혹시 그 애가 죽기를 기다린 건 아니니?"

아무 반응도 보이지 않고 인환은 자신의 방으로 들어와 버렸다. 하지만 그의 마음은 몹시 흔들리고 있었다. 윤희도 그렇게 말했다.

'마치 수연 씨가 죽기를 기다리기라도 한 것 같다, 강인환.'

머릿속에서 윤희의 목소리가 뱅뱅 돌았다. 기다렸던가? 인환은 이를 악물었다. 수연이 죽기를 바랐다니, 그건 절대 아니었다. 그런 것은 한 번도 생각해 보지 않았다. 그런데 왜 윤희나 고모는 그에게 수연이 죽기를 바랐느냐고 묻는 것일까?

마치 수연 씨 죽기를 기다리기라도 한 것 같다, 강인환.

아니야.

마치 수연 씨 죽기를 기다리기라도 한 것 같다, 강인환.

아니야!

마치 수연 씨 죽기를 기다리기라도 한 것 같다, 강인환.

아니라고.

마치 수연 씨 죽기를 기다리기라도 한 것 같다, 강인환.

　한수연이 죽기를 기다렸다고? 그가 보육원에 있을 때 그를 향해 오빠라고 부르며 다가왔던 그 한수연이 죽기를? 아니다. 그건 정말 아니다. 사랑하지 않기 위해 기를 쓰긴 했지만 죽기를 바라진 않았다. 떠나기를 원했지만 결코 그녀가 죽기를 바란 적은 없었다.

　고통으로 눈앞이 부옇게 흐려져 갔다. 헉헉, 숨이 가빠온다. 그를 보육원에 데려다 놓고 돌아서던 어머니였던 사람의 뒷모습을 보고 있었던 때처럼.

　'이러지 마세요. 어머니, 제발 절 두고 가지 마세요.'

　입만 벙긋거리던 그때처럼 가슴이 찢어진다.

　인환은 이를 악물었다. 그렇구나. 그때부터였구나. 시나브로 네가 내 마음을 점령했던 것은. 그때 그는 정말 외로웠다. 그는 보육원의 다른 아이들과 어울리지 못했다. 그가 살았던 환경과 너무도 다른 환경의 아이들은 그를 질투하고 비웃었다. 재벌집에서 살다 온 그를 아니꼬워했다. 그래서 그는 2년 내내 완벽한 혼자였다.

　『오늘은 좋아하는 사람에게 초콜릿을 주는 날이래요.』

　후줄근하게 반쯤 녹은 초콜릿을 내미는 작은 계집아이의 말에 눈물이 나올 것 같아서 이를 악물어야 할 만큼 그는 외로웠다. 좋아하는 사람이라는 말에 깊은 감동을 받고 울고 싶을 만큼 그렇게 많이 외로웠다.

그런 너를 어떻게 죽길 바랄까.

인환은 주먹으로 눈가를 다시 훔쳤다. 왜 자꾸 땀이 나는지 모르겠다. 남들이 보면 눈물인 줄 알 텐데.

내년엔 더 큰 것을 사주겠다고 한 수연의 약속은 지켜지지 않았다, 영원히. 그로 인해서.

『집으로 가자.』

이혼 후 아들은 재혼할 생각을 하지 않고 있었다. 그렇다는 것은 대가 끊기는 것이라는 이야기였다. 그래서 김 회장은 심사숙고 끝에 손자로 알고 키워온 인환을 데려오기로 결정을 내렸다. 무엇보다 인환에겐 싹이 보였다.

김 회장을 보고 인환은 하마터면 울 뻔했다. 할머니가 약한 사람을 싫어한다는 사실을 기억하지 못했더라면 할머니의 품에 머리를 묻고 끅끅 소리 내 울었을 것이다.

할머니가 싫어해.

다시 이런 곳으로 되돌아오지 않으려면 할머니가 원하는 인간으로 살아야 한다는 생각이 든 것은 어쩌면 생존 본능이었는지도 몰랐다. 인환은 그때 결심했다. 할머니가 결코 포기할 수 없는 사람으로 자라겠다고. 그 후 그는 정말로, 철혈의 바이올렛이라는 별명을 가진 할머니의 완벽한 손자로 자라났다. 거만하고 인간미 없는 것이 어쩌면 저리 제 할머니를 닮았느냐는 소리를 들으며 성장했다.

겨울이 갔다. 봄이 오고 다시 봄이 가기 시작할 무렵 김 회장은 생일을 맞이했다. 김 회장이 그냥 조용히 지낸다고 했음에도 불구하고 그룹 내의 간부들과 친인척들이 모여들어서 아주 성대한 생일상이 차려져 버렸다.

"아픈 사람에게 무슨 생일상이야."

김 회장의 말대로 그녀의 몸은 편치 않았다. 4년 전 아들이 죽고부터 악화된 그녀의 건강은 이제는 제대로 걸음도 걷지 못할 만큼 약해져 있었다. 그래서 김 회장은 사람들에게 의지하거나 휠체어에 의존하고 있었다. 그럼에도 자신의 생일을 위해 모인 사람들을 둘러보는 김 회장의 눈빛은 81세의 생일을 맞은 노인의 눈이라고 믿기 어려울 정도로 형형했다.

"인환아."

"네."

"어디 아픈 곳이라도 있니?"

김 회장의 말에 식탁에 앉은 사람들의 모든 눈초리가 김 회장의 오른쪽에 앉아 있는 그에게 쏠렸다.

"없습니다."

"한데 왜 그렇게 얼굴이 타들어갔어? 요즘 일에 너무 매달린다고 하더니 피로한 게야?"

인환이 대답을 하지 않자 김 회장이 살짝 눈을 찌푸렸다.

"일도 좋지만 몸 생각도 해야지. 좀 천천히 하렴. 네 밑의 직원들이 죽을 맛이라고 아우성이 대단하다고 들었다."

비서의 말을 빌리면 요즘 인환은 미친 것처럼 일에 매달려 있다고 했다. 그게 무척이나 흡족했던 김 회장이었다.

"건강을 잃으면 모든 것을 잃는 게다. 일도 좋지만 건강관리에 신경 써."

"알겠습니다."

"그래, 건강해야지. 네 아버지처럼……."

김 회장이 말을 흐렸다. 자신의 아들 생각에 코끝이 시큰해졌다. 완벽하게 그녀의 손자로 자라난 인환에겐 미안하지만 가끔은 자신의 피를 이은 친혈육이 있었으면 좋겠다는 생각이 드는 것은 어쩔 수가 없었다.

한지희라고 했던가?

예전 아들이 사랑에 빠졌던 여자의 이름을 생각하면 자금도 후회로 가슴이 아프다.

아들은 젊은 시절 사랑에 빠졌고 철없이 여자를 임신시켰다.

『사생아를 낳아서 어쩌려고? 누가 네 아이를 원한다고 아이를 낳으려는 거야.』

낳게 해달라고 사정하는 여자를 병원으로 억지로 끌고 갔다.

김 회장은 밀려드는 옛 생각을 서둘러 지워 버렸다. 이렇게 약한 생각이 들다니, 나도 이제 죽을 날이 다가온 모양이구나. 조만간 유언장을 공개해 혹시나 자신이 죽더라도 그룹이 흔들리지 않게 후계자 문제를 확실히 매듭지어야겠다.

"저희 이제 왔어요. 늦어서 죄송해요. 어머니, 만수무강하세요."

도경의 식구들이 부산스럽게 들이닥쳐서 그들을 위해 비워둔 자리에 착석을 했다.

"그래, 고맙다."

"나오려는데 시어머님이 전화를 해오셔서 전화받고 오느라 늦었어요. 그런데다 급히 온다고 오는데 차가 왜 이리 밀리는지. 휴일엔 도로가 아예 주차장이에요."

"어머니, 그만하시고요, 자, 우리 할머님의 만수무강을 위해 건배하죠."

도경의 아들인 유찬이 건배를 제안했다. 술잔을 들던 인환의 시선이 대각선 자리에 앉아 있는 조그만 계집아이의 갈래머리에 멎었다.

갈래머리. 놀이터의 작은 계집아이. 갑자기 그의 심장에서 두 쪽으로 쪼개지는 것처럼 날카로운 통증이 시작됐다. 들고 있던 잔이 흔들리자 술이 출렁 넘쳤다.

"왜 그러니? 어디 아픈 게야?"

김 회장이 근심스런 얼굴을 했다.

"아닙니다."

"아니긴. 얼굴빛이……. 내일 당장 병원에 가봐라."

"예, 알겠습니다."

김 회장이 걱정할까 봐 인환은 순순히 그러겠다고 대답했다. 하지만 병원에 간다 해도 아무런 소용이 없다는 것을 이미 알고 있었다. 그의 통증은 가책이었다. 죽음으로 수연이 남긴 징벌이었다.

너를 생각할 때마다 아프다.

네 이름을 들을 때마다 가슴이 타들어간다.

왜 너를 보냈을까? 왜 10시 비행기를 탄다며 잡아주길 바랐는데 무시해 버렸을까? 아니, 왜 너를 내 집으로 데리고 왔을까? 일곱 살 그 작은 계집아이가 다가왔을 때 왜 모른 척 고개를 돌리지 않았을까? 왜 너를……. 이것은 천형. 영원한 징벌. 잊지 못한다면 죽을 때까지 계속될 고통.

내가 그녀를 죽였다. 내가 불행하게 만들어 한수연을 죽였다, 한수연을.

미쳐 날뛰는 것처럼 양심은 끊임없이 그를 향해 칼날을 휘둘러댔다.

나쁜 놈, 죽어야 할 건 나였다.

인환은 양심을 잘라내고 싶었다. 흔들리고 싶지 않았다.

난 네가 싫었다.

수연이라는 이름으로도 부르고 싶지 않을 정도로 그는 수연이 싫었다. 그 검고 깊은 눈, 슬퍼 보이는 처연한 미소, 가을 물처럼 조용하고 단정한 동작, 그 모든 것이 다 싫었다. 그를 구원의 동아줄처럼 생각하고 기대고 사랑하려 하는 것이 싫었다. 세상에 남은 마지막 안식처를 보는 것처럼 결사적으로 그만을 향하는 한수연의 눈길이 가장 싫었다.

‘허억.’

고통으로 눈앞이 캄캄해져 왔다. 내가 너를 죽여갔듯 아마도 이제는 죽음으로써 네가 나를 죽여가는 모양이구나.

“이렇게 모여줘서 고맙구나. 그러고 보니 어느새 내 나이가 벌써 80이 훌쩍 넘었구나. 80이라, 곧 죽을 날이 다가오겠지?”

“어머니, 이런 좋은 날 왜 그런 말씀을 하세요?”

“유언장을 새로 썼다.”

갑작스런 김 회장의 말에 도경이 입을 다물었고 좌중은 조용해졌다.

“곧 공개하겠다.”

두 달이 지나도록 김 회장은 유언장을 공개하지 않았다. 김 회장의 느닷없는 말에 주가가 오르고 내리는 폭풍이 한 번 몰아쳐 왔고, 모두의 촉각이 인환을 향하기 시작했다. 사람들은 어릴 때부터 철저하게 후계자 수업을 시켰으니 인환이 후계자로 지목되는 것은 당연하다고들 하면서도 인환이 갖고 있는 핸디캡에 백 프로 확신을 하지 못했다.

나간 며느리가 부정을 저질러 낳은 손자.

언젠가부터 인환에게 따라다니는 은밀한 꼬리표였다. 엄마라는 여자가 부정을 저질러 그를 낳았다고? 천만의 말씀. 그는 그 여자와 아무런 관계가 없었다. 문뜩문뜩 그에게 들려오는 자신의 소문을 들을 때마다 인환은 냉소했다. 조금도 닮았다고 생각하고 싶지 않은데 어쩌면 그 냉정함은 닮았는지도 모르겠다.

자신도 사람을 버렸으니까. 애달피 바라보는 시선을 외면해 버렸으니까.

제기랄. 인환은 핸들을 내려쳤다.

이제 그만하자. 제발 나라도 살자.

인환은 자신이 자란 집에 도착할 때까지 이를 악물었다. 자꾸만 생각나는 한수연의 기억과 싸웠다. 그를 집어삼키려는 고통과 맞섰다.

"도련님, 오셨습니까?"

집에 도착하자 아직도 그를 도련님이라고 부르는 가정부가 인환을 바로 김 회장의 방으로 데려갔다.

"회장님, 본부장님 도착하셨습니다."

"들어오너라."

두 겹의 미닫이문을 열고 들어가자 김 회장의 앞에 앉아 있던 젊은 여자가 조용히 일어섰다.

"부르셨습니까?"

"앉으렴. 너도 앉고."

김 회장이 가리키는 자리에 인환이 앉았다. 그 옆에 상글상글 웃으며 여자가 조심스럽게 앉았다.

"얘가 내 손자란다."

"알고 있어요, 회장님. 예전에 만났는걸요."

"그래, 만났어?"

미소가 김 회장의 입가에 번졌다.

"네, 회장님. 저번에 회장님 생신날에요."

"그런데 왜 인사도 않누?"

"이제 하려고요."

여자의 눈길이 인환을 향했다.

"오랜만에 뵙죠, 인환 씨."

인환은 잠시 여자를 바라보았다. 미소를 가득 담은 얼굴이 꽃송이처럼 화려하고 아름다웠으나 그의 기억에는 없는 여자였다.

"어머나. 인환 씨는 절 기억하지 못하시나 봐요. 무안해라."

"그날 사람이 아주 많았으니까 그럴 수도 있지, 뭘 그런 걸로 무안해하기까지 하니. 인환아."

"네, 회장님."

"이 아가씬 최수민이라고, 이번에 JK철강 사장으로 부임하신 최광호 사장의 따님이시다. JK그룹의 최 회장님의 손녀딸이기도 하고. 내가 새로 사귄 똑똑하고 예쁜 젊은 친구란다."

인환은 김 회장이 왜 갑자기 집으로 오라고 했는지를 깨달았다. 결혼 상대를 찾은 것이 틀림없었다.

"강인환입니다."

"최수민이에요. 잘 부탁드릴게요."

김 회장의 말대로 여자는 지나칠 정도로 예뻤다. 하지만 여자의 아름다움은 인환의 마음에 와 닿지 않았다. 그림을 보듯 스쳐 지나간 인환의 시선은 다시 여자에게 향하지 않았다. 인사를 마친 여자가 조심스럽게 몸을 일으켰다.

"회장님, 전 이만 가보겠습니다. 다음에 다시 뵐게요."

"벌써 가게?"

"많이 놀았잖아요. 다음에 또 놀러 올게요."

수민이 나가고 방문이 닫히자 김 회장이 인환의 얼굴을 살피는 시선으로 바라보았다.

"어떠냐, 예쁜 아이지?"

"네, 회장님."

"집안도 좋고 인성도 좋고, 무엇보다 애가 따뜻해. 저런 애가 네 배필이 되면 얼마나 좋을까? 막강한 집안이 배후에 있으니 너에 대해 쑤군대는 작자들의 입이 바로 다물어질 거고, 무엇보다 너를 후계자로 결정해도 반발이 없을 거야."

인환은 그를 바라보는 김 회장의 눈을 똑바로 바라보았다. 검은색, 아니, 검보라색. 이제는 퇴색해서 보랏빛이 더 많은 김 회장의 눈은 수연을 생각나게 했다.

"그래, 빙빙 돌릴 것 없겠다. 단도직입적으로 말하마. 저 애 어떠니? 나는 네가 저 애랑 결혼한다면 선양을 물려주겠다."

왜 하나도 기쁘지 않은 것일까? 이 말을 듣기 위해 그동안 얼마나 많은 짓을 저질렀는데. 알게 모르게 그의 앞길에 방해가 되는 사람들을 모조리 쓸어버렸는데. 수연의 어머니인 한지희까지. 아버지의 사랑이라는 여자, 한수연의 어머니인 그 여자까지 죽음으로 몰아버렸는데.

“결혼을 하면 저 애의 집이 너와 선양을 더욱 크게 만들어줄 것이다.”

“그러겠습니다.”

“네게 가장 적합한 상대를 고르려고 무척이나 애썼단다. 결혼 상대로 최고의 여자다, 수민인.”

인환은 잠시 말없이 앉아 있었다. 그러다 고백을 하듯 조심스럽게 말을 꺼냈다.

“저는 가끔, 회장님께 손녀가 있었으면 좋겠다는 생각도 했습니다.”

수연의 엄마를 죽게 만들지 않았다면 수연의 존재를 김 회장에게 벌써 알렸을 것이다. 결혼해 버렸을 것이다. 그때 그 사고로 한지희가 죽지만 않았더라면. 나는 몰랐다. 가장 서럽고 외롭던 시절에 세상에서 따뜻하고 다정한 너를 낳아준 사람이 그 사람이란 것을.

“결혼을 한다면 회장님의 혈손과 하고 싶었습니다.”

“그런 소리 하지 말아라. 넌 내 손자야. 내 손자가 내 혈손과 결혼한다면 그건 말도 안 되지 않니.”

김 회장의 눈을 보고 있자니 자꾸만 울컥울컥 심장이 울었다. 붉은 피가 소용돌이쳤다.

“인환아, 요즘 무슨 일이 있니? 뭔가 신경 쓰는 일이라도 생겼어?”

“없습니다.”

귀한 사람을 잃었다는 것 외엔 아무 일도 없습니다. 예, 정말 아무 일도 없습니다.

"하실 말씀이 더 없으시면 이만 가보겠습니다."

"그래, 가보렴."

김 회장의 방을 나온 인환은 거실의 벽 앞에서 걸음을 멈췄다. 김 회장의 젊은 시절의 사진을 걸어놓은 액자 앞에 섰다.

한수연.

사진으로 손을 뻗는 인환의 손이 가늘게 떨렸다. 김 회장의 눈을 가만히 만졌다. 검은 보라색, 특이한 이 눈 빛깔과 똑같은 눈동자를 가졌던 수연의 눈동자를 생각하면서 조심스럽게 액자를 더듬었다.

보고 싶다, 죽을 만큼. 시간이 갈수록 보고 싶은 감정이 점점 커져간다. 어쩌면 그리움을 이기지 못하고 죽을지도 모른다는 생각이 들 정도로 그렇게 보고 싶고 내가 아프다.

chapter 4

그 남자를 버렸다

눈곱을 매단 채 졸음이 가득한 얼굴로 들어선 세나가 스툴에 주저앉으며 하품부터 했다.

"커피 좀 진하게 줘."

곱빼기로 말이지. 미소가 수연의 입가에 번졌다. 커피보단 잠을 자는 게 좋을 텐데.

수연은 아는 사람이 만화가가 된다고 하면 절대로 되지 말라고 하겠다는 결심을 굳게 했다. 세나를 보면 만화가는 사람이 아니었다. 특히 마감에 임박한 만화가는 더욱 그랬다.

"박세나 씨, 그런 얼굴을 남에게 보이는 거 아무렇지 않아?"

"내 얼굴이 어때서?"

"퉁퉁 붓고 엉망이야. 눈도 못 뜨고 있잖아."

"꼴딱 밤을 샜는데 이 정도면 양호하지, 뭐."

피곤이 덕지덕지, 퉁퉁 부은 두 눈엔 눈곱이 가득한데다 곰 새끼를 연상시킬 정도로 빵빵한 패딩을 담요처럼 머리에서 발끝까지 두르고는 세나가 연신 하품을 해댔다.

어제도 커피잔을 앞에 놓고 꾸벅꾸벅 신나게 졸아서 들어오는 손님들마다 그런 모습을 보고 피식피식 웃었다.

여기 커피는 마시면 졸린가 봐요?

그렇게 농을 던지는 손님도 있었다.

"아침도 안 먹었지? 커피보다는 밥 좀 먹고 자는 게 좋지 않겠어?"

"싫어. 커피 마실래. 진하게 한 잔 달라니까."

수연은 새침한 표정을 지었다.

"외상은 안 된다."

"누구 마음대로?"

"내 마음대로지."

"야, 여기 바리스타는 건방이 하늘을 찌르는구나? 응? 손님이 차도 마시기 전에 외상부터 안 준다고 큰소리를 치다니, 여기 사장 나오라고 해. 내가 좀 따져야겠어."

"사장님이 나를 칭찬할 것 같은데?"

"그럼 그 사장님하고 내가 연을 끊겠다고 해."

"사장님이 무서워할 것 같아?"

수연은 조용조용 드리퍼에 원두를 담고 끓는 물을 부었다.

"무서워하진 않아도 나를 엄청 예뻐하긴 한다고. 칫, 너 자르라고 할 거야."

2층의 헤어숍 원장에다 이 카페의 사장인 혁진의 어머니 주혜영 원장은 세나의 말대로 무척이나 그녀를 귀여워했다. 딸처럼 귀여워하니 세나가 이렇게 기세등등한 것은 아주 당연한 일일 것이다.

"생명의 은인에게 그 무슨 망발을."

수연의 말에 세나가 입술을 비죽거렸다.

"그것참 오래도 써먹는다. 근 1년 써먹었으면 그만 써먹어도 되지 않겠어?"

"죽을 때까지 써먹을 거야."

수연이 콧대를 세웠지만 사실 은인은 세나였다. 처음 세나를 만난 날은, 인환에 대한 집착을 끊고 스스로 집을 나온 날이었다. 제주도로 가는 공항에서 처음 세나를 만났다. 비행기에 탑승해 이륙하기 직전 수연은 갑자기 히스테리를 일으켰고, 승무원들에 의해 비행기에서 강제로 끌려 내려왔다.

'잠깐만요. 일행이에요.'

그때 같은 비행기를 타고 있던 세나가 아무 상관 없는데도 따라 내렸다. 도저히 그냥 내버려 둘 수가 없어서였다고 했다. 그녀가 비행기에서 내리자 동승했던 혁진까지 어안이 벙벙해서 따라 내렸다고 했다. 두 사람은 의무실까지 따라와 울고 있는 수연의 옆에서 말다툼을 시작했다.

'이게 무슨 오지랖이야. 네가 언제 봤다고 친구라고 따라 내려? 제정신이 아니지?'

'그래서 너는 그냥 타고 가라고 했는데 왜 같이 따라 내려서는 말이 많아.'

그렇게 옥신각신하는데 갑자기 비행기 사고 소식에 공항은 발칵 뒤집어졌고, 의무실의 모든 인원은 사고 현장으로 달려나갔다.

'와, 당신 덕분에 살았어. 알아요? 당신이 우리 생명의 은인이에요. 양혁진, 생명의 은인에게 고맙다고 해야지?'

아직도 눈물을 흘리고 있는 수연에게 세나가 수선을 떨었다.

'나는 박세나라고 해요. 만화가예요. 제주도로 자료 조사하러 가려던 참이었는데. 와, 소름 돋네. 저 비행기 탔으면 어쩔 뻔했어, 참, 집이 어디예요? 데려다 줄게요.'

조개처럼 굳게 입을 다물고 있는 수연에게 이런저런 질문을 했다가 끝내 그녀가 입을 열지 않자 조심스럽게 물어왔다.

'혹시 갈 곳이 없는 게 아니에요?'

'……'

'갈 곳 없으면, 나랑 같이 갈래요?'

그때 세나의 말은 수연에겐 암흑의 세상에서 뻗은 한 줄기 빛이었다.

'네가 미쳤던 거야. 아무것도 모르는 사람을 그렇게 덥석 따라나오다니. 내가 착한 사람이니 망정이지 나쁜 인간이었으면 어쩔

뻔했어? 응? 넌 지금쯤 섬에서 마늘 까고 있었을 거야.'

지금도 두고두고 세나에게 잔소리를 듣는 꼬투리가 되긴 했지만 수연은 생전 처음 보는 여자가 내민 손을 덥석 잡을 만큼 그렇게 암담했었다. 그때 세나가 그렇게 손을 내밀지 않았으면 지금 어쩌고 있을지는 생각도 하기 싫었다.

"자, 그럼 잔을 고르시지요."

수연은 등 뒤에의 선반에는 여러 개의 찻잔이 장식돼 있었다. 언제나 같은 것을 고르면서 세나가 잔을 진지하게 살피기 시작했다.

"저 보라색 도라지꽃 잔."

그럼 그렇지. 세나가 그걸 고르는 이유는 제일 커서였다. 세나는 무조건 많으면 좋아했다.

"그곳에다 곱빼기로 주삼."

"알았어요, 손님. 발로 꽉꽉 밟아 드릴까요?"

"발은 말고 손으로 누르면 안 될까요? 주인장."

"저는 그냥 종업원이에요, 손님."

"그냥 주인인 척하세요, 종업원님."

잔에 부은 커피에서 그윽한 향이 풍겨 나오자 세나가 코를 벌름거렸다.

"나는 이 향기가 너무 좋아."

"마시고 얼른 가서 자."

"잘 시간이 없어. 아직 마감 치지 못했어. 오늘 마감 치지 못하면 신 기자가 쫓아올 거야. 아웅, 졸립다. 자고 싶어.”

세나는 일을 미루고 노는 스타일이었다. 늘 딴 짓을 하며 놀다가 마감이 닥치면 꽁지에 불붙은 암탉처럼 정신없이 굴었다. 두어 모금 마시고 뜨겁다고 중얼거리면서 잔을 내려놓는 세나의 눈꺼풀은 반이나 내려와 있었다.

“박세나 씨, 여기서 자면 안 돼.”

“자긴 누가 자? 안 자.”

하지만 말과는 달리 이미 세나는 비몽사몽이었다. 턱을 받친 손이 슬슬 미끄러져 내리나 싶더니 쿵 테이블 위로 고개를 박았다.

“세나야, 그렇게 자면 목 아파.”

“자는 거 아냐. 그냥 쉬는 거야.”

“또 여기서 졸고 있지.”

언제 들어왔는지 혁진이 세나의 옆에 걸터앉았다. 혁진은 잡지 속에서 막 빠져나온 듯 반짝반짝 빛나고 있었다. 검은 남방과 몸에 꼭 달라붙는 검은 바지가 무척이나 패셔너블했고, 풍기는 향수의 향은 시원하고 청량했다.

“콜롬비아 한 잔.”

혁진이 주문하는데 세나가 끼어들었다.

“그냥 아무거나 마셔. 수연아, 그냥 남은 커피 줘. 그리고 내 커피 값은 얘한테 받아.”

“내가 왜 네가 마신 커피 값을 내야 하는데?”

“돈 잘 벌잖아.”

"내가 돈 잘 버는 거랑 네 커피 값 내는 것이랑 무슨 상관관계냐?"

"네 건 내 거, 내 것은 내 거."

"누구 마음대로?"

"내 마음대로."

"꿈깨. 내 것은 내 것이니까."

수연은 혁진이 좋아하는 잔을 꺼내 들었다. 두 사람을 보고 있으면 언제나 부러웠다. 자신에겐 왜 이런 생활이 없는 것일까? 엄마와 살 때는 엄마만 보고 엄마가 세상을 떠난 후엔…….

어쩌면 그렇게 바보처럼만 살아왔을까? 가슴이 아려왔다. 시간을 되돌릴 수만 있다면 얼마나 좋을까? 그렇다면 결코 그렇게 살지 않을 것이다.

이미 지나간 시간은 절대로 되돌릴 수가 없으니까 생각하지 말자. 지난 일은. 하지만 수연의 생각은 엄마의 사고 소식을 듣고 미친 듯 병원으로 달려갔던 그날의 시간으로 달려가고 있었다.

그날도 지금처럼 2월이었다. 겨울이지만 봄 날씨처럼 따뜻한 날이었다. 아르바이트 도중 전화를 받았다.

"한수연 씨 전화."

번호는 엄마의 전화였는데 전화를 걸어온 사람은 낯선 여자였다.

[한지희 씨의 전화에 딸이라고 입력돼 있는데, 한지희 씨 따님

이 맞으신가요?]

"그렇습니다만."

[일신동 성신의료원으로 급히 와주셔야 되겠습니다.]

"왜요? 무슨 일인데요?"

[한지희 씨가 위독합니다.]

갑자기 몽둥이로 머리를 호되게 후려 맞은 기분이었다. 위독하다니? 아침만 해도 건강하던 엄마가 아닌가. 잘 다녀오라고 손을 흔들던 엄마가 왜 위독하단 말인가.

[응급실에 있으니 급히 와주세요. 그럼.]

"여보세요, 여보세요."

"왜 그래, 한수연 씨?"

대답하고 어쩌고 할 시간도 없이 수연은 입고 있던 가운과 모자를 벗어 던지고 그대로 달려나갔다. 뒤에서 매장 지배인이 소리질렀으나 돌아보거나 대답할 여유도 없었다. 달려오는 택시를 가로막듯 세우고 무조건 올라탔다.

"일신동 성신의료원이오."

행선지를 말하고 나서 전화기의 버튼을 눌렀다. 받지 않는다. 다시 눌렀다. 몇 번이나 재다이얼을 누른 뒤에야 누군가가 전화를 받았다.

[여보세요.]

"누구세요? 거기 어디죠? 이거 우리 엄마 전환데 전화 받으시는 분은 누구세요?"

[이곳은 성신의료원입니다. 이 전화는 오토바이 사고로 실려 오신 환자 분의 전화로…….]

"오토바이 사고요? 우리 엄마 괜찮아요? 네?"

괜찮다는 대답을 하지 않고 상대는 어서 오라고 말을 돌렸다.

[박지영 씨, 이상은 씨 진료 차트 어딨어요?]

무척이나 어수선한 분위기와 함께 전화가 끊어졌다. 오토바이 사고라고? 큰 사고는 아니겠지. 괜찮겠지? 엄마, 괜찮은 거지?

택시가 병원에 도착한 순간 수연은 채 멈추지 않은 택시의 문을 열고 구르듯 내렸다.

"한지희 씨 어디에 계세요? 한지희 씨요. 전화 받고 왔는데, 우리 엄마 어디 계세요?"

안내데스크를 거친 수연은 다시 응급실로 뛰어갔다. 수연은 그녀를 저지하는 병원 직원을 밀치고 악을 써댔다.

"우리 엄마 어디 계세요? 우리 엄마 여기 계신다는 전화를 받고 왔단 말이에요! 비켜요, 놔요!"

누군가가 침대를 덮고 있는 하얀 천을 들추었다. 잠든 것처럼 엄마가 누워 있었다.

"엄마, 왜 이러고 있어? 일어나, 엄마."

달려가 엄마의 몸을 흔드는 수연의 손을 누군가가 잡았다.

"어머니가 맞습니까?"

"네, 우리 엄마예요. 그런데 왜 엄마가 저러고 계시죠?"

"뇌진탕으로 운명하셨습니다."

멍하니 서서 한참 동안 수연은 눈만 깜박거렸다. 엄마의 얼굴 위로 다시 새하얀 천이 덮이는 순간 갑자기 바닥이 출렁 움직였다.

뭐 하는 거예요?

입술이 떨어지지 않아 수연은 열심히 손을 휘저었다. 아니, 휘저으려고 했다. 하지만 샛노란 눈앞이 새까매지면서 몸의 균형이 무너지고 말았다.

"이봐요."

다급하게 사람들이 달려왔지만 이미 수연의 몸은 바닥 위로 줄 끊어진 인형처럼 쓰러지고 있었다.

엄마!

정신이 깨어난 수연은 벌떡 일어나며 엄마를 찾아 주위를 두리번거렸다. 자신의 팔뚝에 달려 있는 링거로 인해 몸이 잡아당겨지자 사납게 바늘을 잡아 뺐다. 누군가 앞을 가로막았지만 사납게 밀쳐 냈다. 엄마를 찾아야 했다. 이 사람들이 뭔가 잘못 알고 그녀에게 엄마가 운명했다는 말을 해댔다. 그러니 엄마를 찾아 그것이 착각이라는 것을 알려줘야 한다.

"엄마. 엄마."

수연은 정신없이 복도를 달렸다. 병실마다 문을 열고 기웃거렸다.

"이봐요, 이러시면……."

"이보세요. 환자가 이러고 다니면 어떡해요?"

누군가가 그녀의 몸을 꽉 움켜쥐었다. 엄마를 찾는 데 방해하는 사람의 팔을 수연은 무조건 물어뜯었다.

"악."

"뭐 해! 소란 피우게 둘 거야? 어서 잡아. 박 간호사는 진정제 준비하고."

다시 누군가의 팔에 잡힌 수연은 벗어나기 위해 버둥거렸다. 막는 사람들을 발로 걷어차고 얼굴을 힘껏 후려쳤다.

"이것 봐요, 한수연 씨. 이러면 안 돼요."

"엄마, 엄마!"

"이러는 것은 하나도 도움이 안 되니 그만 진정하세요."

"안 되겠군. 잡아서 묶어버려."

강한 힘이 수연의 팔을 꽉 움켜쥐었다. 팔을 물어뜯긴 남자가 분풀이를 하는지 우악스럽게 수연의 팔을 잡아 꺾었으나 고통은 전혀 느껴지지 않았다. 어서 빨리 이 손을 뿌리치고 엄마를 찾으러 가야 한다는 생각만으로 버둥거렸다.

"그 손 놓으시지요."

낮지만 딱 부러지게 말하는 남자의 음성이 들려온 순간 그녀를 잡고 있는 손이 풀렸다. 고개를 든 순간 그녀를 내려다보고 있는 남자의 검은 눈과 마주쳤다. 수연과 눈과 마주친 순간 남자의 눈이 흔들리는 것처럼 보인 것은 수연만의 착각이었을까? 그리고…… 그 오빠?

아!

수연은 남자의 굳은 얼굴에서 오랜 기억을 찾아냈다. 예전 엄마랑 살던 변두리 마을의 놀이터, 저녁이면 아이들을 부르던 엄마들의 목소리, 그러고 나면 텅 비던 놀이터……. 그 오빠가 맞든 아니든 그런 것을 따질 겨를도 없이 수연은 두 손으로 남자의 발을 결사적으로 끌어안았다.

"제발……."

갑자기 눈물이 솟구치기 시작했다.

"우리 엄마 좀 찾아주세요. 우리 엄마 좀 살려주세요. 제발 우리 엄마 좀…… 우리 엄마 좀……."

수연은 나오는 한숨을 속으로 삼켰다. 잊어야 할 기억이 또 떠올라 버렸다. 가장 슬프고 무섭던 시간을 지우기 위해 얼마나 애를 썼는데, 그때 시작된 인환과의 만남을 얼마나 후회하는데, 왜 기억은 멋대로 불쑥불쑥 그녀를 괴롭히는 것일까?

수연은 머릿속에 떠오르는 생각을 부정하기 위해 온 힘을 끌어모았다. 다 잊었어. 모두 끝났어. 미련도 없어. 미움도 없어. 추억도 없어. 그러니 생각도 하지 마. 하루하루를 지낼 때마다 조금만 잊자. 요만큼만 잊자. 미워도 하지 않고 생각도 하지 않게 그냥 잊자. 기를 쓰며 1년을 지냈잖아. 그러니 더 이상 생각하지 마. 아직은.

그래, 그러자. 그냥 이렇게 웃고 살아가자. 햇살처럼 밝아 보이는 세나의 옆에서 그녀의 밝음을 나눠 가지면서 닮아가자.

"머리 꼴하곤. 이게 머리냐, 새 집이냐?"

머리를 헝크는 혁진의 팔을 쿨하게 세나가 쳐냈다.

"이런. 머리도 안 감았구나? 넌 계집애가 어떻게 이렇게 머리가 떡지도록 감지도 않냐?"

"냅둬. 남이야 머리를 감든 말든. 쳇, 머리 감을 시간 있으면 잠이나 자겠다."

"수연이 봐라. 얼마나 단정하고 예쁘……."

바보!

수연은 아무것도 못 본 척, 듣지 못한 척한 얼굴로 뒤돌아서서 찻잔이 놓인 선반을 닦기 시작했다.

"감히 네가, 죽고 싶은 모양이구나. 왜 가만있는 사자의 코털을 건드려? 머리가 떡지든 말든 내 머린데 왜 그걸 갖고 시비니, 시비가! 가서 머리나 잘라. 이 삼류 미용사야."

"야, 빡세네. 너, 말이면 다 말인 줄 알아? 뭐? 삼류 미용사?"

"이 자식이, 감히 아침부터 빡세네? 너, 내가 빡세게 나가 볼까? 응?"

아무튼 이 사람들 참, 지켜보는 재미는 있어요! 싸우는 두 사람을 보고 있으면 정말 재미는 있었다.

유언장을 공개하겠다는 김 회장의 말이 드디어 오늘 실현이 된다. 지난 6개월 동안 모두들 유언장이 언제 공개될 것인가에 바짝 신경을 세우고 있었다.

드디어, 오늘…….

윤희는 시간을 확인했다. 인환이 떠날 준비를 다 마쳐 놓았으니 이제 일어나 가라고만 하면 된다.

뭐, 아직 5분 정도 시간은 있네. 5분을 기다리며 윤희는 몸을 일으켰다. 무려 6개월이나 끌어온 일이 드디어 매듭 지어진다고 생각하니 속이 다 시원했다. 창으로 보이는 나무가 앙상한 걸 보니 제법 겨울의 맛이 났다.

벌써 올해도 다 가버렸잖아. 해놓은 것도 없는데 또 1년을……. 아니구나. 올 1년은 정말 바빴구나. 올 1년은 남보다 서너 배 더 일을 했다. 끊임없이 일을 찾아 파고드는 인환을 보조하기 위해 그야말로 죽을 뻔했다.

인환이 그렇게 일에 빠져 지내는 것을 보고 도경 쪽 사람들은 김 회장의 눈에 들기 위해 발악을 하는 거라고 수군댔다. 하지만 윤희가 보기엔 그건 천만의 말씀이었다. 인환은 마치 일 속에 빠져 죽으려고 작정한 사람 같았다. 차라리 회장님의 눈에 들기 위해서 죽어라 일한 거라면 좋겠는데. 정말 김 회장의 눈에 들기 위해서 그런 거라면 오늘이 지나면 끝이 날 것이고, 그렇다는 것은 오늘 이후엔 좀 한가해진다는 것이 아닌가. 시간을 확인한 윤희가 문을 두드렸다.

"떠나실 시간이 됐습니다."

문을 열자 인환이 몸을 일으켰다.

“차는?”

“이 기사가 정문에서 대기하고 있습니다.”

“수고했어.”

“이제 세상 모든 것을 손에 넣겠네. 축하해.”

세상 모든 것? 윤희의 말대로 그가 원한다면 어떤 것이든 손에 넣을 수 있을 것이다. 이제 더 이상 고아원에 되돌아가게 될지도 모른다는 두려움 따윈 갖지 않아도 되는 것이다.

여태 이 힘을 갖기 위해 노력했다. 세상이 그를 필요로 하길.

흡족한가?

“또 아픈 거야?”

“아니야. 갖다 올게.”

흡족할 리가 없다. 진짜 원하는 것이 무엇인지 뒤늦게 알아버렸다. 선양을 주겠다는 김 회장의 언질을 받을 때 자신이 남들과 똑같이 명예와 부와 권력을 원하는 것이 아니었다는 것을 깨달아 버렸다.

『오빠도 엄마 기다려?』

누구보다 강한 힘을 가진 후엔 그 계집아이가 어떻게 사는지 알아보고 싶었다. 그러기 위해선 무소불위의 힘을 가지면 된다고 생각했다. 다시는 버림받지 않고, 다시는 무시당하지 않고, 다시는 외롭지 않으려면 그런 것을 손에 쥐면 된다고 생각하고 전력질주를 해온 그 마음의 바탕엔 회귀하는 연어처럼 작은 계집아이를 찾고 싶은 마음이 깔려 있었다는 것을 그는 너무도 늦게 깨달았다.

차라리 너를 만나지 않았다면, 네가 한지희의 딸이 아니었다면 얼마나 좋을까?

김 회장의 집엔 터져 나갈 정도로 사람이 붐볐다. 김 회장과 관련된 모든 일가붙이들이 혹시나 하는 기대를 품고 와글와글 모여들었다. 그들은 서로를 견제하며 김 회장의 변호사가 유언장을 공개하길 기다렸다. 김 회장이 자리에 앉자 변호사가 유언장을 발표했다. 선양의 주식과 부동산 대부분을 인환에게 상속한다는 내용이었다. 아직 변호사의 발표가 끝나지도 않았는데 불만의 소리가 바로 터져 나왔다.

"말도 안 돼. 누군지도 모르는 자식에게 왜 우리 집안의 모든 것을 상속합니까?"

인환이 김 회장의 아들의 호적에 올라 있었지만 양자일 뿐이기에 인정할 수 없다는 말로 와글와글 시끄러웠다. 담합을 한 것처럼 모두 한목소리를 냈다.

김 회장은 싸늘한 눈초리를 좌중을 둘러보았다. 여기서 큰소리를 낼 만한 사람은 아무도 없었다. 시동생도 세상을 뜨고 자신의 형제들도 모두 세상을 떴다. 양쪽 다 손이 귀한 집인지 그 자손들도 일찍 세상을 떠서 일가붙이라 해도 육촌 안에 드는 사람조차 없는, 그저 남보다 좀 더 가까운 친척들이건만 그것만으로도 무슨 권리가 있는 것처럼 하나같이 떠들어대는 꼴이 먹음직스런 고깃덩이를 앞에 둔 까마귀 떼 같았다. 김 회장은 눈살을 찌푸렸다. 내가 아직 살아 있는데도 이렇게 욕심들을 감추지 못하다니, 유언장 공개를 하지 않고 죽었으면 어떤 꼴이 날 건지 원.

"내가 작성한 유언장이 마음에 들지 않으면 그대로 일어서서 이 방을 나가면 돼!"

김 회장의 말에 일순 조용해졌지만 유언장의 발표를 막지 않으면 모든 것이 끝나 버린다는 생각에 도경이 참지 못하고 소리 질렀다.

"잠깐만요, 어머니. 드릴 말씀이 있어요. 유언장의 내용을 뒤바꿀 만한 내용이니 제 얘기를 듣고 유언장을 공개하시는 것이 좋겠어요."

"이야긴 나중에 들으마. 안 변, 어서 계속 발표를 하시게."

유언장 공개를 방해하는 도경이 못마땅해서 김 회장의 목소리는 좀 싸늘하였다. 이렇게까지 공개적으로 마음을 드러내는 도경이 마음에 들지 않았다.

주원이 살아 있다고 해도 나는…….

김 회장은 나약했던 아들을 생각했다.

그 애가 살아 있더라도 나는…….

김 회장은 자신이 죽은 뒤 너는 이만큼 나는 이만큼, 서로 많이 갖기 위해 그룹을 조각내고 피 터지게 싸우는 것만은 결코 일어나게 하고 싶지 않았다. 선양이 자신이 죽은 뒤에도 굴지의 그룹으로 계속 커나가려면, 그것을 맡아 키울 만한 재목에게 모두 물려주어야 한다.

"어머니께서 제 이야기를 들으신다면 유언장의 내용을 바꾸실
거예요. 그만큼 중요한 이야기예요."

앙칼진 도경의 목소리가 방 안에 높게 울려 퍼졌다.

"안 변호사와 도경이, 그리고 인환이만 남고 모두들 잠시 나가
있어라."

들어주지 않으면 계속 떠들 것 같아서 김 회장이 사람들을 내보
냈다. 수양딸이라고 해도 50년을 어머니라고 불렀으니 도경의 이
야기쯤은 들어줘야 할 것 같았다. 모두 나간 뒤 김 회장이 꾸짖는
말투로 도경을 야단쳤다.

"무슨 이야기냐? 어디 해봐라. 하지만 이건 네가 실수하는 것이
다. 하늘이 무너진다고 해도 난 유언장을 바꿀 생각이 없으니까."

도경에겐 줄 수 있을 만큼 주었다. 유언장에도 적지 않은 부동
산과 신탁을 남긴다고 했으니 그만하면 충분하리라 생각했다.

"어머니의 정통적인 혈손이 있는데도 인환에게 선양그룹의 모
든 주식을 남기실 건가요?"

"무슨 소리냐?"

"어머니, 주원이에게 딸이 있습니다. 어머니의 친손녀가 살아
있단 말이에요. 그런데도 인환에게 모두 다 물려주실 거예요?"

"대체 그게 무슨 소리냐? 친손녀라니?"

김 회장처럼 버럭 소리치지 않고 인환이 끝까지 무표정을 유지
할 수 있었던 것은 이날까지 감정을 드러내지 않고 살아온 연습
때문이었다. 그렇지 않았다면 도경의 말이 끝나기가 무섭게 무슨

소리냐고 그 역시 소리를 질렀을 것이다. 죽어버린 수연의 이야기를 꺼내는 도경에게 무척이나 화가 났다.

"한수연이라는 주원의 딸이 있습니다."

"한수연이라니? 그 애가 누구야? 무슨 소리를 하는 것이냐? 응? 나도 모르는 주원이의 딸? 정말로 주원에게 딸이 있어?"

김 회장이 금방이라도 쓰러질 것처럼 휘청거리는 몸으로 일어서기 위해 안간힘을 썼다.

"진정하십시오."

인환의 만류에 김 회장이 간신히 버둥거리는 것을 멈췄다.

"여기 그 애의 사진도 있어요. 봐요. 주원이랑 똑같이 생겼잖아요. 눈빛도 어머니랑 똑같고."

도경이 혹시나 해서 가져온 서류봉투를 꺼내 내밀었다. 봉투엔 수연의 거취를 추적해 오래전부터 은밀히 지켜본 모든 기록이 들어 있었다. 이건 차선이었다. 김 회장에게 친혈육이 있다는 말은 결코 꺼내고 싶지 않았지만, 그렇다고 인환에게 모든 것이 넘어가는 것을 두고 볼 수는 없었다. 인환에게 넘어가면 모든 것이 끝난다는 생각에 도경은 초조했다.

"허억."

봉투를 열고 사진을 꺼내 든 순간 김 회장은 저절로 신음 소리를 내고 말았다. 사진 속의 여자는 아들과 똑 닮았고 자신의 눈빛과도 똑같은 눈을 갖고 있었다. 김 회장은 자신과 아들의 유전적인 성향을 아주 많이 갖고 있는 젊은 여자의 사진에서 눈을 못 떼면서도 냉정하게 말했다.

"세상에는 닮은 사람이 많다."

"어머니처럼 독특한 눈빛을 가진 사람은 많지 않아요. 한국인이라면 특히."

하지만 너라면 나와 닮은 눈빛을 찾아낸 뒤 성형을 시키고도 남겠지. 닮았다는 것만으로 쉽게 혈육이라고 생각할 만큼 김 회장은 호락호락하지 않았다.

"그리고 그 애는 한지희가 낳은 딸이에요."

한지희가 낳았다는 말에 김 회장의 얼굴은 하얗게 질렸다.

"어머니가 처음 한지희를 떠나보낸 뒤 5년쯤 후에 한지희가 다시 주원을 만났어요."

"네가 그걸 어떻게 알아?"

"그 무렵 우연히 만났거든요. 임신했다길래 어머니께 말씀드리라고 했었어요. 그랬더니 그 다음날 자취를 감췄어요."

"그런데 왜 그때는 내게 아무 말도 하지 않았니?"

한지희는 울면서 유산됐다고 했다.

『그러니까 제발 회장님이나 주원 씨에겐 말하지 마세요. 전 그냥 떠날 거예요. 다시는 나타나지 않을게요.』

그런 거짓말을 하고 몰래 주원의 딸을 낳아 기른 것이다.

"그때 한지희가 제게 전화를 걸어왔거든요, 유산됐다고. 그래서 멀리 떠나니까 절대 어머니께 말씀드리지 말라고."

하느님. 달라붙어 버린 입술을 간신히 떼서 김 회장이 더듬거렸다. 아득해지는 정신을 가다듬고 김 회장은 충격을 달래기 위해 안간힘을 썼다.

"안 변, 유언장 공개는 다음으로 미뤄야겠네."

"그러시겠습니까?"

"그래. 아무래도 오늘은 내가 몸이 좀 안 좋아. 김 양아, 김 양아."

문밖에 대기하고 있던 비서 겸 간호사로 일하고 있는 김 양이 들어왔다. 간호학과 출신인 김 양은 10년 전에 김 회장의 입주비서로 발탁되어 일하고 있었다.

"나 좀 방으로 데려다 다오."

김 여사가 방으로 퇴장해 버렸다. 변호사가 나가서 기다리고 있는 사람들에게 유언장 공개가 미뤄졌다는 말을 했다. 느닷없는 소식에 술렁대면서 사람들이 썰물처럼 집을 빠져나갔다. 사람들이 모두 나갈 때까지 인환은 조각처럼 앉아 있었다. 분노가 계속 그의 가슴에서 끓어올랐다. 이런 식으로 김 회장에게 한수연의 존재를 알려 버린 도경이 용서되지 않았다. 살아 있다는 거짓말은 더욱더 용서가 되지 않았다.

"그녀는 죽었잖습니까. 무엇 때문에 쓸데없는 거짓말로 회장님을 괴롭힙니까?"

도경을 향해 분노를 감추지 않았다.

"죽다니? 멀쩡하게 살아 있는 아이를 두고 왜 죽었다고 해?"

인환의 표정을 보고 도경이 의기양양해졌다.

"오라, 넌 못 본 모양이구나. 그때 죽은 사람은 한수연이 아니고 다른 사람이라고 정정 기사가 난 것을. 안됐구나. 한수연은 살아 있어."

도경의 말은 인환에게 엄청난 충격을 안겨주었다. 믿을 수 없는 이야기였다. 하지만 정말이라면? 수연이 살아 있다면?

1년 동안 지겹게도 그를 괴롭히던 통증이 단숨에 사라져 버렸다. 늘 무표정이던 인환의 얼굴이 변해가는 것을 도경은 수연이 살아 있는 것에 대한 절망이라고 생각하고 득의만만하게 웃었다.

"이제 네 것은 아무것도 없어."

"그럴까요?"

"아무렴."

"잊으셨군요."

도경은 모른다. 그녀가 알려준, 수연이 살아 있다는 말이 그에게 어떤 영향을 끼쳤는지. 인환의 가슴이 지금 미칠 듯이 뛰어 터질 것처럼 부풀고 있다는 것을. 울컥 가슴으로 치솟아오르는 뜨거운 덩어리로 인해 숨 쉬는 것조차 힘이 들었지만 인환은 비릿하게 웃었다.

"그녀와 내가 3년을 같이 살았던 것을."

"흥."

도경이 소리 내어 비웃었다.

"자신만만한 모양이구나. 그 애가 이 집에 들어와서 너를 쫓아내도 그런 얼굴을 할 수가 있을까?"

"고모님이 한수연을 3년을 내내 쫓아내려 한 것처럼요?"

"비열한 놈, 내가 쫓아내기를 기다렸으면서!"

"그랬나요?"

도경은 무표정한 인환의 얼굴을 흘겨보았다.

"그래, 하지만 걱정은 마. 어머니껜 네가 한수연을 3년이나 데리고 살다 버린 애긴 하지 않을 테니까. 뭐, 네가 예뻐서라기보다는 혹시라도 노인네가 충격을 받을까 걱정돼서야. 하나뿐인 손녀가 3년이나 첩살림했다는 걸 아시면 얼마나 기가 막히시겠어."

"혹시 3년이나 같이 산 사이니 정식으로 결혼시킬까 걱정된 것은 아니고요?"

달콤하게 들릴 정도로 친절하고 상냥했지만 그 끝에 달리는 인환의 미소는 결코 달콤하지 않았다. 도경은 이를 꾹 깨물었다. 분하지만 틀림없이 그럴 수도 있다는 생각이 너무도 크게 들고 있었다.

이미 인환을 후계자로 내정했으니 같이 살았다는 사실을 알면 좋아라 수연과 결혼을 시키려 들 것이다. 입양한 손자보다는 손녀사위라는 끈이 더 확실하고 튼튼한 결속이 될 테니까.

어림도 없어. 결코 그렇게 되게 두고 보진 않을 것이다. 도경에게도 무기는 있었다. 도경은 그 생각을 하며 겨우 웃을 수 있었다.

"어쨌든 고모님께서 그리 하신다면 저도 회장님께 말씀드리지는 않겠습니다. 고모님 말씀대로 회장님께서 충격을 받으실 수도 있으니까요. 굳이 말씀 안 드린다고 해도 결과는 변하지 않은 테니 회장님을 충격받게 할 수는 없죠."

"결과가 변하지 않는다? 글쎄다. 세상이 그렇게 쉬울까?"

도경이 돌아서자 그때까지 문 앞에서 도경과 인환을 지켜보던 김 양이 공손히 나섰다.

"본부장님, 회장님께서 들어오시랍니다."

"회장님 상태는? 혹시 흥분하거나 하진 않으셨습니까?"

"괜찮으십니다. 조금 흥분하셨지만 지금은 다 회복하셨습니다."

김 양이 방문을 살짝 열었다. 열린 문 안으로 인환이 걸음을 옮겼다. 인환은, 약간 붉어진 김 회장의 혈색을 보고 겉보기완 달리 김 회장이 자신의 감정을 필사적으로 억누르고 있다는 것을 알아차렸다.

김 여사의 무릎에는 도경이 주고 간 사진이 몇 장 흩어져 있었다.

"게 앉으렴."

김 회장의 떨리는 눈빛에서 들끓는 감정이 그대로 드러나고 있었다.

"인환아."

"네, 회장님."

"유언장 공개를 미뤄서 서운하니?"

"아닙니다."

"네 아버지의 딸이, 네 동생이 나타난 것에 놀랐니?"

"제게…… 동생은 없습니다."

"아니, 그 애는 네 동생이다. 내 손녀야."

예전 같으면 확인하지도 않은 사실을 섣불리 믿지도 않을 텐데, 아직 아무런 확인도 하지 않았으면서 김 회장은 수연을 손녀라고 단정 지어 말했다.

"인환아, 네가 받을 것은 변하지 않을 테니 그 애를 어쩔 생각은 하지 말아다오. 비록 유언장의 발표는 늦췄지만 내겐 언제나 사업이 우선이다. 그러니까 유언장의 내용은 변하진 않을 것이다. 너는 나의 후계자야. 그룹을 이끌어갈 사람은 너 아니면 없다. 다들 부족해. 그러니 아무 걱정 말고 네가, 내 손녀를 찾아다오."

이렇게 부탁 비슷한 말은 절대로 하지 않았을 텐데 아들의 죽음이 그렇게도 큰 충격이었을까? 아니면 새로 나타난 손녀가 호랑이 새끼로 자라난 도경과 인환에게 찢겨질까 봐 걱정을 하는 것일까? 김 회장의 나약한 말에 인환은 내심 놀랐다.

"알겠습니다. 찾아서 데려오겠습니다."

인환은 인사를 하고 김 여사의 방에서 물러 나왔다. 방에서 나온 인환의 표정은 들어갈 때와 똑같았다.

살아 있단 말이지?

인환의 표정은 차에 오른 뒤에야 무너졌다. 운전대에 두 손을 올리고 손 위로 얼굴을 박았다. 숨이 몰아쉬어졌다.

살아 있었구나. 양심을 쥐어 비틀던 한수연의 죽음이 사실이 아니었구나.

[본부장님께서 올라가셨습니다.]

인터폰에서 현관의 안내를 맡고 있는 직원의 목소리가 들려왔다. 그 소리와 문이 열리고 인환이 들어선 것은 동시였다. 인환의 표정은 평소와 다를 바 없었으나 윤희는 그 표정 뒤에 숨어 있는 감정을 감지하고 조금 놀랐다.

'유언이 기대한 것과 정반대의 내용이었나? 이상하네. 설사 그렇다 해도 어떡해서라도 내용을 바꾸려 하지 이렇게 굳어 있진 않을 텐데?'

"따라 들어와."

사무실로 들어가는 인환에게선 커다란 분노가 뿜어져 나오고 있었다.

'뭐야, 벼락이라도 칠 것 같은데.'

주춤거리면서 윤희가 따라 들어갔다. 문을 채 닫지도 못했는데 인환이 노성을 질렀다.

"왜 말하지 않았어?"

"뭘…… 요?"

인환은 지그시 이를 악물었다.

"한수연."

"한수연? 수연 씨?"

"살아 있다고 왜 말하지 않았어?"

신원 확인도 하지 않고 아무 상관 없는 사람이라고 돌아서 간 인간에게 살아 있다는 말을 뭐 하러 전해? 그래서 말하지 않았는데, 그게 왜?

"상관없는 사이라고 하셨잖습니까."

그래, 그랬다. 죽든 살든 상관없다고 생각했지. 그때는 그렇게 믿어버렸다. 그때는. 그 후 얼마나 후회하고 괴로워했는지 모를 것이다. 마지막으로 가는 얼굴을 가슴에 새겨두지 않은 것을 후회하면서 이를 악물었었다.

"이제 상관해야 해. 찾아, 그 여자."

"그 여자라면 수연 씨?"

"아니면, 내가 지금 누구 얘기를 하고 있다고 생각해? 어디 있는지 알지?"

윤희의 눈초리가 착 가라앉았다. 그 여자라. 이제는 한수연도 아니고 그 여자라라고? 이름도 부르지 않는 사람을 찾긴 왜 찾으려고. 네가 찾아라. 흥.

"모르는데요."

"그럼 찾아."

"그 여자 한수연을요? 아니면 수연 씨를요?"

"박 비서."

수연에 대해 많은 측은지심을 갖고 있는 윤희가 갑자기 비딱하게 나왔다.

"네, 저는 비서입니다. 본부장님을 보좌하는 일을 합니다. 같이 살던 여자의 행방을 찾는 일을 하는 사람이 아닙니다. 그런 명령은 받지 않겠습니다.”

“찾아. 급한 일이야.”

“그렇게 급하면 네가 직접 찾아.”

윤희는 저도 모르게 말을 쏘아붙였다. 윤희를 향해 인환이 낮은
목소리를 냈다.

“박 비서.”

“네, 본부장님.”

“찾아내든지 사표를 쓰든지 결정해.”

“사표 쓸 테니 네가 알아서 찾아. 네 일 봐주는 사람들 꽤 많잖
아.”

흥분을 해서 아무런 판단이 서지 않는 모양이었다. 정보를 수집
하고 뒤를 캐내는 일을 맡아 하는 사람이 인환에게는 있었다. 그
사람들에게 시키면 간단한 일을 왜 자신에게 시킨단 말인가.

chapter 5.

원치 않는 재회

겨울비가 내렸다. 마음을 얼려 버릴 것 같은 찬바람과 함께 비
가 내렸다. 세나와 같이 카페에 들어선 수연이 얼른 커피부터 따
랐다. 자료 조사를 간다면서 억지로 그녀의 손을 잡아끈 세나에게
끌려서 얼결에 정선에서 3일이나 지내고 오는 참이었다. 카페로
들어서자 파트타임으로 일을 하는 계영이 반색을 했다.

"지금 오셔요? 재밌으셨어요?"

"응. 계영 씬?"

"전 답답해서 죽는 줄 알았어요. 아침부터 밤늦게까지 카페 지
키는 거 완전 감옥살이던데 언니는 어떻게 이런 감옥살이를 견디
세요?"

세나가 들고 온 봉투를 내밀었다.

"수고 많았어, 계영. 붕어빵 먹을 텨? 먹고 다음에 또 여행을 가게 되면 그때도 카페 좀 맡아주셈."

"쳇, 제가 붕어빵에 넘어가는 값싼 여자인 줄……."

"아직도 따뜻한데?"

"은 어찌 아셨대."

얼른 붕어빵을 집어 계영이 한입 크게 베어 물었다. 작년에 만화를 그리겠다고 세나를 찾아왔던 계영은 두어 달 문하생 노릇을 해보고는 만화가의 꿈을 접어버렸다. 그 인연으로 이곳에서 아르바이트를 하는 귀여운 아가씨였다.

"싸구려 입맛. 계영."

"그렇게 놀리면 앞으로 카페 안 봐줘요. 아, 참……. 어제 어떤 사람이 수연 언니를 찾아왔어요."

"나를?"

계영이 커피부터 한 잔씩 따라주었다.

"네. 여자 분이 언니 찾아왔어요."

별일도 다 있다. 그녀를 찾을 사람은 이 세상 천지에 아무도 없는데 누가 나를 찾았을까? 또 여기에 내가 있는 것은 어떻게 알고.

아버지가 없이 자란 옛날엔 어느 날 갑자기 내가 네 아빠다 하고 아버지가 나타날지도 모른다는 꿈을 꾸었었다. 하지만 지금은 그런 일은 영화나 소설 속에서나 가능한 일이란 것을 알 만큼 그녀는 나이 먹었다.

"한수연을 찾아오는 사람도 있구나. 이제 조금쯤은 너에 대해 알 수가 있는 거니?"

수연은 한 번도 자신에 대한 말을 세나에게 한 적이 없었다. 세나의 작업실에서 지내기 시작하고 한참 후까지도 세나의 식구들은 수연을 내보내라고 야단을 했다.

'뭘 믿고 아무것도 모르는 사람을 작업실에 들여놓니? 너, 미쳤구나. 잃어버릴 건 없어도 도둑맞을 건 많은데 작업실 용품 죄 안고 튀면 어쩔래.'

'네가 사회사업가냐. 갈 곳 없는 사람을 주워다 돌보게. 착한 척하고 싶으면 차라리 서울역에다 노숙자 쉼터를 만들어.'

세나의 식구들은 수연에 대해 영 못마땅해했다. 입 딱 다물고 어떤 질문을 해도 대답도 하지 않는 수연을 좀 아니꼽게 보았다.

"오늘 다시 온다고 하고 갔어요."

"오늘은 향이 더 깊다."

바닥으로 가라앉아선지 비 오는 날엔 커피의 향이 더욱 진했다. 커피만 바라보고 있는 수연을 보며 세나가 물었다.

"누가 찾아왔는지 궁금하지도 않아?"

"오늘 다시 온댔으니까 이따 보면 알겠지."

누가 그녀를 알고 찾아왔을까 하는 생각도 들었지만, 그래? 하고 심드렁한 기분이 더 많았다. 누군가 그녀가 여기서 일하는 것을 보고 찾아왔다니 세상이 참 좁기는 좁은 모양이었다.

"계영, 나 리필."

후루룩 세나가 커피를 들이켜자 계영이 인상을 썼다.

"수연 언니는 커피를 참 예쁘게 마시는데 쎄나 쌔임은 왜 그렇게 마셔요? 쌔임도 좀 언니처럼 우아하게 마셔봐요."

"뭐셔? 이것이 감히."

세나면 세나지 쎄나는 뭐고, 쌤이면 쌤이지 쌔임은 뭐란 말인가?

"왔냐."

혁진이 들어오더니 세나의 머리에 시선을 꽂았다.

"오늘은 까치집 대신 똥을 얹었네?"

올림머리에 나무 비녀를 질끈 꽂고 엷은 화장까지 하고 있건만 뭐셔? 똥을 얹어? 그게 자칭 헤어디자이너 입에서 나올 말이냐? 지는 금붕어 똥처럼 스텝이라고 하는 견습인지 뭔지 하는 계집앨 달고 다니는 주제에. 쳇. 세나가 고개를 팽 돌려 버렸다.

"커피 마시냐?"

혁진이 비어 있는 세나의 옆 스툴에 앉으려 하자 세나가 다리를 뻗었다.

"저리로 가라. 너 보면 커피 맛이 떨어질 것 같다."

"바람 잘 쐬고 와서 독 든 커피 마셨어? 날카롭다."

"저쪽으로 가라고 했지? 컨디션 엉망이니까 건들지 말고, 가."

"안녕하세요."

혁진을 따라온 여자가 생글거리자 세나의 눈초리가 샐쭉 올라갔다.

“내가 안녕한 것처럼 보여?”

“네?”

“그렇게 보여, 안 보여? 안 보이지?”

“아, 저…….”

“그러니까 건들지 말고 커피나 마시고 가.”

“자료 조사 가서 머리에 총이라도 맞고 왔어? 세나, 왜 저래?”

보자마자 머리에 똥을 얹었네 하면 나 같아도 그러겠다. 수연은
대답 않고 세나는 계속 화난 얼굴을 풀지 않자, 혁진이 슬금슬금
세나의 눈치를 보며 창가로 갔다. 바보가 이럴 땐 꼭 말을 들어요.
그냥 옆에 앉아야지. 수연은 혁진이 좀 답답했다.

“어떤 것으로 마시겠습니까?”

일부러 메뉴판을 들고 혁진이 앉아 있는 자리로 갔다.

“왜 그래, 너마저.”

“내가 뭘요? 손님에게 뭘 마시겠냐고 물었을 뿐인데.”

“늘 마시는 것으로 줘.”

“알겠습니다. 어서 오…….”

마침 들어오는 손님을 향해 인사를 하며 수연은 메뉴판을 기울
여 혁진의 머리를 쳤다. 세나의 기분을 나쁘게 한 벌이다. 쿡, 웃
음이 나와 살짝 입술 끝이 올라갔다.

“세요…….”

검은 양복 차림의 인환이 저승사자처럼 서 있는 걸 본 순간 수
연의 목소리가 잦아들었다. 쾅 하고 옆에서 폭탄이 터지는 것 같

았다. 이 사람이 왜 여길?

강인환.

살인자. 엄마를 죽게 만든 장본인.

찰나인지 억겁인지 분간할 수 없는, 빛보다 빠른 시간과 길고 긴 시간이 동시에 수연에게 몰아쳐 왔다. 마음속에서 분노와 원망이 휘감아 돌았다. 수연은 잠시 눈을 감았다가 떴다. 이런 것 싫어. 원망이나 분노 같은 것도 하지 않을 거야. 그냥 완벽하게 잊을 거야. 아니, 잊은 거야.

"앗, 뜨거!"

마시던 커피를 엎지르며 낸 세나의 비명이 돌처럼 굳어가는 수연의 의식을 깨웠다.

"에이 씨, 엎질렀어."

"데지 않았어?"

"괜찮아."

계영이 세나에게 물수건을 내미는 것을 보며 수연은 간신히 마음이 안정시켰다.

"오랜만이네요."

"아는 분?"

수연이 고개를 끄덕이자 세나의 눈이 호기심으로 반짝거렸다. 누군데? 라고 수연을 향해 소곤거렸다.

'그냥, 알던 사람이야. 잠깐 동안.'

수연이 거의 입 모양으로만 대답했지만 인환은 분명히 알아들었다. 그냥 알던 사람? 정말 수연의 표정은 타인을 향한 듯 아주 무심했고, 그것은 그의 마음을 어지럽게 만들기에 충분했다. 인환은 수연을 바라보며 말했다.

"오랜만이야."

"네. 여긴 어떻게 오셨어요?"

카페에 차 마시려고 왔겠지. 물어놓고는 그게 실없어 수연은 자신도 모르게 픽 웃고 말았다. 그녀의 비소가 떠오른 순간 쿵 하고 인환의 가슴에서 뭔가가 떨어져 내린 것을 알지 못한 채 수연은 자꾸만 굳어져 가는 얼굴로 애써 웃음 지었다.

"1년 만인가?"

인환은 수연이 그를 보는 순간 보일 수 있는 반응을 몇 가지 예상했었다. 화를 내거나 모른 척하거나 원망하거나 기뻐하거나 할 것이라고 생각했다. 사랑하든 미워하든 감정을 보이는 것은 아직 애증이 남아 있는 것. 그렇다면 손이 발이 되게 빌리라. 애걸복걸 그를 용서할 때까지 달래리라 마음먹었다.

수연이 살아 있다는 것만으로도 얼마나 고마운지 몰랐다. 살아 있어준다는 것만으로도 수연이 고마웠다. 그를 거부하거나 쌀쌀하게 내친다 해도 상관없다고 생각했다. 하지만 인간의 마음은 어쩌면 이렇게 간사한 것일까? 그에 대한 완벽한 거부처럼 보이는 수연의 무덤덤한 반응에 인환은 화가 났다.

나는 너만을 생각하고 1년 동안 아팠는데, 너는 나를 잊으며 1년을 살았나 보다.

"그렇군요. 1년이 다 돼가네요. 잘 지냈어요? 세나야, 미안한데 이것 좀 혁진 씨 자리에 갖다 줄래?"

힐끔대면서 세나가 쟁반을 집어 들고 창가의 자리로 물러갔다.

"커피 나왔다."

빈자리에 털썩 주저앉으면서 세나는 커피바에 앉은 인환을 정신없이 훔쳐보았다.

두 사람 이상해. 아주 묘해.

인환과 수연은 어떤 사이인지 감이 오지 않았다. 가족은 아닌 것 같고 친구? 아니면 헤어진 연인? 오, 혹시 남편? 자신의 생각에 공연히 헉 소리가 나와 혁진의 자리에 있는 커피잔을 집어 들었다.

"내 커피야."

"시끄러, 니 것이 내 거고 내 것이 내 거야."

"거기다 침 뱉었어."

하! 세나가 입을 비쭉거렸다. 이게 어디서 까불어. 이래서 남자와 북어는 사흘에 한 번씩 패야 되는 거야. 그것도 비 오는 날을 골라 먼지 날 때까지.

"넌 아직도 음식마다 침 뱉어놓고 먹니? 참 그 나이 먹어서도 그 더러운 습관을 고치지 못하다니 어쩌면 좋니? 응?"

혁진이 세나의 이마를 양쪽으로 부여잡고 흔들기 시작했다.

"박세나, 박쎄나, 빡쎄나!"

"어허, 아침부터 죽고 싶지, 양 씨."

다른 때라면 혁진에게 주먹을 날렸겠지만 오늘은 참기로 했다. 눈이 번쩍 떠질 정도로 샤프한 남자에게 왈가닥처럼 보이는 것은 사양하고 싶었다. 잘생긴 남자 앞에선 그가 누구든 예뻐 보이고 싶은 것은 여자의 본능 아닌가.

"뭘 훔쳐봐?"

뚱한 혁진의 말에 세나가 쯧 소리를 냈다. 훔쳐보긴 뭘 훔쳐봐? 그냥 감상할 뿐인데.

"남자 주인공으로 써먹으면 좋을 것 같아서. 멋지지 않아? 저 남자."

"멋지긴 뭐가."

"키도 커, 어깨도 태평양처럼 넓어, 거기다 얼굴 선 좀 봐. 그림이네. 날카롭게 가늘면서도 남성적인 얼굴선이, 완전 예술일세."

혁진의 얼굴이 점점 뚱해져 갔다.

"저 긴 눈매랑 콧날은 아주 명품이다. 한국인도 저런 이목구비가 나오는구나. 참 우리나라 얼굴형도 많이 진화했다니까. 너처럼……."

"가자."

혁진이 벌떡 일어나 자신의 스텝을 채근했다.

"네? 네."

인환을 훔쳐보고 있던 견습 미용사가 따라 일어섰다. 세나가 혁진의 뒷모습에다 비쭉 입술을 내밀었다.

뭐야, 왜 삐치고 그래? 모처럼 칭찬 좀 해주려니까. 참 잘생겼다. 이 말 해주려고 했는데.

"잔 고르시겠어요?"

대답을 하지 않자 담백한 인환의 취향에 맞춰 수연은 아무 무늬 없는 하얀 잔을 꺼내 들었다. 수연의 동작은 예전과 똑같았다. 조용하고 얌전했다. 팔을 뻗을 때마다 등에서 손으로 이어지는 선이 춤을 추는 것처럼 우아하게 움직인다. 하지만 같은 것은 동작뿐이었다. 예전에는 항상 무언가를 하면서도 그를 곁눈으로 살폈던 수연이었는데 지금은 그에 대한 관심은 먼지만큼도 없는지 그를 보지 않았다.

"드세요."

그의 취향에 맞는 향기가 은은하게 코끝에 감겨들었다.

『인환 씨, 커피 드세요.』

옛 시간이 아련하게 커피의 향기 위에서 맴돌기 시작했다.

다시 집으로 들어간 후 인환은 정말 사력을 다해 살았다. 어린 아이에게 사력이란 표현은 부적절할지도 모르지만 그는 정말 할머니와 아버지의 눈에 들기 위해 죽을힘을 다했다. 할머니가 어떤 아이를 좋아하는지는 진작부터 알고 있었다. 강하고 똑똑한 남자가 돼야 한다고 어릴 때부터 인환에게 말해왔으니까.

"남자는 모름지기 강해야 한다. 자신의 것이라면 무슨 짓을 써서라도 움켜쥐어야 한다. 네가 줄지언정 남에게 빼앗기는 나약한 인간은 되지 말아라.”

할머니가 원하는 남자로 자라는 것은 쉬웠다. 인환에게 어려운 것은 아버지였다. 아버지는 한 번도 그에게 어떤 것을 요구하지 않았다. 잘했구나. 성적을 칭찬했지만 그뿐이었다.

어떤 아들을 원하십니까? 가끔 묻고 싶었다. 늘 먼 곳만 바라보는 그분의 시선 속에 있고 싶었다.

“지희야.”

술에 취하면 아버진 언제나 그 이름을 불렀다.

“지희야.”

부르고 또 불렀다. 아버지의 여자, 그래서 한지희의 이름은 인환의 뇌리 속에 저절로 새겨졌다. 그래서 그때 그런 명령을 내릴 수 있었다. 신부전증으로 콩팥을 이식받던 아버지가 갑자기 혼수 상태에 빠진 뒤 할머니는 충격으로 쓰러져 버렸다. 모든 일을 그가 총괄해야 했다. 아버지의 발인을 두어 시간 앞두고 집에서 뜻밖의 전화가 걸려왔다.

[한지희라는 분이 찾아와 사장님이 어느 병원에 계시냐고 묻습니다. 병원을 알려줄까요?]

“알려줘.”

전화를 끊고 나서야 아버지의 옛날 여자가 나타난다면 굉장한 스캔들이 될 것이란 생각이 들었다. 뒤늦게 전화해서 집에다 잡아두라고 했지만 이미 여자가 미친 듯이 병원으로 달려갔다는 답이 돌아왔다. 전화를 들어 남의 뒤를 캐주는 일을 전담으로 맡아 하는 사람을 불렀다.

"오토바이라도 보내."

할머니도 그러지 않았던가. 자신에게 올 것은 자신이 지켜야 한다고. 이 자리에 오기까지 수없이 많은 사람을 밟았지 않은가. 여자 하나 더 밟는다고 생각하면 된다. 어차피 아버지와 인연이 아닌 사람이라 생각하면 그뿐이다. 하지만 한지희란 이름을 애타게 부르던 아버지의 모습이 자꾸만 어른거려 마음이 개운치 않았다. 결국 한참 후 명령을 철회할 생각으로 전화를 들었다.

[그 여자 오토바이에 치여…… 병원에 입원했는데 위독하답니다.]

차라리 그때 병원으로 달려가지 말았어야 했다. 아버지의 장례를 치르고 어쭙잖은 죄책감으로 병원으로 달려간 그는 거기서 반쯤 미쳐 버린 수연을 만났다. 수연은 짙은 검보라색 눈으로 철철 눈물 흘리며 악을 쓰고 뒹굴고 있었다.

"한지희 씨의 딸이랍니다."

오빠도 엄마 기다려? 여자의 눈빛에 그만 멍해져 버렸다. 이 여자 놀이터의 그 꼬마인가? 아니, 그 꼬맹이가 아닐 것이다. 하지만 갑자기 그의 다리를 얼싸안고 죽어라 매달리는 순간, 그는 이 여자가 그 놀이터의 꼬마라는 것을 깨달아 버렸다.

그의 발을 끌어안고 우는 수연을 보며 인환은 자신이 저지른 짓을 후회했다. 자신의 옷자락을 움켜쥐고 놓지 않는 수연을 뿌리치지도 못했다. 인환은 수연을 데리고 다니며 한지희에 대한 모든

것을 처리했다. 화장을 끝내고 사망신고를 한 뒤 알맹이가 빠져나
간 빈 껍질 같은 상태로 넋을 놓고 있는 수연을 집으로 데려왔다.

정신을 차리면 보내자. 정말 그럴 생각이었다.

수연이 정신을 차린 것은 한 달이나 지난 후였다. 문뜩 정신을
차리고 보니 그녀는 낯선 집 낯선 방에 앉아 있었다.

"엄마."

수연은 방을 나와 마주 보이는 방문을 벌컥 열었다. 창문 앞 의
자에 앉아 있던 그가 보였다. 갑자기 방문을 와락 연 수연에게 놀
랐는지 눈이 살짝 커져 있었다.

"죄송해요, 엄마가 계실지 모른다는 생각이 들어서……."

죽은 엄마를 찾아다니는 짓은 이제 그만두자. 저 사람이 화장을
시키고 내게 유골함을 들려주었잖아. 저 사람이 한 줌 가루가 된
엄마를 바다에 뿌릴 때 가만히 옆에 있어주었잖아.

"바보 같다는 것을 아는데도, 엄마가 이제 세상에 없다는 것을
아는데도, 그래도…… 그래도 혹시 하는 마음이 없어지질 않아요.
문을 열면 엄마가 나를 보고 웃어줄 것 같아서, 그래서……."

고맙다는 말을 해야 하는데 자꾸만 목이 메었다.

"가, 감사했습니다. 정말로 감사드려요. 우리 엄마를, 우리 엄
마를……. 정말 고맙다는 말밖엔 할 말이 없어서…… 정말 감사합
니다."

입술을 떨면서 더듬거리는 수연의 말속엔 커다란 설움의 덩어

리가 들어 있었다. 인환은 책을 내리고 수연을 향해 들어오라고 손짓했다.

주춤주춤 다가온 수연의 모습은 길을 잃은 어린아이처럼 보였다. 들어오라고 했지만 막상 수연이 들어오자 어떻게 해야 할지 막막해졌다. 처연하게 뚝뚝 흘러내리는 수연의 눈물을 차마 볼 수 없는데, 그가 해준 일에 고마워서 감격한 빛으로 그를 보는 그녀의 눈을 차마 볼 수가 없는데도, 수연의 얼굴에서 고개가 돌려지지 않았다.

그가 한 짓을 알면…… 이 얼굴은 어떻게 변할까?

"도와주시지 않았으면 저 혼자 어떡했을지 몰랐을 거예요."

두 손을 바닥에 대고 엎드리려고 해서 인환은 얼른 수연의 팔을 잡았다.

"어머니의 일은 유감입니다."

정말 유감이었다. 아버지를 만나게 해달라고 울부짖는 여자가 꼬맹이의 엄마인 줄 알았더라면 아버지의 병원으로 데려다 주었을 것이다.

"아버지도 그 무렵에 돌아가셨어요. 그래서 얼마나 슬플지 잘 압니다. 그만 울라는 말…… 하기가 어렵군요."

그의 말에 갑자기 설음이 폭발한 듯 수연이 인환의 품에 머리를 묻고 울기 시작했다. 두 손으로 그의 옷자락을 움켜쥐고는 펑펑 눈물을 쏟아냈다. 꾹꾹 흐느끼는 수연의 어깨를 그는 아무 말도 하지 못하고 툭툭 두드리기만 했다. 천천히 머뭇거리는 손으로 그녀의 등을 가만가만 다독이는 것밖엔 무엇을 해야 할지 몰랐다. 방울방울 수연의 눈에서 흐르는 눈물이 그의 가슴을 적셔가며 그의 양심을 지익지익 긁어대기 시작했다.

그가 먹었던 어떤 것보다 따뜻하고 달콤한 초콜릿을 준 꼬마를 이렇게 울리다니. 이 무슨 운명의 장난일까? 가끔씩 그의 기억 속에 나타나는 꼬맹이가, 정말로 그의 앞에 짠 하고 나타날 거라는 생각은 한 번도 해본 적이 없었다. 그가 어른이 되고 누구보다 많은 힘을 가진 뒤엔 그 꼬맹이를 찾아볼 수는 있을 것이란 생각은 했다. 혹시 운이 좋다면 어른이 된 그 꼬맹이를 만날 수도 있을 것이라고도. 그렇지만 이렇게 뜻하지 않게, 전혀 생각지 않은 인연으로 얽힐 것이라고는 꿈에서도 생각해 보지 않았다.

가슴이 먹먹해졌다. 대체 무슨 짓을 저지른 거냐. 자신에게 와야 할 것들을 지키기 위해, 혹시라도 그것이 손에서 흘러나갈까 아무런 주저도 없이 해친 사람이 왜 하필 꼬맹이의 엄마란 말인가.

"흑흑."

수연이 그의 품에서 설핏 잠이 들었다. 그런데도 흐느끼며 울었다.

"으윽."

한 달 내내 그렇게 울었으면서, 늘 그가 볼 때마다 눈물 흘리고 있었으면서 아직도 눈물이 남아 있는지 자면서도 눈물을 흘린다. 아니, 어쩌면 처음부터 자면서도 울었는지도 모른다.

이제 어째야 되겠니? 네게 무엇을 어떻게 해줘야 할까? 아직도 일곱 살 꼬마처럼 깨끗한 눈을 가진 너를 어떻게 해야 할지 나는 정말 모르겠다.

고아원에 처음 들어갔을 때 그는 혼자 울었다. 누구든 다가와 울지 말라고 해주길 바라면서도 남에게 우는 모습을 보이는 것이 자존심 상해 숨어서 혼자 울었다. 그때를 생각하며 인환은 수연의 어깨를 두드리기 시작했다. 누구든 다가와 그의 어깨를 두드리며 달래주길 바랐던 자신을 기억하며 그는 계속 수연의 어깨를 두드려 주었다. 그것밖에 그가 할 수 있는 일은 없었다. 그러다가 그도 잠이 들었던 것 같다. 잠이 든 인환은 어느새 그의 품 안에 편하게 자리 잡은 수연의 따뜻함을 꼭 끌어안았다.

따뜻하다.

잠결인데도 그 따뜻함이 너무 좋았다. 그는 힘주어 안고 사탕처럼 달콤한 잠에 빠져들었다.

응? 뭔가가 그의 손을 풀려고 한다. 꼼지락꼼지락. 따뜻한 것이 자꾸만 달아나려고 해서 인환은 팔에 힘을 주었다. 그가 힘을 줄수록 그에게서 벗어나려는 반동이 더 강해졌다.

왜 자꾸…….

눈을 뜬 인환은 자신의 품에 있는 수연을 보고 깜짝 놀랐다. 서둘러 손을 풀자 수연이 벌떡 일어섰다.

"감사했습니다. 그동안 정말로 감사했습니다. 느닷없이 달려들어서 매달린 저를 뿌리치지 않고 도와주신 것 정말 감사합니다.

죽을 때까지 잊지 않겠습니다.”

수연이 돌아갈 생각이란 걸 인환은 알아차렸다.

이제 끝났다. 이대로 한 번만 더 눈을 감으면 되는 것이다. 수연은 돌아가서 자기 살던 대로 계속 살 것이다. 그는 그가 원하는 것을 얻기 위해 그냥 살면 되는 것이다. 그런데 멋대로 말이 나와 버렸다.

“혹시.”

돌아보는 수연을 향해 진지한 표정으로 말을 이었다.

“커피 뽑을 줄 알아요?”

“네?”

“아르바이트 한 번 해볼래요? 페이 넉넉하게 줄 테니 숙식하면서 내가 마시고 싶을 때 맛있는 커피 뽑아주는 일 한 번 해봐요. 음식은 잘 만드는데 아줌마가 커피는 아주 엉망으로 뽑아서요.”

그냥 보내야 된다는 것은 인환 자신이 제일 잘 알고 있었다. 알고 있는데, 있는데도!

“……네.”

그 후 수연은 왕에게 바치는 것처럼 지극정성으로 커피를 뽑아 그에게 가져왔다. 눈이라도 마주치면 꽃이 피는 것처럼 활짝 그를 향해 웃어주었다.

한 번도 마주 웃어주지 않았지. 한 번도 고맙다는 말을 해준 적도 없고.

아마도 너는 옛 시간을 떠올리는 것이 싫을 것이다. 하지만 나는 지난 시간을 떠올리는 것이 좋다. 상냥하고 부드러운 너의 모습이 너무도 좋았다. 네 웃음을 따라 웃을 뻔한 적이 얼마나 많았는지 모른다.

그의 앞에 커피잔을 놓아준 수연을 바라보며 인환은 처음으로 감사를 표했다.

"고마워."

인환의 말에 수연의 표정이 조금 변했다. 믿을 수 없다는 표정이 그녀의 얼굴에 떠올랐다.

"하마터면 웃는다고 생각할 뻔했어요."

정말로 인환의 입가에 나타난 움직임을 웃는 것이라 착각할 뻔했다. 그녀를 향한 그의 눈빛을 다정하다고 생각할 뻔했다. 그래서…… 눈물이 확 고일 뻔했다.

얼마나 바보 같은지.

그럴 리도 없지만 정말 그렇다면, 감히 아무렇지도 않게 웃는 그에게, 그 웃음에 쓸개 빠진 듯 마음이 움직이려는 그녀에게도 화가 나는 일이었다.

1년 동안 곱씹었던 그 냉대를…… 뼛속까지 시리고 아팠던, 3년 간 그의 옆에서 받았던 그 냉대를 생각하면……. 무엇보다 이자는 엄마를 죽인 자라는 것을 생각하면 그는 웃어선 안 되고 나는 그 웃음에 마음이 끌려선 안 되는 거다, 절대로!

"나를 보기도 싫은 모양이지?"

수연은 컵을 닦던 손을 멈추고 고개를 들었다.

"1년 동안 한 번도 생각도 하지 않은 모양이지?"

"아니오. 처음엔 원망했었어요."

그랬다. 원망하고 욕을 했다. 달려가 죽이고 싶다는 생각으로 몸을 떨면서 밤을 하얗게 새운 적도 많았다.

"그런데…… 여긴 어쩐 일로 왔……. 아니겠지만, 혹시 여기 온 것이 나를 만나러 온 것이라면……."

인환의 눈을 똑바로 맞추고 수연이 말했다.

"다시는 오지 않았으면 해요."

"내가 온 것이 반갑지 않나 보군?"

"네."

그녀의 대답을 못 들은 것처럼 인환이 천천히 입을 열었다.

"몹시……."

이렇게 말을 끄는 사람이었나? 오늘 인환의 모습은 수연에게 많이 낯설었다.

"궁금했었어."

관심 자체를 가지고 싶지 않다고만 속으로 되뇌며 뭐가 궁금했냐고 수연은 묻지 않았다.

"보고 싶기도 했어."

"……."

"아주 많이."

너무도 보고 싶어서 너와 산 3년을 후회했다. 왜 그렇게 너를 대했는지 후회하고 또 후회했다. 욕심을 부리지 말걸, 욕심을 버리지 못할 바엔 양심 같은 것도 갖지를 말걸. 그렇게 후회하며 매 순간순간 죽을 것처럼 괴로워했다.

나는 정직하지 못했다. 매달려 오는 너를 안고선 한순간의 욕정을 이기지 못해서 일어난 사고라고 생각했었다. 계속 너를 안으면서도 사랑이었다는 것을 인정하지 않았다. 너와의 3년이 얼마나 나를 행복하게 만들었는지 그때는 몰랐다. 자책으로 괴롭다고만 생각했었다. 안아선 안 되는 너를 안았다는 죄의식으로 필사적으로 너를 밀어냈었다.

"아주 많이, 왜 네가 끝내겠다는 말만 하고 집을 나갔을까 생각했어."

"내쳤잖아요."

"그런 적 없어."

"떠밀어야만 내치는 것은 아니고 말을 해야만 싫어한다는 것을 알아듣는 것이 아니에요."

"이봐."

"아직도 나는 이봐군요."

수연의 엷은 미소가 비수처럼 인환의 마음을 찔렀다. 양심 때문에 도저히 수연이라고 부르지 못했다는 말을 어떻게 할 수 있을까?

"그래서 나왔다고 할까요? 이봐라는 호칭 때문에. 그것이 너무 싫어서. 그게 좋겠죠?"

"그것 때문에 나왔다고?"

"그렇다고 해두자고요. 난 다 잊을 거니까. 솔직히 좀 힘들었지만 이제는 잊혀지기 시작했어요. 미워할 이유 같은 것, 간직하기 싫거든요. 미움도 미련 같아서."

1년이란 시간이 수연을 이런 낯선 얼굴로 만들 수 있을 만큼 긴 시간이었구나. 기를 쓰고 버리려 해도 툭툭 튀어나오는 기억을 어쩌지 못하고 살아온 그와 달리 수연은 이렇게 편안한 얼굴로 기억을 버리고 있었구나.

이 여자에게 버림받았다.

그래, 이 여자는 나를 버린 것이다.

사랑한다고 애타게 호소하던 입술로 수연은 그를 거부하고 있었다. 그동안의 고통은 상대도 되지 않을 정도로 심한 고통이 그를 덮쳐 왔다. 심장이 비틀어 짜고 짓이겨지는 듯 심하게 아팠다.

"내가 왜 찾아왔는지 궁금하지 않아?"

자신의 일을 하느라 그에게 눈길도 주지 않는 수연을 향해 인환은 간신히 물을 수 있었다.

"나를 찾아온 거였어요?"

"그럼 내가 왜 여길 왔다고 생각해?"

"그랬군요. 왜 왔어요?"

넌 이런 여자가 아니었다. 너는……. 배고픈 아이처럼 굶주린 눈으로 줄곧 바라보는 것밖에 하지 못했던 그런 여자였다. 너는, 비아냥거리지 않았다. 너는 그랬다.

"너는 늘 가족을 원했지. 지금도 원해?"

무슨 말인지 모르겠다는 듯 수연이 눈을 깜박거렸다. 그러나 잠시였다. 수연은 곧 태연해졌다.

"왜요? 가족이 돼줄 생각이라도 있어요?"

"원한다면."

"원한다면?"

"그래."

"어떤 식의 가족이 돼줄 생각이에요? 결혼이라도 해줄 생각인가? 아니면……."

"원한다면!"

간절히 원하는 것은 자신이었다. 인환은 무릎을 꿇고 수연에게 사정하고 싶었다. 내가 잘못했다. 너를 보내놓고 죽을 만큼 후회했다. 그의 마음속 간절함은 눈빛을 통해 쏟아졌으나 수연은 그의 얼굴을 바라보지도 않았다.

"풋."

수연의 입가에서 웃음이 터져 나왔다. 말도 안 되는 소리를 들었다는 얼굴이었다.

"마치 승은을 내려주겠다는 것처럼 들리는데, 그럼 나는 감읍해서 엎드려 성은에 망극해야 하나요? 아니면 승은을 입은 궁녀처럼 치마라도 뒤집어쓰고 날뛰어야 하나요? 1년이 길긴 긴가 봐요. 농담이 굉장히 늘었네요. 하지만 농담도 너무 길면 재미없어요. 그러니 이만 끝내요."

"나는 정말로 네 자리를 찾아주려고 왔어."

잠시 그를 바라보던 수연이 비웃듯 입을 비틀었다.

"나도 모르는 내 자리를 그쪽이 어떻게 알죠?"

수연의 목소리는 내리는 비처럼 차고 스산했다.

"처음부터 너에 대해 알고 있었어."

"처음부터?"

그것이 언제일까? 늘 엄마를 기다리던 일곱 살 때? 아니면 엄마의 죽음에 반쯤 정신이 나간 스물다섯 살 때? 대체 언제를 말하는 건데?

"난 그쪽이 내 이름을 알고 있는지조차 궁금했는데, 우습네요. 내 자리까지 알고 있다니."

수연은 자꾸만 격해지는 마음을 필사적으로 억눌렀다.

"어쨌거나 상관없어요."

"어째서?"

"상관하지 않을 테니까. 모르는 사람의 말에 신경 쓸 만큼 한가하지 않아서 말이죠. 아, 먼저 내가 그쪽을 잊었다고 말하는 것이 먼저여야 할까요? 망각했다고 해야 하는 걸까요? 그러고 보면 망각이란 것이 참 편해요. 처음 만난 것이 언제였는지 이제는 생각도 나지 않는 걸 보면."

거짓말이었다. 그녀에게 망각은 존재하지 않았다. 잊는 중이라고 생각했는데 인환을 보자마자 모조리 생각나 버린다. 외면당해 얼마나 서글펐는지 엄마의 일을 알고 얼마나 분노했었는지.

"식은 커피는 안 드셨죠?"

수연이 다 식은 커피를 개수대에 부어버리고 뜨거운 커피를 따랐다. 커피잔을 인환의 앞에 놓으며 차갑고 쌀쌀한 눈빛으로 배시시 수연이 웃었다. 차가운 웃음이 인환의 가슴을 시리게 만들었다. 그러지 마라. 그렇게 차갑게 굴지 마라. 빌어도 용서받지 못할 것이란 생각에 잘못했다고 빌 용기를 꺾어버리지 마라.

"기억해?"

"기억하는 것은 많아요. 결코 잊을 수 없는 것이 많으니까. 그래요…… 나도 모르는 내 자리가 뭐죠?"

"네게 가족이 있어."

"가족?"

검은빛을 띤 짙은 제비꽃 빛깔의 눈동자가 깜박이지도 않고 인환을 바라보았다. 한참을 인환을 바라보던 수연의 눈이 날카롭게 빛나기 시작했다.

"가족이라. 그 가족이란 것이 혈연관계가 있는 사람들을 말하는 건가요? 아빠, 언니, 오빠, 동생, 할머니, 할아버지, 큰아버지, 작은아버지, 이모, 고모 등? 설마 그 모든 호칭으로 부를 수 있는 사람들이 다 존재하는 것은 아니겠지요? 내가 이국의 왕실에서 버려진 사생아는 아니겠지요? 이상한 눈빛 때문에 혼혈아 아니냐는 소리를 무척이나 많이 듣고 자랐는데."

가족이란 말에 수연은 기뻐하기보다 오히려 분노했다. 정말로 가족이라 부를 수 있는 혈연이 이 세상에 존재한단 말인가? 손오공처럼 이 세상에 뚝 떨어진 존재는 아니었단 말인가? 그런데 왜

의지할 곳 없이 엄마와 단둘이 살게 내버려 두었을까. 그 가족들
은.

"할머니가 계셔. 만나기를 몹시 고대하셔."

수연은 잠시 숫자를 셌다. 마음을 다스렸다. 진정하라고 스스로
를 달랬다.

"그 할머니란 분을, 나도 모르는 내 할머니란 분이 나를 만나길
고대한다는 것을 그쪽이 어떻게 알고 있죠?"

"내가…… 그 자리에 있으니까."

잠시 이해할 수가 없어서 수연은 눈만 깜박거렸다.

"무슨 뜻이죠?"

"너는 내가 아버지라고 부르던 분의 딸이야."

순간 수연은 자신이 바보였으면 좋겠다는 생각을 했다. 인환의
말이 무슨 뜻인지 유추할 수 없는 지능을 가졌으면 했다.

chapter 6

애증의 미로

"내가 도, 동생이라는 말이에요?"

수연의 목소리가 덜덜 떨려 나왔다.

"동생은 아냐. 나는 아무것도 아니니까."

한참 동안 수연은 정신을 가다듬기 위해 애썼다. 난 바보가 맞아. 무슨 말인지 도대체 이해를 못하고 있잖아. 그래, 난 바보야.

"너와 나는 단 한 방울의 피도 섞이지 않았어."

"그럼……."

아! 이제 생각이 났다. 선양그룹에 얽힌 소문들을 수연도 어렴풋이 듣고 있었다. 선양그룹 회장의 손자인 인환은 집안의 핏줄이 아니라고 했다. 이혼한 며느리의 사생아를 받아들였다고 했다. 그런데 선양그룹? 그렇다면?

"설마 내가 선양그룹 김진옥 회장의 딸이나 손녀라는 이야기는 아니죠?"

"손녀야."

금방이라도 무릎이 꺾일 것 같아 수연은 이를 악물고 버텼다. 말도 안 되잖아. 이건 정말 말도 안 되는 이야기잖아. 너무도 기가 막히면 웃음이 나오는 것일까? 악문 잇새로 실없는 웃음이 터져 나오려고 했다.

"할머니께서 너를 몹시 기다리고 계셔."

할머니? 누구 마음대로? 반발이 터져 나오는 인환에게일까? 아니면 핏줄임에도 그녀를 고아처럼 살게 만든 할머니란 분에 대한 반발일까? 이 세상에 엄마 외엔 아무도 없다는 생각으로 살아왔는데 선양그룹이라니, 그 회장의 손녀라니, 이게 말이 되는 이야기인가?

"여태껏 있는 줄도 모르는 손녀를 왜요? 가서 전하세요, 난 그냥 이대로 살겠다고. 그쪽하고 얽히느니 이대로 사는 게 난 좋아요."

"할머니 건강이 안 좋아. 오래 버티지 못하실 거야."

"아, 그렇다면 내가 안 가는 것이 그쪽에게 유리하지 않겠어요? 손녀가 있는 것보다는 없는 것이 그쪽에게 훨씬 좋을 것 아닌가. 안 그래요? 나라는 존재가 없는 것이 좋을 것 같은데……. 그런데 나에 대한 것을 그쪽은 언제부터 알고 있었어요?"

묻지 않는 것이 좋았다라는 생각은 잠시 망설이다가 하는 인환
의 대답을 듣고 난 뒤에 들었다.

"······처음부터."

처음부터라니.

"처음부터? 그래서 그런 거예요? 나 때문에······ 우리 엄마를
죽였어요?"

정말로 아주 간절히 이 부분만이라도 인환이 아니라고 해달라
고 수연은 저도 모르게 빌고 있었다. 제발, 제발. 하지만 인환은
아무런 부정도 하지 않았다. 오히려 그녀의 말에 움찔하는 걸 보
니 그녀가 엄마의 죽음에 대해 알고 있다는 것에 놀란 모양이었
다.

"우리 엄마를 죽이라고 시켰지요? 나에 대해 처음부터 알고 있
어서, 우리 엄마가 누구란 걸 알고 있어서······."

"······."

"그래서 엄마를 죽였어요? 내 자리를 나에게 주지 않으려고?
그 자리를 지키려고?"

"······."

"내가 누군지 알고도 나를 집으로 데려갔어요?"

"······."

당신은 내게 거짓말을 하지 않겠다고 했었다. 하지만 이 순간만
은 제발 거짓말을 해줘. 당신의 바닥을 보고 싶지 않으니까 그냥
아니라고 말해. 그럼 다 믿어줄 테니까.

“나를 이용했어요? 매달리게 만들고 노리개로 삼은 거예요?”

“…….”

“말해요. 대체 왜 그랬어요?”

“……사랑했어. 네가 떠난 뒤에 알았어, 사랑한다는 것을.”

촤악. 수연이 아직 채 식지 않은 커피를 인환의 얼굴에 그대로 끼얹어 버렸다. 가장 최악의 대답이었다. 사랑이라고? 그게 사랑이라고?

“개새끼!”

수연은 한 번도 해보지 않은 욕을 씹듯이 내뱉었다. 인환의 머리와 얼굴에서 줄줄 흘러내리는 커피가 염산이길 바랐다. 살이 타고 녹아서 이 세상에서 사라져 버렸으면 좋겠다는 생각밖에 들지 않았다. 처음부터 그녀에 대해 알고 있었다면, 그녀의 자리를 대신 차지하고 있었다면 도둑인 거다. 감히 도둑 주제에 그런 치욕과 아픔을 줘놓고 이제 와서 그게 사랑이라고?

“사랑? 감히 내게 그런 말을 해?”

억눌렀던 감정이 수연의 마음속에서 용암처럼 터지고 있었다.

“도둑. 살인자 주제에.”

수연의 비난을 인환은 말없이 듣기만 했다. 부들부들 떠는 그녀의 모습을 어두운 눈으로 지켜보다 침통한 목소리로 말했다.

“네가 떠난 뒤 죽을 만큼 괴로워했다면…….”

“죽을 만큼 괴로워하지 말고 그냥 죽지 그랬니.”

“미안하…….”

"미안? 사람 죽여놓고 미안? 그 말은 너 같은 인간이 하라고 생긴 말이 아니야. 그러니까 미안이란 말 다시는 내 앞에서 쓰지 마."

감히 후회를 해? 감히 미안하다고 해?

수연은 미친 듯이 소리 질렀다.

"가! 가버려! 다시는 내 앞에 나타나지 마. 너 같은 인간과 얽혔다는 사실을 상기시키지 마! 수치심에 죽고 싶게 만들지 마. 이 살인자. 너를 보는 걸 참을 수가 없어. 당신이란 인간이 너무 끔찍해. 아니, 내가 끔찍해. 엄마를 죽인 너랑 같이 산 내가 더럽고 끔찍해! 사람이 아닌 건 넌데 왜 나를 사람이 아닌 것으로 만드는 거야. 왜? 왜?"

이성을 잃고 울부짖는 수연의 모습은 금방이라도 뒤로 넘어갈 것처럼 보였다. 세나는 조마조마해서 손을 비볐다.

"저기요."

대체 이 남자와 무슨 관계인지 모르겠지만 우선은 수연의 흥분을 가라앉히는 것이 가장 급했다.

"다음에 다시 와주시면 안 될까요? 아무래도 수연이가 너무 흥분을 해서……. 계영아, 약국 가서 청심환 좀 사와."

"알았어요."

계영이 카페를 뛰어나가고 세나가 수연을 부둥켜안았다.

"자, 수연아, 진정해. 응? 제발 진정하자, 수연아."

"다시 오겠습니다. 수연일 부탁드립니다."

커피를 뒤집어썼는데도 조금도 우습게 보이지 않는 남자가 정중하게 허리를 굽혔다.

다시 안 오는 것이 좋을 것 같은디유?

세나는 하고 싶은 말을 꿀꺽 삼켰다. 남자의 눈엔 염려와 회환이 가득 들어 있었다.

뜨거운 눈. 책에서 그런 표현을 많이 봤는데 왜 그런 표현을 썼는지 알 것 같았다. 인환의 눈은 정말 뜨겁게 타고 있었다. 그리고 그것이 수연을 더 화나게 만들었다.

"이, 도둑, 살인자. 도둑. 살인자."

나가는 인환의 등을 향해 수연이 손에 잡히는 것들을 집어 던지며 악을 써댔다.

"자, 자, 수연아. 제발 진정해, 응? 그 사람 갔으니까 제발 정신 좀 차려."

세나가 수연의 몸을 흔들었다. 이 무슨 벼락이람. 우선은 수연을 진정시키는 게 급하지만 그러고 나서 할 일이 너무 많았다. 바리스타가 손님에게 커피를 끼얹었다는 소문이 날 텐데 그걸 어떻게 막지?

혁진의 어머니에게 수연을 소개시킨 것은 세나였다. 세나는 생전 가야 큰 소리 한 번 내는 법이 없던 수연이 이렇게 격정적이라는 사실에 몹시 놀랐다.

한데 그 남자는 대체 무슨 죽을죄를 지었길래 그런 욕을 듣고도 아무 소리도 안 하는 걸까?

인환이 다녀간 뒤 서너 시간 만에 수연은 다시 평온해졌다. 하지만 수연의 마음속에선 계속 뭔가가 들끓고 있었다.

이건 너무 잔인해.

하늘이 그녀에게 그다지 호의적이진 않았다. 그러니까 홀어머니의 사생아로 이 세상에 태어나게 안배했을 것이다. 하지만 아주 나쁘지도 않다고 생각했다. 그럼에도 불구하고 세상에서 가장 다정한 엄마를 주셨으니까 말이다. 수연은 엄마와 둘이 사는 삶을 불행하다고 한 번도 생각한 적이 없었다. 엄마는 항상 말했다.

'아빠 몫까지 두 배로 사랑해.'

정말로 엄마의 사랑은 극진했다. 아빠가 없는 사생아의 삶보다는 부모가 다 계시는 그런 삶이 훨씬 행복하겠지만 이만하면 나름 행복하다고 수연은 만족했다.

그런데 이젠 하늘이 그녀에게 모든 호의를 걷어간 모양이다.

정말 잔인해도 너무 잔인하지 않은가. 인환은 그녀의 자리에 자신이 있다고 했다.

인환이 말해준 것은 모든 것이 충격이었다. 무엇보다 인환의 출현이 가장 큰 충격이었다.

자, 자. 그만.

수연은 입술을 깨물었다. 그만큼 흔들리는 모습을 보여줬으면 됐다. 이제는 그만하자. 지금은 그냥, 세나의 모자를 사러 나왔으니까 그것만 생각하자. 무슨 색으로 어떤 모양으로 살까, 그것만!

카트를 밀고 계산대로 가 줄을 섰다.

계산을 마친 수연은 휴대전화의 단축번호를 눌렀다.

[왜?]

아직 화가 풀어지지 않았는지 반문하는 세나의 음성은 많이 뚱했다.

인환의 일로 세나는 수연에게 화가 난 상태였다.

『이모, 다시는 그런 일 없을 거예요. 정말이에요. 한 번만 눈감아주세요. 다시는 손님과 싸우는 일은 없을 거예요. 그 손님이 잘못했다고요. 성희롱하는 언사를 찍찍 던졌대요.』

즉석에서 둘러대는 세나의 너스레에 사장은 더 이상 문제를 확대시키지는 않았다. 사실 근 1년 동안 수연이 모든 것을 도맡아 일해준 것이 꽤 마음에 들어 웬만하면 수연을 내보내고 싶지 않았다.

『다음에 그런 일이 또 일어나면 그때는 그냥 안 넘어갑니다.』

사장과는 세나 덕에 쉽게 끝났지만 막상 사장님과의 일에 나서서 모든 것을 수습해 준 세나와는 쉽게 넘어가지지 않았다.

『자, 이제 그가 누군지 말해주면 안 되겠니? 누구냐? 사귀던 사람이지? 뭐 하는 사람이야? 응? 나이가 몇이야?』

세나가 호기심을 참지 못하고 수연에게 계속 인환에 대한 것을 물었다. 꼬치꼬치 묻는 세나의 말에 수연은 한 가지도 대답하지 않았다. 그랬더니 서운하다고 세나가 발끈 화를 냈다. 하지만 아무리 세나라도 말하고 싶지 않은 것은 어쩔 수 없었다.

『너, 내 친구 아냐. 무슨 비밀이 그렇게 많은 거야?』

묻다 지쳐서 팽 토라진 채 가선 정말 하루에도 몇 번씩 드나들던 발길을 뚝 끊어버렸다. 수연은 세나와 멀어지고 싶지 않았다. 그래서 뇌물로 모자를 사줄 생각이었다.

"2004아울렛으로 나올래? 내가 모자 사줄게."

[어, 정말?]

"응."

[알았어. 번개보다 빨리 달려갈게.]

성격도 좋지.

잊는 것이 세나처럼 쉽다면 얼마나 좋을까? 부럽기 그지없었다.

"뭘 그렇게 샀어?"

작업실에서 달려온 세나가 종이봉투를 받아 들었다. 봉투 안의 식재료를 보더니 휘파람을 불었다.

"오오, 풍성한데. 이거 다 네가 해줄 거지?"

"그래."

"좋아. 내가 또 먹을 것엔 약하니까 다 용서해 주마. 그 남자에 대해 물었는데 치사하게 생깐 것."

캐릭터를 연구하기 위해서 인환에 대해 물었건만 치사하게 입이 딱 붙어버린 듯 아무 말도 하지 않았지. 쳇. 내가 별것을 물은 것도 아닌데. 그저 이름하고 하는 일하고 나이하고 성격이 어떤가, 그런 사소한 것만 물었다고. 그 남자와 어떤 관계였냐고 물었다가 표정 굳어지는 것을 보곤 두 번 다시 묻지 않았어. 나도 눈치는 있다, 뭐. 두 사람이 심각한 걸 모를까 봐?

"모자, 골라봐."

누가 뭔가를 사준다고 할 땐 가장 비싼 것을 고르는 것이 삶의 지혜다. 암. 세나가 주인이 추천해 주는 모자를 얼른 골라 들었다.

"이거."

"어머, 박세나, 치사해요. 사준다고 가장 비싼 거 고르는 거봐."

"원래 사준다고 할 때는 가장 비싼 거 고르는 게 편하게 살아갈 수 있는 삶의 지혜라지요."

모자는 세나에게 잘 어울렸다. 계산을 마치자 세나가 모자를 이리저리 써보며 말했다.

"이제 다 산 거야?"

"응, 붕어빵만 사면 돼. 가게 맡기고 나오는 것 미안해서 맛있는 것 사다 준다니까 굳이 붕어빵 사다 달라네."

"붕어빵 귀신이 붙었나. 걘 붕어빵 진짜 좋아해. 나 같으면 다른 것을 사달라고 했을 텐데."

붕어빵을 사기 위해 카페 건물 맞은편에 있는 포장마차 쪽으로 걸어가는데 검은 차 한 대가 스르륵 다가와 멎었다.

"모시러 왔습니다. 같이 갑시다."

뭐지? 생각할 틈도 없었다. 어느새 차에서 내린 남자들이 수연의 팔을 양쪽에서 잡고 있었다.

"놓지 못해?"

세나가 빽 소리 질렀으나 남자들은 쳐다도 보지 않았다.

뭐야, 깍두기야? 아무리 깍두기라도 그렇지, 어디 백주 대낮에.

"불이야!"

이럴 때는 사람을 불러 모아야 한다. 세나의 고함 소리에 수연은 퍼뜩 정신이 들었다.

"난 가지 않아요."

수연은 팔을 뿌리치고 두어 걸음 물러섰다.

"좋은 말로 할 때 가는 게 좋습니다."

"싫어요."

"한수연 씨."

"아, 싫다잖아요!"

세나가 빽 소리 지르자 남자가 윽박질렀다.

"아가씬 나서지 마쇼."

남자의 위압적인 말투에 조금 의기소침해졌던 세나는 건물에서 뛰어나오는 혁진을 보고 갑자기 의기양양해졌다.

아, 그래. 내 목소리를 들었구나. 역시 너밖에 없다, 혁진아. 내가 위험할까 봐 뛰쳐나왔구나. 권총집처럼 비스듬히 골반에 가위집을 찬 혁진의 모습에 힘을 얻은 세나가 들고 있는 종이봉투에 손을 넣었다.

내가 어떤 여잔지 보여주겠어.

손에 잡힌 것은 두꺼운 양배추. 음, 이건 패스다. 곧이어 잡힌 것은 파. 이건 폼이 안 나잖아. 이것도 패스. 아, 이것 좋다.

세나가 턱하니 오이를 꺼내 들었다.

"아저씨들이야말로 물러나세요. 안 그러면 이렇게 되는 수가 있으니까!"

오이를 양손으로 잡아 뚝 분질렀으나 남자들에게 먹히지 않았다. 세나는 오이를 집어 던지고 옆으로 다가온 혁진의 가위집에서 가위를 꺼내 들었다.

"아니면 이걸로 싹둑 자를 수도 있어요. 이거 아주 잘 들어요."

혁진의 보물 제1호. 길이 잘 들어 반들거리는, 하필이면 혁진이 가장 아끼는 가위를 꺼내 위협하면서 더 무시무시함을 강조하기 위해 세나는 눈길을 남자의 바지 섶으로 던졌다.

"헐!"

혁진은 기가 막혔다. 그에게 가위는 목숨처럼 소중한 거였다. 그런데 이 가위로 사람을 위협해 댄다. 그것도 남자의 거시기를 자르겠다는 암시를 해가며, 엿장수가 가위 철컥거리듯 함부로 휘둘러 대고 있었다. 아무리 세나가 보통 사람과 다른 정신 세계를 갖고 있다고 하지만, 그래서 만화가가 되었겠지만, 이렇게 아무렇지도 않게 자신의 가위를 흉측한 무기로 만들어 버리는 것은 정말 어처구니가 없는 일이었다.

이렇게 돌렸지?

서당 개 3년이면 풍월을 읊는다고, 세나가 혁진이 머리를 커트 하면서 보란 듯 가위 돌리는 것을 눈을 부릅뜨고 흉내 내며 열심히 돌리기 시작했다. 혹시라도 가위를 떨어뜨릴까 봐 혁진의 가슴은 새까맣게 탔다.

"뭐 해?"

남자들이 꿈쩍도 하지 않자 세나가 발로 그를 툭 찼다.

"너도 가위 꺼내."

세나가 종용에 별수 없이 혁진은 두 개의 가위를 꺼내 들었다. 쌍권총을 쥔 것 같은 폼으로 떡하니 다리에 힘을 주었다.

"이 가위 잘 들어요. 물렁뼈 자르는 것은 일도 아니라고욧! 수연아, 이쪽으로 와."

남자의 그것엔 물렁뼈가 없다, 이 가시나야. 혁진은 하고 싶은 말을 꾹 참았다.

"다치고 싶지 않으면 참견 말고 비키슈."

위압적으로 남자가 수연을 향해 다가섰다. 수연은 그때야 그 남자가 두어 번 본 적이 있는 도경의 운전기사 겸 보디가드임을 깨달았다.

"서요."

낮고 빠르게 말하는 수연의 목소리엔 묘하게도 힘이 들어가 있었다.

어라? 수연이 카리스마 짱이네?

남자가 진짜 걸음을 멈추는 것을 보고 세나가 눈을 동그랗게 떴다. 야, 이런 식으로 말하면 쫄 것을. 나도 거기 서! 이렇게 말할 걸 공연히 가위 휘둘렀네.

"부인이 나를 협박하고 강제로 끌고 오라고 시키기라도 했나요?"

"아닙니다."

"그런데 왜 이렇게 무례하세요?"

"……죄송합니다."

떨떠름하게 사과하는 남자를 보고 있다가 수연은 들고 있던 종이봉투를 세나에게 내밀었다.

"미안, 이것도 들고 가. 갔다 올 테니까."

"안 돼. 따라가지 마. 위험할 것 같아."

"괜찮아. 아는 사람이야."

세나를 안심시킨 뒤 수연이 차로 다가갔다. 내가 정말 김진옥 회장의 손녀인 걸까? 도경까지 사람을 보내다니, 아무래도 그 말도 안 되는 이야기가 사실인 모양이다.

"가죠."

게다가 도경의 성격대로라면 계속 찾아오거나 사람을 보낼 것이다. 좋아, 가주죠. 아직도 오라면 오고 가라면 가게 할 수 있다고 생각하는 그 얼굴을 똑바로 봐주겠어.

"두 시간 안에 안 오면 경찰에 이 차 신고할 거야!"

아직도 마음이 놓이지 않는지 세나가 남자들을 노려보면서 소리 질렀다.

수연이 타자 차는 곧장 달려가 한 번도 가본 적이 없는 커다란 도경의 집으로 그녀를 데려갔다.

"수연아."

차가 대문 안으로 들어서기가 무섭게 도경이 달려나왔다. 차에서 내리는 수연을 얼싸안으려 했다. 도경의 손길을 피해 수연은 한 발짝 물러섰다. 칼보다 더 날카롭게 수연을 후벼 파던 도경의 말투가 이렇게 부드럽고 다정하게 변할 수 있다는 것은 차라리 경이였다.

"내 조카야."

내 조카?

『넌 인사도 제대로 할 줄 모르니?』

『아무리 본 것 없고 배운 것 없다고 해도 그렇지, 결혼도 안 한 남자의 첩 노릇을 하다니, 네 부모가 어떤 사람인지 궁금하구나.』

『우리 조카에게 붙어 있는 것이 돈 때문이니? 얼마를 원하니? 내가 주마.』

『공연히 임신했네 어쨌네 하지 말고 피임은 철저히 해라. 우리 집안에 천박한 피가 섞이는 것을 아무도 원하지 않으니까.』

그런 말을 수도 없이 했던 사람이 갑자기 그녀에게 내 조카야, 라고 부른다. 그것도 세상에서 가장 친절한 얼굴로.

"가엾은 것. 수연아, 내가 네 고모란다. 세상에, 무슨 이런 일이 있담. 그것도 모르고 내가 네게 모진 말을 해댔구나. 가짜 조카인 인환을 위해 진짜 조카인 너를 몰아세웠구나."

이미 알고 있는 사실을 다시 듣기 싫었다. 그리고 도경의 얼굴을 보고 싶지도 않았다. 호들갑 떨고 있는 도경으로 인해 수연의 눈가가 살짝 찌푸려졌다.

"저런. 그래, 내가 너무 서둘렀구나. 네게 일의 전후를 설명해야 하는데 말이다. 우선 안으로 들어가자."

잡아오는 도경의 손을 수연은 다시 피했다.

"네가 내게 유감이 많은 모양이구나. 하긴, 내가 한 짓이 있으니 그럴 만도 하지. 옛날엔 정말 미안했다. 내가 너무 모질었지?"

집 안으로 들어선 도경이 끝내 수연의 양손을 잡았다. 물소가죽 소파에 수연을 앉혀놓고 그 옆에 다정하게 붙어 앉았다.

"내가 네 고모다. 네 아버지의 누나야. 이 무슨 기가 막힌 일이니. 그런데 알아보지도 못하고 네게…… 너무 심하게 굴었지? 하지만 난 정말 네가 내 조카인 줄은 몰랐다. 네 아버지가 내 동생인 줄 꿈에도 생각 못했어."

"무슨 말씀을 하는 건지 모르겠습니다만 사모님께서 지금 제 고모님이 되신다고 말씀하시는 건가요?"

"그래. 내가 엄마 딸 아니랄까 봐 엄마가 네 엄마에게 한 짓을 똑같이 되풀이했지 뭐니. 그래서 딸은 엄마 닮았다고 하는가 보다. 그래도 다행이지 뭐니. 넌 임신을 하지 않아서 억지로 병원으로 끌려가는 꼴은 당하지 않았으니까."

갑자기 온몸에서 소름이 확 돋아 나왔다. 도경이 물어오길 바라는 줄 뻔히 알면서 수연은 묻고 말았다.

"무슨 말씀이세요?"

"몰랐어? 예전에 네 엄마가 당했던 일을. 어머나, 몰랐구나. 미안하다. 내가 공연한 말을 했네. 어쩌나, 잊어버리렴. 자, 할머니를 뵈러 가야지? 너를 무척 기다리고 계시니까 빨리 가 뵙자꾸나. 네 존재를 알고 할머니 직접 뵙게 해주려고 일하는 곳으로 갔더니 여행을 갔다지 뭐냐. 그래서 먼저 할머니께 너에 대한 말씀을 드렸어. 할머니가 얼마나 놀라셨는지……. 널 무척 기다리셔. 그런데 말이지.”

어처구니없게도 도경이 다정하게 수연의 뺨까지 쓰다듬으려고 했다. 뒤로 몸을 빼도 모른 척 자꾸만 다가왔다.

“할머니의 건강이 좋지 않으니 너와 인환의 사이의 일은 얘기하지 않는 것이 좋겠다. 그 애가 생판 남이긴 하지만 네 아버지 호적에 엄연히 아들로 올라 있으니까 너희 둘은 남매가 되는 거잖니. 그러니 어머니 같은 노인 양반들은 그런 걸 용납하기 힘드실 거야. 사실은 나도 좀 그렇거든. 그러니 어머니께서 너희 둘 사이를 알면 얼마나 충격을 받으시겠니? 혹시 할머니가 경악해서 쓰러지실지 모르니 너와 인환과의 일은 알리지 말자꾸나. 응?”

빤히 수연을 바라보면서 말하는 도경의 말투는 얼핏 듣기엔 무척이나 다정했다.

“게다가 인환이는 지금 혼담이 오가고 있어. 공연히 이런저런 말이 나와 잘못되기라도 하면 안 되잖니. 그 혼담 인환이가 무척 바라는 자린데.”

도경의 눈이 교활하게 수연의 안색을 살폈다. 끝내 수연의 얼굴에 아무런 변화가 나타내지 않자 2층을 바라보며 소리쳤다.

"얘, 유찬아, 좀 내려올래? 참, 수연인 우리 아들 아직 안 봤지?"

"왜요?"

맨발의 남자가 계단을 탕탕 뛰어 내려왔다. 사랑으로 부족함 없이 자란 티가 완연한 남자가 수연을 보며 싱긋 웃었다.

"네 외사촌 동생이란다. 엄마가 말했었지? 한수연이라고, 돌아가신 네 외삼촌의 딸."

"아, 그 하늘에서 뚝 떨어진……."

"장유찬!"

버럭 도경이 소리치자 유찬이 어깨를 으쓱거렸다.

"암튼 반갑다, 외사촌 동생. 잘 부탁해."

유찬이 해맑게 웃으며 손을 내밀었다.

"장유찬, 외할머니에게 갈 거야. 준비해."

"나도?"

"그래, 너도!"

도경이 도우미를 불러 이것저것 지시를 내리는 동안 유찬이 이리저리 수연을 살피다 눈이 마주치자 장난스럽게 눈을 찡끗했다.

"알아둬, 외사촌 동생아. 우리 엄마, 많이 피곤한 분이란 거."

"자, 수연아, 할머니 뵈러 가자."

할머니! 어떤 표정으로 할머니를 봐야 하는 것일까? 그곳에서 인환을 만난다면 그에겐 또 어떤 표정을 지어야 하는 것일까?

도경이 수연을 데리고 온다는 연락을 해온 뒤 집안은 발칵 뒤집어졌다. 동원할 수 있는 모든 인력을 총동원해 집안을 쓸고 닦게한 뒤 김 회장은 서둘러 새 옷을 갈아입었다. 입안이 바짝 타들어가서 물을 두 잔이나 마셨다. 두어 시간 지난 것 같아 시계를 보니아직 10분도 지나지 않고 있었다.

"김 양아."

집에서 일하는 비서, 그보다는 말동무, 더 정확하게 이제는 집사가 돼 모든 집안일을 총괄하는 김 양이 주방에서 음식 만드는것을 살피다가 달려나왔다.

"본부장은 아직도 도착하지 않았니?"

"본부장님도, 양재동 사모님도 아직 도착하지 않으셨어요."

"그래, 알았다. 나가 보렴. 아니, 나가기 전에 좀 보렴. 이 비취가 이 옷에 어울리니?"

회색이 도는 하얀색 실크에 짙고 맑은 초록의 비취 브로치로 포인트를 준 김 회장의 모습은 무척이나 우아했다. 고상하게 나이들어 보여 보기 좋았다.

"네, 아주 멋져요."

"그래, 나가 봐."

김 회장은 머리를 매만졌다. 손녀라니! 생각지도 않은 손녀의출현에 가슴이 몹시 떨렸다. 일점혈육 하나 없이 세상을 뜬 주원에게 자식이 있었다니. 주원을 생각할 때마다 죄스러웠는데 이제 조금 위안이 된다. 아들아, 네게 딸이 있다는구나. 주원을 생각하자 코끝이 찡해져 왔다.

내가 늙긴 늙었구나. 마음이 이렇게 약해지다니.

김 회장은 바작바작 졸아드는 마음이 좋으면서도 싫었다. 이제야 인간적으로 변하나 싶다가도 이렇게 약해지면 누가 선양을 지키고 이제야 알게 된 손녀를 지키나 하는 생각으로 불안해졌다.

누군가가 집 안으로 들어오는 기색에 김 회장은 기다랗게 몸을 뺐다.

"본부장님이 오셨습니다."

실망의 기색이 저절로 떠올랐으나, 안으로 들어온 인환을 향한 김 회장의 표정은 어느새 변해 있었다. 반갑게 미소 지으며 인사를 받았다.

"아직 도착하지 않았습니까?"

"그래, 곧 오겠지."

"직접 데려오지 못해서 죄송합니다."

"도경이가 데려오니 됐다. 단지……."

도경의 욕심에 대해 잘 알고 있기에 김 회장의 말끝은 저절로 흐려졌다. 속삭속삭 이익이 나는 쪽으로 일을 꾸미는 도경이 수연에게 나쁜 영향을 주지 않을까 걱정스러워 인환에게 수연을 데려오라고 했는데 재빠르게 도경이 먼저 나서 버렸다.

"수연이 오면 호적부터 정리해야겠지?"

사생아로 제 어머니의 호적에 올라 있는 수연의 호적을 주원의 호적에다 옮긴 뒤 이 세상 누구보다 호강시켜 주리라.

"유전자 검사부터 하셔야 합니다."

"응?"

"혹시라도 저와 같은 경우가 있을 수 있으니까."

어느 날 느닷없이 넌 이 집안의 핏줄이 아니다란 말이 얼마나 잔인한지는 누구보다 인환이 잘 알고 있었다.

"안 해도 상관없다."

"상관있습니다. 손녀라고 받아들이신 후에 만의 하나 그녀가 혈손이 아니면 어찌하실 겁니까? 그녀도 그냥 개구멍받이로 내버려 두실 겁니까?"

"너는 그때……."

그제야 김 회장은 인환의 얼굴이 어두운 우울로 가득 덮혀 있다는 사실을 알아차렸다.

"한수연이, 그녀가 회장님의 친손녀라는 사실을 명명백백 밝혀서 누구도 뒤에서 수군대지 못하게 해주십시오."

수연이 자신처럼 대접받게 두고 싶지 않았다. 열두 살 때 김 회장과 같이 집으로 돌아왔지만 인환을 기다린 것은 예전의 삶이 아니었다.

'뭐야, 개구멍받이를 다시 데려오셨네.'

'회장님은 참 이상해. 그렇게 엄격한 분이 가끔씩 실수를 한단 말이지. 수양딸에 개구멍받이 손자라니, 무슨 생각이신 건지.'

'수양딸은 수양딸로 끝나지만 손자는 문제가 다른데. 호적 정

리도 안 하시고 그대로 놔두고 말이지.'

'젠장, 이럴 줄 알았으면 나도 내 자식을 개구멍받이로 들여보낼걸.'

친척으로 알고 살아왔던, 그의 비위를 거스르지 않고 늘 호의적이던 사람들은 말할 것도 없고 집에서 일하는 사람들까지 뒤에서 수군거렸다. 다시 하늘로 올라왔다고 생각했지만 하늘은 예전의 하늘이 아니었었다.

"상처였었니?"

아니라고 인환이 대답하지 않자 김 회장은 눈살을 찌푸리고 말았다. 김 회장이 집안의 종업원이나 일가붙이들이 인환을 향해 수군대는 것을 모른 척한 것은 인환이 그까짓 소문 따위에 굴복하거나 휘둘리지 않는 강한 남자로 자라길 바라서였다. 이겨내고 잘 자랐다고 생각했는데 상처였었나?

"나는 네가 그런 뒷말에 꿈쩍 않고 강하게 자라는 것을 보고 싶었다."

"그때 열두 살이었습니다."

처음으로 불쑥 속내가 나와 버렸다. 유리처럼 조각조각 갈라진 자존심을 표시 내지 않기 위해 이를 악물었던 열두 살 소년에게 그 상처는 너무 컸었다. 아무에게도 그런 모습을 보일 수 없어서 더욱 힘들었었다.

"나는 말이다, 인환아. 그 애의 어미에게 빚이 있단다."

이제야 인환에게 미안해졌지만 지금은 그런 이야기보다 수연의 이야기가 우선이었다. 게다가 설령 그 애가 낳은 아이가 내 아들의 아이가 아니라도 아무 상관 하지 않을 만큼 미안하고 무엇보다 한지희는 아들이 죽을 때까지 잊지 못한 여자이기도 했다. 그러니…….

"네 아버지의 친딸이 아니더라도 친딸로 맞아들여야 할 만큼 커다란 빚이 있어. 하지만…… 그 애는 내 손녀가 분명해. 그런 걸 확인할 필요가 없을 정도로 너무도 많은 것이 그걸 나타내고 있잖으냐."

"상황이나 희망으로 판단을 내리는 것은 위험합니다."

고집스런 인환의 얼굴을 김 회장이 찬찬히 바라보았다. 인환이 수연을 손녀로 맞아들이는 것을 반대하는 것에 마음이 무거워졌다.

"넌 그 애가 집으로 들어오는 것을 반대하니?"

"……네."

"어째서?"

"들어와서 행복할까요?"

김 회장은 잠시 생각했다. 행복할까요? 라니. 들어와서 행복하지 않을 이유라도 있단 말인가?

"그 애 어떻게 살아왔는지 혹시 아니?"

"……."

"행복했을까?"

인환은 대답하지 않았다.

"지금 작은 카페에서 일을 하고 있더구나. 손님들에게 커피를 팔며 그렇게 살아, 그 아이가."

도경이 건네준 사진 속의 손녀는 작은 카페에서 일하고 있었다. 세상의 모든 호강을 누리고 살 수 있는 아이가 남을 시중들며 살고 있었다.

"데려다가 남에게 시중드는 것보다는 남에게 시중받으며 살게 만들어주고 싶구나."

노크 소리와 함께 조심스럽게 말하는 김 양이 목소리가 들려왔다.

"양재동 사모님 도착하셨습니다."

"어서 들어오라고 해."

문을 열리고 들어오기를 기다리는 마음이 너무도 초조하였다. 1분 1초가 너무 길었다. 현관문이 열리고 도경이 먼저 들어왔다.

"어머니, 수연이 데리고 왔어요."

도경의 뒤를 따라 들어오는 수연에게 김 회장의 시선이 못 박혔다. 차분한 표정으로 들어온 수연이 휠체어에 앉아 있는 김 회장과 그 뒤에 서 있는 인환을 바라보며 걸음을 멈추었다.

오는 내내 마음을 다져서일까? 수연의 표정만은 흔들리지 않았다. 멍한 의식과 금방이라도 꺾어질 것같이 후들거리는 무릎은 걷는 것조차 힘이 들었지만 얼굴은 아주 담담했다.

"어디, 얼굴 좀 보자."

나이에 비해 놀랍도록 형형한 눈빛이 수연의 얼굴을 꼼꼼하게 살폈다. 혼혈이지? 라는 소리를 듣게 만들었던 검은 보라색 눈빛으로 수연의 얼굴을 찬찬히 들여다보았다.

"바로 데려오려고 했는데 수연이 여행을 가서 이제 와 데려왔어요. 유찬아, 할머니께 인사 안 드리고 뭐 해?"

"외할머니, 유찬이 왔습니다."

"저 왔습니다, 그래야지 유찬이 왔습니다가 뭐니?"

도경이 수선스럽게 떠들어대는 것을 김 회장이 손을 흔들어 막았다.

"수고했다. 그만 가봐라."

가라는 소리에 도경의 안색이 급변했다. 가라니, 왜? 이런 중요한 자리에 왜 자신이 빠져야 하지? 그리고 가라고 한다면 인환이도 가라고 해야지, 왜 그녀만 가라고 해?

"어머니!"

"오늘은 그냥 가봐, 나중에 부를 테니. 유찬아, 어머니 모시고 가봐라."

"알겠습니다, 외할머니. 가, 엄마."

김 회장의 단호한 말투에 마지못해 도경이 몸을 돌렸다.

"알았어요. 수연아, 다음에 보자."

수연과 친숙하다는 것을 강조하려는 듯 수연의 어깨를 살짝 안았다가 놓았다.

"그럼 이만 가볼게요."

불만스런 표정을 감추지 못한 채 도경이 유찬과 방을 나갔다. 방은 잠시 조용해졌다. 김 회장의 눈길이 장승처럼 서 있는 수연의 이모저모를 꼼꼼하게 살폈다. 핏줄이 당긴다더니 이런 것을 두고 한 말이었나? 보는 순간 알 수 있었다. 내 손녀가 틀림없구나. 어쩌면 저렇게 제 아빠를 빼 닮았을까?

"이리 가까이 오렴."

수연은 움직이지 않자 김 회장이 휠체어를 수연 쪽으로 움직였다.

"너도 많이 들었겠구나. 혹시 혼혈 아니냐는 소리."

아무런 실감이 나지 않아 수연은 어떤 반응도 보이지 않았다. 할머니라는 사람도, 그 사람의 뒤에서 그녀를 바라보고 있는 인환도 어쩐지 비현실적이어서 꿈을 꾸는 기분이었다.

"이름이 수연이라고?"

김 회장이 손을 내밀어 수연의 손을 잡았다. 수연은 잡아 빼고 싶은 충동을 누르며 그녀를 올려다보고 있는 노부인을 바라보았다.

"네, 한수연입니다."

"엄마는 한지희고."

"그렇습니다."

"혹시 엄마에게 내 얘기나 네 아빠의 이야기를 들은 것은 없니?"

"……없습니다."

복받치는 감정을 다스리느라 애를 쓰면서 김 회장이 한참 동안 수연의 얼굴을 들여다보았다. 김 회장의 눈에 뿌옇게 물기가 차오르기 시작했다. 감격에 겨워 젖은 듯 목소리도 떨렸다.

"눈은 나를 닮았는데 얼굴은 네 아빠를 많이 닮았구나. 이래서 씨 도둑질은 못한다는 말이 있는 거겠지. 내가 네 할머니라는 것이 믿어지니?"

"아니오."

"믿어도 좋다. 내가 네 할머니다. 할머니라고 불러보련?"

싫다.

생전 처음 보는 할머니는 낯설기만 했다. 그리고 그 주위의 사람들은 다 싫었다. 몰랐다는 뻔한 거짓말을 하며 이제 와 아무렇지 않은 얼굴로 내 조카라고 부르는 도경도, 원래 그녀의 자리여야 할 곳에서 그녀를 농락했던 인환도 다시 보고 싶지 않았다. 느닷없이 내가 할머니다라고 주장하는 사람에게 네, 그렇군요, 할머니. 하는 말은 나오지 않았다.

"저는……."

수연의 눈이 처음으로 인환에게 가 닿았다.

"손녀가 되고 싶지 않습니다."

"뭐라고?"

"엄마는 아무 말도 안 했지만 그렇다고 모르는 것은 아닙니다. 제 엄마에게 하신 일을 알고 있습니다."

『그래도 다행이지 뭐니. 넌 임신을 하지 않아서 억지로 병원으로 끌려가는 일은 당하지 않았으니까.」

아까 도경이 하는 말에 아무런 반응을 하지 않았다고 그 독에 감염되지 않은 것은 아니었다. 얼마나 무서운 말인가.

"음……."

김 회장이 신음을 흘리는 것을 보고 수연은 믿고 싶지 않았던 자신의 마음이 부정당한 걸 알았다. 엄마에게 왜 그렇게 잔인하셨어요? 그래 놓고 어떻게 엄마가 낳은 날더러 할머니라 부르라고 하십니까.

"저는 엄마의 딸입니다. 엄마를 불행하게 만드신 분은 싫습니다. 그래서 그런 분을 할머니라고 부르진 않겠습니다. 제가 여기까지 온 것은 그 말씀을 드리기 위해섭니다. 그럼."

수연은 몸을 돌렸다. 그녀의 뒤에서 다급한 소리가 들려왔다.

"저, 애. 저 애."

"회장님, 정신 차리세요."

후다닥 뛰어 들어오는 사람들을 지나쳐 수연은 곧게 걸어나갔다.

"거기 서, 한수연."

인환의 목소리가 등을 때렸지만 무시해 버렸다. 쓰러지기라도 하셨나요, 회장님? 그래서 다급해졌나, 강인환?

"한수연!"

끝내 무시하고 수연은 계속 걸어 생전 처음 들어가 본 굉장한 집을 걸어나왔다.

chapter 7

빌고 또 빌어

"똑같다고 하더니……."

몹시도 분한 얼굴로 도경이 중얼거렸다.

『오늘은 그만 가봐라.』

왜 그 말을 자신에게만 하는 것인지 그것이 분했다. 그만 가봐라, 라니. 이거야말로 축객령이 아닌가. 50년을 넘게 엄마 소리를 하며 살아왔는데 결정적일 때마다 수양딸이라는 처지를 확인시켜주는 김 회장이 원망스러웠다.

"뭐가요?"

"네 외할머니 말이야. 매일 나더런 인환과 똑같다고 하면서 봐, 오늘도 우리더러만 가라고 하잖아."

"옛날 분이시잖아. 아들과 딸의 개념도 다르고 호적에 올라 있는 것과 오르지 않은 것에 대한 개념도 다르시겠지."

그게 싫은 거였다. 단지 인환이 호적에 올라 있다는 것으로, 남자라는 것으로 자신보다 우선시되는 것이 못마땅했다.

"그렇다면 똑같이 생각한다는 말을 말았어야지."

유찬은 피식 웃었다.

"욕심쟁이 우리 엄마!"

도경의 욕심은 너무 컸다. 수양딸이라는 위치로 그만큼 혜택받고 살았으면 충분할 텐데 도경의 욕심은 어처구니가 없을 정도로 컸다. 친자식이 없는 김 회장의 뒤를 자신이 이어야 한다고 굳게 믿고 있었다.

"엄마, 이제 그만 포기해."

"뭘?"

"인환 형에게 물려준다고 억울해할 필요도 없고 새로 나타난 수연이 물려받는다고 억울해하지 말라는 말이야. 그 애야말로 엄마가 늘 강조하던 정통성을 가진 후계자니까."

"누가 뭐래?"

하지만 도경의 눈은 탐욕으로 번들거렸다.

"수연이 나타났다고 또 우울증에 빠질 것 같아서 걱정돼서 그래. 엄마, 마음 편하게 먹어. 과유불급이랬잖아. 쓸 만큼 있으니 그것으로 충분하다고 생각해."

"쓸데없는 소리 말고 운전이나 똑바로 해."

아들이라고 하나 있는 것이 어쩌면 그렇게 제 아버지만 닮았을까? 많으면 많을수록 좋은 그녀와 달리 남편은 그다지 욕심이 없었다. 느긋한 성격은 좋은데 욕심도 느긋해서 큰 불만이건만 그 성격을 아들이 그대로 물려받았다.

"그런데 수연의 눈빛, 신기할 정도로 회장님을 닮았던데."

"외할머니!"

유찬의 말을 도경이 큰 소리로 정정했다. 늘 외할머니라고 부르라고 강조하는데도 가끔 유찬은 인환을 따라 하는지 회장님이라고 불렀다. 호칭이 별것 아닌 것 같지만 도경의 생각은 달랐다. 회장님이라고 부르는 것과 외할머니라고 부르는 것엔 반응부터가 다르게 온다. 외할머니라고 부르고 안겨든다면 자신도 모르게 마음이 더 갈 것 아닌가.

"알았어, 외할머니. 외사촌 여동생의 눈이 신기할 정도로 외할머니 눈빛과 똑같아. 생긴 것은 외삼촌과 똑같고."

"원래 외방 자식이 더 닮아."

첩의 자식이 본부인이 낳은 자식보다 더 많이 제 아버지를 닮는다고 했다. 그것이 자신의 존재를 확인받기 위한 본능적인 생존이라던가?

그 애도 생존 본능이었나? 그렇게 제 할머니 제 아버지를 닮은 것이?

"그런데 인환 형하고 수연이의 눈치가 좀 그렇던데? 꽤 묘했어."

"어떤데?"

"인환 형의 눈은 불처럼 뜨겁고 수연의 눈은 얼음처럼 차가웠어. 묘했어, 두 사람. 긴장감이 흐르는 게 꼭 뭔가가 있는 것처럼 보였어."

흥. 도경은 입술을 비죽거렸다. 어떻게 쐐기를 박아야 할까? 두 사람의 사이가 절대 호전될 수 없게 하려면. 울리는 전화를 받으면서도 도경은 생각 속에서 빠져나오지 못했다.

"여보세요."

건성으로 말하던 도경의 표정이 전화기 속에서 흘러나오는 말에 삽시간에 얼굴이 굳어졌다.

"차 돌려."

"왜?"

"병원으로 가자. 네 외할머니 쓰러지셨단다."

"저런."

유찬이 유턴이 되지 않는 건널목에서 그대로 차를 돌렸다.

"옆에서 뭘 한 거야, 그 녀석은. 옆에 있으면서 노인네 쓰러지게 만들고."

"흐음."

또 나오셨군, 저 억지. 유찬은 말없이 앞차를 추월했다. 존경할 수 없는 부분이 많은 엄마지만 그에겐 하나뿐인 어머니였다. 외할머니가 변한 것처럼 엄마도 이제 변했으면 좋겠다. 욕심을 조금만 내려놓으면 얼마나 좋을까?

“멈추지 말고 그냥 가.”

“빨간 불이야, 엄마.”

“노인네. 대체 왜 쓰러진 거야? 손녀를 눈앞에 데려다 줬으면 기운 차려야지 쓰러지긴 왜 쓰러져.”

잔뜩 긴장한 도경을 보며 유찬은 빙긋 웃었다.

엄마도 변하는 것일까? 할머니 쓰러졌다고 이렇게 긴장하는 것을 보면?

“아직 유언장도 고쳐 쓰게 하지 못했는데 쓰러지면 안 되잖아.”

도경을 보는 유찬은 얼굴에 씁쓸함이 차오르기 시작했다.

수연이 나가는 것을 보고 그대로 혼절했던 김 회장은 그 길로 병원에 입원을 해야 했다. 안 하겠다는 김 회장의 말도 인환의 고집을 꺾을 수가 없었다.

내가 늙긴 늙었구나.

병원 침대에 누워 있자니 그야말로 격세지감이 느껴졌다. 그런 일로 혼절하는 것도, 잠깐 혼절을 했다고 병원에 입원하는 것도 참으로 처량 맞았다. 무엇보다 이러고 있을 수는 없는 일이었다.

그 애를 데려와야 해.

“회장님.”

인환과 김 양이 동시에 외치고 만류했으나 김 회장은 끝내 일어나 앉았다.

“링거를 제거해 다오.”

“왜 이러십니까, 회장님.”

“아프지 않은데 뭐 하러 링거를 맞아. 됐으니 그만 집으로 가자.”

“회장님!”

“네가 할미를 병자 취급하고 있구나. 내 병이야 다 아는 병인데 왜 이리 수선이야. 김 양아, 바늘 빼거라.”

김 회장이 김 양에게 팔을 내밀었다.

“안 돼요. 제 마음대로 링거 제거하면 박사님께 혼나요.”

“그럼 최 박사를 불러. 내가 빼라고 할 테니까.”

김 회장의 고집은 결국 주치의까지 달려오게 만들었다.

“며칠 계시면서 경과를 보는 게 좋습니다, 회장님. 가벼운 발작이라도 지금 회장님 건강엔 치명적으로 위험합니다. 퇴원은 절대 허락 못합니다.”

검불처럼 말랐지만 아직도 눈빛과 고집만은 누구에게도 지지 않은 김 회장이 흥 하고 코웃음 쳤다.

“내 몸은 내가 알아. 본부장, 퇴원 수속 밟아.”

“안 됩니다.”

“퇴원하겠다.”

“절대 안 됩니다.”

인환과 김 회장이 옥신각신하는데 벌컥 문이 열렸다.

“어머니!”

뛰어 들어온 도경이 김 회장을 보고 후, 한숨을 터트렸다.

“쓰러졌다는 말에 어찌나 놀랐는지. 사람 좀 놀라게 하지 마세

요. 그런데 얘는 어디 갔어요? 자리 안 지키고? 미쓰 김, 아까 내
가 데려온 아가씨는 어디 있어?”

“가…… 셨어요.”

“가다니?”

“사모님 가시고 바로 돌아가신다고 그래서…….”

“미쳤…….”

도경이 급히 말을 삼켰다. 갔다고? 그래서 노인네가 충격을 받
은 모양이구만. 근데 보기보다 꽤 멍청하네. 아니, 왜 가? 가길?
제 할머니 옆에 착 붙어 있어야지. 데려다 줬으면 제 밥그릇은 찾
아 먹어야 할 것 아냐.

부글부글 끓어오르는 짜증스런 감정을 그대로 인환에게 돌렸
다.

“넌 회사에 안 가고 왜 여기에 있어? 아, 어머니 때문에 걱정돼
서? 하여튼 네 효도는 정말 대단해. 할머니를 위해 일까지 작파하
고 병원에 붙어 있는 걸 보고 누가 너더러 일중독이라고 하겠니?”

“엄마.”

보다 못한 유찬이 나무라듯 부르고 나서야 도경은 김 회장이 자
신의 비꼬는 말에 노여워하고 있다는 것을 알아차렸다.

“그렇죠, 어머니? 인환이는 어머니께 정말 지극정성이에요. 정
말 인환에게 고맙지 뭐예요. 수고 많다, 인환아.”

“할 일을 할 뿐입니다.”

“요즘엔 제 할 일을 제대로 못하는 사람이 워낙 많아서 그런지

네가 참 고맙고 대견해. 아무튼 이제 내가 있을 테니 넌 이제 회사로 가보렴. 요즘 꽤 바쁜 것 같으니."

"그래라. 회사로 들어가 봐."

"퇴원하신다는 말씀을 접으신다면 회사로 들어가겠습니다."

"……알았다."

고개를 끄덕이는 김 회장의 눈이 그에게 많은 말을 하고 있었다. 그 아이, 한수연을 데려다 달라고 사정하고 있었다.

야옹. 카페의 입구에서 수연은 걸음을 멈췄다. 회색 줄무늬의 고양이 가족이 그녀를 바라보며 계속 야옹거렸다. 얼마 전부터 카페 앞에 출몰하는 길고양이 가족이었다. 어미와 세 마리의 작은 아기 고양이가 수연을 보고는 일정 거리를 유지한 채 계속 야옹거렸다.

수연은 핸드백을 열고 작은 소시지를 꺼내 들었다.

"그런 것 좀 주지 마. 그러니까 애들이 자꾸만 오잖아."

수연이 오는 것을 기다렸던 세나가 문까지 쫓아 나와서는 잔소리를 퍼붓기 시작했다.

"먹을 걸 준다고 고마워하길 하나 옆으로 다가오기를 하나 고양이 주제에 너무 건방져."

"아기가 있잖아."

세나의 말대로 고양이는 결코 다가오지 않고 경계도 풀지 않았지만 처음과 달리 요즘엔 수연을 보면 예쁘게 야옹거리고 눈도 맞추고 있었다. 1미터 이상 떨어져 있던 거리도 한 뼘 정도 줄어들었다.

소시지의 껍질을 벗기자 고양이의 눈이 빛났다. 어미 고양이가 갑자기 배를 보이고 바닥에 누웠다.

“어머나, 얘 영업 쩌네. 먹을 거 앞에서 과도하게 애교 부리는 것 좀 봐. 야, 넌 배 보이는 것이 필살기냐?”

세나가 다가가자 고양이가 몸을 말아 세나가 간 것만큼 뒤로 물러났다. 캬악, 경계의 눈빛이 제법 앙칼졌다.

“어쭈구리, 네가 그렇게 나온단 말이지.”

세나가 날름 수연의 손에 든 소시지를 채 가 제 입속으로 집어넣었다.

“세나야.”

“에이, 아기만 아니었어도 그냥 꿀꺽하는 건데. 자, 먹어라. 먹어.”

먹는 척하던 소시지를 고양이 앞에 던져 놓고 세나가 수연의 위아래를 꼼꼼하게 살피기 시작했다.

“한수연.”

“응?”

“네 정체가 대체 뭐냐? 뭔데 그런 어깨 같은 양복장이들이 잡으러 오고 그래? 사채라도 썼어?”

“난 여기 바리스타야.”

수연은 카페 안으로 들어갔다. 계영이 수연을 향해 대뜸 불평을 늘어놓았다.

“언니, 요즘 근무 태도가 너무 안 좋은 거 아니에요? 뭐예요, 하루 종일 나 혼자 가게 보게 만들고…….”

“미안. 자, 이거.”

“에이 씨. 내가 이까짓 붕어빵에 넘어갈…….”

뭘, 넘어갈 거면서. 수연이 계속 웃자 계영이 씨이 소리를 냈다.

“그래요, 난 붕어빵에 넘어가는 싸구려 입맛이에요.”

이런 일상이면 충분하다. 평범한 이런 삶이 좋아. 재벌 집안의 손녀? 그런 것 원하지 않아. 절대로, 절대로!

“언니, 더치커피 떨어져 가요.”

수연이 부지런히 더치커피를 추출하기 위한 준비에 돌입했다.

참 움직이는 게 우아하단 말야. 수연의 모습을 보며 세나는 감탄을 금치 못했다. 똑같이 행동하고 움직이는데 수연에겐 그녀만의 느낌이 강하게 풍겨 나왔다. 계속 보고 있자 수연이 물어왔다.

“왜?”

“뭐가?”

“왜 그렇게 봐?”

“그냥.”

정말이지 궁금하다고. 무슨 사연을 얼마나 갖고 있는지 말이야. 세나는 연습장에 수연의 모습을 쓱쓱 그리기 시작했다.

“아무래도 다음 작품엔 바리스타를 여주인공으로 써야겠어.”

“딜러를 여주인공으로 쓴다면서. 그래서 정선까지 갔다 왔잖아.”

“갑자기 바리스타가 땡겨. 고양이처럼 신비한 눈을 가진 바리스타. 어때? 한적한 카페 주인이자 바리스타인 여주인공을 어느

날 한 남자가 찾아오는 거야. 아주 간절한 얼굴로 찾아온 남자에게 그녀가 화를 내며……."

합. 얼른 입을 다물고 수연의 눈치를 살핀 세나는 수연이 제 할 일만 하는 것을 보고 자신의 머리를 콩 때려 버렸다.

하마터면 커피를 끼얹는 거야. 이렇게 말해 버릴 뻔했잖아. 그나저나 그 남자 다시 안 오나? 진짜 괜찮았는데. 얼굴선이 정말 탐났다고. 생각나는 대로 남자의 얼굴을 그리기 시작했다.

"쎄나 쌔임, 남자주인공을 양 선생님으로 하실 거예요?"

"뭐?"

"양 선생님 얼굴이잖아요."

세나는 연습장을 내려다보았다. 이 얼굴이 어디가 혁진이야? 애가 큰일 날 소리를 하고 있어!

"아니거덩."

"아니긴요, 내가 보기엔 딱 양 선생님이신데요."

"계영, 시력이 얼마야? 눈 나쁘지?"

"아뇨, 제 시력 1.2예요. 양쪽 다요."

"근데 왜 이 그림을 혁진으로 보는 거야? 어디가 비슷해? 분위기 충만한 이 그림에다 아무리 갖다 붙일 인간이 없다 해도 그렇지 어떻게 혁진을 갖다 붙이니, 붙이길. 어이구, 걔를 남주로 썼다간 망할걸. 그것도 아주 폭삭. 남주란 말이지, 아우라가 있어야 한다고, 아우라가."

"양 선생님도 아우라 있어요."

묘한 표정으로 계영이 말했다. 그래, 그런 말 하려니 양심에 걸리겠지. 그래서 그런 표정 짓는 거지?

"웃기고 있어. 걔가 무슨 아우라가 있다고. 찌질에 허술에 허당의 표본에게 무슨 아우라가 있어. 흥, 얼굴만 조금 봐줄 만하지 정말 봐줄 거라곤 아무것도 없는 인간에게 아우라? 계영, 시력 검사 다시해."

"너부터 해."

탁 하고 혁진이 메뉴판으로 세나의 뒤통수를 쳤다. 헉! 다른 때 같으면 어디서 머리를 때려 하고 펄펄 뛸 텐데 세나는 끽소리도 하지 못했다.

아이 씨. 왔다고 말을 해줬어야지. 세나는 계영을 노려보았다. 저 아까부터 눈짓했다고요. 계영이 억울하다는 표정을 지어 보였다.

"커피 마시러 왔니? 에헤헤."

세나가 열심히 웃었지만 삐친 혁진이 팽 몸을 돌려 나가 버렸다.

"저것 봐. 삐치기도 잘하잖아. 찌질하다니까."

"쎄나 쌔임, 나 같으면 따라 나가서 잘못했다고 사과할 거예요."

"내가 잘못한 게 뭔데? 왜 사과를 해야 해?"

"솔직히 지나쳤잖아요."

"나 같아도 사과할 것 같은데."

수연도 웃으면서 동의했다. 두 사람의 말에 세나의 표정이 좀 머쓱해졌다.

"에이 씨, 나 잘못 없는데. 말이 지나치긴 뭐가 지나쳐."

그러면서도 슬그머니 일어선 세나가 후다닥 달려나갔다.

"야, 혁진아. 화났니? 야!"

아무튼 정말 보고 있는 재미가 나요. 쿡쿡 수연이 소리 내어 웃으며 세나의 연습장을 집어 들었다.

"와, 언니 이미지 그대로 표현됐네요."

계영이 넘겨다보고 감탄의 소리를 냈다.

"쓸쓸하고 애잔해요."

쓸쓸하고 애잔? 그것이 남들에게 보여지는 내 이미지인가? 어쩐지 쓸쓸해졌다. 그런 것 벗어나고 싶다. 원래 나는 이렇지 않았어.

"언니."

툭 치는 계영의 손길에 고개를 돌린 수연은 카페로 들어온 인환을 보고 표정이 싸늘하게 굳어버렸다.

"할머니가 병원에 입원하셨어."

인환의 표정은 진심으로 걱정하는 것처럼 보였다. 이런 눈빛도 하는 사람이었나? 신기했다.

"누구 할머니요? 내게 할머니는 없어요."

"부탁이야. 나와 할머니께 가자."

"싫어요."

"억지로 끌고 갈 수도 있어."

인환의 말이 낮고 강했다. 그리고 눈빛은 너무도 위험해 보였다. 정말 금방이라도 그녀를 끌어낼 기세였으나 수연이 꼼짝하지 않자 그 스스로 수그러들었다.

"할머니가 쓰러지셨단 말이야. 노인 양반이야. 나중에 후회할 일을 만들지 마. 그러면…… 네가 힘들어. 지금은 원망으로 가득하겠지만 그것 때문에 뿌리를 부정하지 마."

"나하곤 상관없어요."

"부탁이야. 할머니에게 가줘."

"부탁? 순서가 틀렸어요. 적어도 부탁보다는 사죄를 먼저 해야 하지 않아요? 뭐, 사죄한데도 용서는 하지 않을 거지만."

"어떻게 사죄를 할까?"

"알아서 하세요. 무릎을 꿇던 바닥을 기던 눈물콧물을 흘리면서 울던, 마음대로."

수연은 비아냥거렸다. 무릎 같은 걸 꿇겠어? 절대 그러지 않을 사람인 걸 수연은 누구보다 잘 알고 있었다. 천 일이나 같이 살면서 보았지 않은가. 그 하늘 같은 자존심을. 그런데 갑자기 인환이 무릎을 꿇었다. 수연의 어안을 탁 막아버렸다. 거짓말. 수연은 눈으로 보면서도 인환이 무릎을 꿇었다는 것이 믿어지지 않았다.

"미안해."

머리를 땅에 닿을 정도로 숙이며 인환이 말했다.

"정말 미안해."

인환이 무릎을 꿇을 거라곤 상상도 하지 못했기에 수연은 그가 무릎을 꿇는 것에 오히려 당황해 버렸다.

"이런다고 용서하지 않을 거라는 걸 알아. 용서해 달라고도 하지 않겠어. 하지만 부탁이야. 용서를 떠나서 할머니를 찾아 봬. 나에 대한 노여움을 그분에게 향하지는 마.”

카페의 손님이나 계영에게 구경거리가 되고 싶지 않아서 수연은 하던 일을 멈추고 걷어 올린 소매를 내렸다.

“계영 씨, 미안한데 나 잠깐 나갔다 와도 될까?”

계영이 고개를 끄덕거렸다. 수연은 잠자코 카페를 나왔다. 문을 닫고 나온 수연은 계단의 끝으로 가 섰다.

“사죄를 하라고 하는 대신 차라리 죽으라고 할 걸 그랬어요.”

“내가 죽는 걸 보고 싶어?”

수연은 비웃는 표정으로 웃을 뿐 인환에게 대답하지 않았다. 부글부글 끓어 넘치는 대답을 잘도 내리눌렀다.

아니, 살아. 세상의 모든 괴로움과 아픔을 다 겪은 뒤 죽었으면 좋겠어. 너무 아파서 차라리 죽고 싶다는 생각으로 바닥을 기며 아주 오래 살았으면 좋겠어.

“한수연.”

“놀라워라. 그쪽에서 내 이름을 부르는 것을 들을 수 있다니 정말 놀랍네요. 아, 아까도 부르긴 했었나?”

“빈정거리는 것은 너와 안 어울려.”

“안 어울려도 그냥 참으시죠. 난 좀 빈정거려야 하니까.”

흥분을 누르고 천천히 냉정하게 말을 하기 위해 수연은 크게 숨을 들이켰다.

“다시 사죄를 하라고 한다면…….”

“왜요? 다시 무릎 꿇게요? 그까짓 무릎 얼마든지 꿇을 수 있다는 말인가? 그런데 어쩌죠? 아무리 무릎을 꿇는다고 해도 난 가고 싶지 않은데. 난 당신 할머니 보고 싶지 않아요.”

“회장님은 네 할머니야.”

“언제부터?”

적어도 김 회장을 향한 인환의 마음은 진심처럼 보였다. 그리고 그것이 수연을 화나게 했다. 내가 그렇게 받고 싶었던, 조금만 나눠 주길 바라는 내겐 한 조각도 보여주지 않던 이런 마음을, 다른 사람을 위해선 참으로 후하게 쓰네. 그 잘난 자존심으로 사죄도 하고 무릎을 꿇다니.

“내게 할머니라는 분은 없어요. 그러니까 할머니가 쓰러지셨다는 말 같은 것도 내게 하지 말아요. 쓰러지셨다는 분 그쪽 할머니 잖아요.”

돌아서는 수연의 팔뚝을 파고들 것처럼 강한 힘으로 인환이 움켜잡았다.

“회장님은 네 할머니야.”

“아뇨.”

“네 가족이라고. 너와 연결된 유일한 핏줄이야. 그런 분이 쓰러지셨어. 너를 보고 싶어 해.”

“가족의 개념이 뭐죠? 나에게 가족은 말이죠, 같은 집에서 같이 살면서 서로를 위하고 싸우기도 하는 것이라 생각해요. 사전적 의미가 아닌 내가 생각하는 개념은 그래요. 그런데 그분 내게 그런 가족인가요? 아니잖아요. 그러니 내 혈연은 엄마뿐이죠. 그래서 나는 그분 가족이라고 생각 안 해요."

"분노하고 있는 것은 알아. 하지만 나중에 후회할 말이나 행동은 하지 마. 네가 아무리 부인해도 네 피의 반은 그분의 피야."

"아픈데 그만 놔줄래요?"

어째서 이런 말을 하는 것이 자존심 상할까? 여자가 남자보다 힘이 약한 것은 당연한 것일 텐데도 힘이 약하다는 것에 정말 자존심이 상했다. 인환이 손을 풀었다.

"회장님께 안 가겠다고 고집부리는 것이 나 때문이야?"

"그런 것 같아요."

인환의 고개가 조금 숙여졌다. 그가 혼잣말로 중얼거렸다.

"어떤 식의 사죄를 하면 마음이 풀리겠어? 어떻게 하면 할머니를 찾아가 줄 거야?"

"엄마를 살려주세요. 그러면 돼요. 내 자리 도둑질한 것? 용서해요. 그 자리가 어떤 자린지 모르니까 미련도 없어요. 3년 동안 무시하고 냉대받은 것, 뭐 그것도 좋아요. 마음에 들지 않는 여자 떨치기 위해 그럴 수도 있다고 이해하면 되니까. 그러니까 엄마만 다시 살려주세요."

용서 못한다는 말보다 더 차가운 수연의 말이 인환의 심장을 후벼 팠다. 이런 소리 들어 싸다. 그것을 알고 있다. 하지만, 하지만…… 넌 모르지. 내가 얼마나 사랑했는지.

내가 3년 동안 너를 보면서 얼마나 큰 위안을 받고 살았는지 넌 모르지.

얼마나, 얼마나, 정말 얼마나 한지희에 대한 일을 후회하고 또 했는지 넌 영원히 모를 것이다.

네가 죽은 줄 알고 있던 1년 동안 많이 아팠다. 아플 때마다 네가 생각나서 괴로웠다. 아픈 것은 참을 수 있는데 보고 싶은 것은 참기 힘든 걸 1년 내내 깨달았다. 지금도 나를 미워하는 너를 보는 게 보지 못하는 것보다 나는 좋다.

"회장님을 찾아봬."

"싫어요."

"제발 부탁이야."

제발이란 말에 수연의 눈동자가 조금 움직였다. 죽어도 이런 소리는 하지 않을 사람으로 보였는데……. 아, 정말 무릎까지 꿇고 제발이라는 애걸을 하면서까지 회장님을 찾아가라고 부탁하는 저의가 뭐야?

"대체 이렇게까지 내게 회장님을 찾아 봬달라고 부탁하는 이유가 뭐예요?"

김 회장은 수연의 가족 개념과 다른 그의 유일한 가족이었다. 어떻게 살아야 한다고 가르치고 길을 잡아준 사람이었다. 사랑…… 하는 할머니고 은인이었다. 그리고 무엇보다 수연의 할머니였다. 지금은 어머니에 대한 일로 김 회장에 대한 유감이 너무 커서 외면하고 있지만 수연이 그분의 손녀라는 것은 변할 수 없는 사실이었다. 김 회장을 끝내 외면한다면 나중에 분노와 증오가 가라앉은 수연의 가슴속은 회한으로 아플 것이다.

네가 아픈 것이 싫다.

그만큼 나로 인해 아팠으면 그것으로 충분하니까.

"부탁이야."

간절함이 내비치는 인환의 말에 한참 동안 수연은 생각에 잠겨 들었다. 인환의 반응이 이상할 정도로 저자세인 것이 약간은 당황 스럽고 낯설었다.

"왜 그렇게 열심히 부탁을 하죠? 대체 그분이 그쪽의 뭔가요? 정말 할머니를 사랑하는 손자처럼 보여요."

"정말로 사랑해."

"그래요?"

수연의 눈이 반짝 빛났다. 그래? 그렇단 말이지.

"그렇다면 할머니를 위해 뭐든 하겠네요? 내가 어떤 요구를 하든 들어주겠네요?"

"원하는 것이 있어?"

"우리 거래할까요? 그쪽이 날 위해 뭐든 해준다는 약속을 하면 내가 그분을 찾아뵙겠어요."

"정말로 찾아뵙겠어?"

"약속만 해준다면요."

"뭘 원해?"

"몰락이오."

철저히 모든 걸 다 빼앗아 버릴 테다. 훔친 내 자리? 미련 없어. 하지만 그걸 갖게 두진 않을 거야. 잔인한 미소를 띠며 수연이 팔짱을 꼈다.

"그쪽이 가진 모든 것을 전부 다 내놓는다면 내가 그분을 찾아뵙죠."

"그러지."

너무 순순하게 인환이 대답을 해서 수연은 오히려 당황스러워졌다. 이 말을 믿어도 될까? 분간이 되지 않았다.

"그 대신……."

그럼 그렇지. 쉽게 모든 것을 포기할 거면 도둑질도 살인도 저지르지 않았을 테지.

뭔가 그녀에게 협상을 요구하려는 인환을 향해 수연은 비웃는 웃음을 좀 더 크게 보여주었다.

자, 내놔 봐. 당신이 가진 패가 뭔지.

"회장님 생전엔 아주 다정한 손녀 노릇을 해줘."

인환의 조건은 생각 외였다.

"회장님께 싫은 내색을 조금도 보이지 말고 행복한 얼굴로 그분의 마음을 편케 해주는 것, 이게 조건이야."

잠시 동안 수연은 인환을 바라보기만 했다. 원래 속을 읽기 힘든 사람이었다. 한데 지금은…… 뭘까, 포커페이스인가 아니면 진심인 것일까? 정말로 할머니를 걱정하는 손자의 표정으로 보였다.

"겉으로만!"

어쩌니 저쩌니 해도 엄마에게 그렇게 냉혹한 짓을 저지른 사람을 진심으로 다정하게 대할 수는 없지 않은가. 그래, 난 죽어도 당신이나 할머니라는 분을 용서 안 해.

"겉으로라도."

"좋아요. 그럼 병원하고 병실을 알려줘요."

"같이 가면 돼. 회장님께서 몹시 기다리시니까."

"그럴 순 없어요."

"왜?"

"일을 하는 중이잖아요. 일 끝나고 찾아갈 테니 병원이나 알려줘요."

끝내 수연은 인환을 따라나서지 않았다. 할머니보다는 일이 우선이라는 얼굴로 병원 이름을 말하는 인환을 등졌다.

이런 기분이었구나.

다녀오세요. 웃으며 손을 흔드는 수연을 한 번도 돌아보지 않았을 때 그녀가 느꼈을 기분을 조금은 알 것 같았다. 참담하게 초라한 기분으로 울컥했겠구나. 수연은 카페로 들어가고 인환은 천천히 계단을 내려갔다.

『와, 오늘은 일찍 왔네요. 기뻐라, 같이 저녁 먹을 수 있겠어요.』

『먹고 왔어.』

『이렇게 일찍? 인환 씨, 혹시 나랑 저녁 먹는 것이 싫어서 이렇게 이른 시각인데도 저녁을 먹고 들어온 거 아니에요?』

아니라는 대답을 원하고 있다는 것을 알면서도 끝내 대꾸하지 않았을 때, 넌 이런 기분을 느끼고 어쩌면 눈물을 눈에 담았을지도 모르겠구나.

하지만,

하지만……

나도 괴로웠었다. 내가 저지른 짓이 너무나 엄청 나서 네 웃는 얼굴을 볼 염치가 없는데도 너는 자꾸만 웃었다. 계속 다가왔다. 아무런 방어도 하지 않고 내 주위를 빙빙 돌았다.

『정말 잘생겼다는 것 혹시 아세요?』

너는 눈부신 표정으로 나를 보았다. 내가 한 짓을 알면 웃어주지 않을 그 웃음이 너무도 예뻐서 네가 웃는 것이 싫었다.

가끔 생각했다. 차라리 그냥 뻔뻔해지자고. 아무도 모르는 일은 그냥 땅에 묻어버리고 눈감아 버리자고.

하지만 나는 빌어먹을 그 망할 소리를, 엄마에게 그런 짓을 해놓고 그 딸을 넘보다니 네가 그러고도 사람이냐는 그 망할 소리를 이기지 못했다.

계단을 내려온 인환은 차에 오르기 전 잠시 카페를 올려다보았다. 하루같이 수연은 그의 출근길에 배웅을 했다. 아침마다 차까지 따라와 떠나는 차를 향해 손을 흔들었다. 매일 나는 돌아보고 싶었다. 손을 흔드는 네게 나도 같이 손을 흔들고 웃어주고 싶었다.

사실은 말이지, 네가 떠난 날 아침 내게 내민 그 초콜릿 상자를 받고 싶었다. 배웅을 나오지 않은 네가 섭섭해 창을 올려다보고 너를 찾고 싶었다. 나는 정말 그 초콜릿을 받고 싶었다.

chapter 8.

버리는 방법

"술을 마시자고?"

철형은 갑자기 전화를 해서 술을 마시자는 인환의 전화를 받고 약간 어리둥절해졌다.

"네가 언제부터 술을 마셨는데?"

철형은 한 번도 인환과 술을 마셔본 적이 없었다. 인환은 술을 전혀 못, 아니, 안 마셨다. 식사에 곁들여진 술을 마시는 것을 보면 술맛도 알고 잘 마실 것 같은데도, 여흥을 위한 자리에 끼어들지 않았다. 인환은 일 때문에 어쩔 수 없이 마셔야 하는 것도 아닌데 평소에 왜 술을 마시는지 모르겠다고 언젠가 말했었다. 그래서 대체 이놈은 무슨 재미로 세상을 살까? 궁금했던 적도 있었다. 그러니 술을 마시자는 인환의 전화는 어찌 보면 참 생뚱맞았다.

[취하고 싶으니까 나와, 술이나 사라.]

있는 놈이 지독해요. 왜 나더러 술을 사라는 건데? 돈 많은 제 놈이 사야지. 윤희도 일찍 들어와서 모처럼 무드를 잡을 생각인데 뭔 놈의 방해냐, 방해가. 구시렁거리면서 철형은 곰곰히 생각에 잠겼다. 아무리 그냥 넘어가려 해도 뭔가 이상했다.

뭔가 상담할 것이 있나?

인환의 상태가 마음에 걸렸다. 두 사람 다 아닌 척하고 있었지만 인환이 그에게 찾아올 때는 상담을 하고 싶어서란 것을 그도 알고 인환도 알고 있었다. 누군가에게 자신의 속을 보여주는 것을 극단적으로 싫어하는 인환은 가끔씩 자신도 어쩌지 못할 스트레스에 치이면 철형을 찾아와서 두어 시간 앉아 있다 가곤 했다.

『요즘은 어때?』

『좋아.』

『피곤해 보인다.』

『그래?』

인환은 자신의 속을 결코 드러내 보인 적이 없었다. 갑옷으로 무장한 듯 단단해 보이는 인환이 철형은 가끔 걱정스러웠다. 갑옷으로 자신을 무장하는 것은 좋지만 그 갑옷을 24시간 벗지 않고 살아간다면 몸도 마음도 갑옷의 무게를 버텨내지 못할 것이다.

별수 없지. 그래도 친구 아닌가. 마누라와의 무드는 다음날로 미뤄야지.

"어디로 갈까?"

"누구 전화야?"

주방에서 윤희가 고개를 내밀었다. 하여간 여자들의 촉은 진짜 무섭다니까. 나가려 하는 걸 알아차리고 나와 묻는 것 보라지. 철형은 손바닥으로 전화를 가렸다.

"강인환."

"싸가지가 왜?"

"제 상사에게 막말하는 거 보소. 잘리고 싶냐? 어디 하늘 같은 상사에게 싸가지란 말을 그렇게 서슴없이 해?"

"호오, 제발 자르라고 하소. 나도 이젠 쉬고 싶으니까. 당신이 버는 돈 받아쓰면서 살아보게 제발 자르라고 해."

윤희를 보면 절대 친구를 비서로 두면 안 된다. 위계질서가 없어, 위계질서가. 철형은 혀를 차고 나서 윤희에게 말했다.

"인환이가 술 마시잔다."

"거짓말."

"어허, 이 마누라가. 내가 거짓말을 할 사람으로 보여?"

"아니, 인환이 술을 마시자고 하는 게 말이 안 된다는 소리지."

"인환이가 퇴근 시간 전에 당신더러 퇴근하라고 한 것은 말이 돼?"

"하긴 그러네."

윤희는 오늘 5시가 되기 전에 퇴근하라는 연락을 받고 이게 웬일인가 했다. 그런데 웬 술? 고개가 갸웃거려진다.

“여기로 오라고 해. 내가 술상 차려줄 테니까.”

“술은 술집에서, 밥은 밥집에서란 말도 모르냐? 무슨 술을 집에서 마셔?”

윤희가 탁 전화기를 채갔다.

“강인환, 집으로 와. 남자 둘이서 공연히 술집 배회하지 말고.”

“야!”

“온대.”

휙 전화기를 철형에게 던지며 윤희가 주방으로 향했다.

“안주거리가 뭐가 있더라? 먹고 싶은 거 있어? 하나 시켜줄게.”

“돈은 누가 내는데?”

“당신이. 돈은 먹는 사람이, 라는 말도 몰라?”

“인환이가 진짜로 오겠냐?”

전화를 했어도 인환이 오지 않을 것이라고 철형은 생각했다. 그놈이 자존심이 어디 보통이어야지. 스트레스를 이기지 못하고 그를 불러낸 것을 아마도 윤희가 전화에 끼어든 순간 후회했을 것이다. 곧 오지 않겠다고 전화를 걸겠지. 하지만 철형의 생각을 비웃기라도 하듯 딱 30분이 지나자 호출 소리와 함께 월패드에 인환의 얼굴이 나타났다.

“진짜 왔네?”

인환이 온 것에 놀라면서 철형은 버튼을 눌렀다. 윤희에게 물었다.

“요즘 인환에게 무슨 일 있어?”

“왜?”

“얼굴이 안 좋은데.”

“당신이 봐도 그렇지? 요즘 좀 여위었어. 아마…… 아냐.”

“뭐가?”

“아니야, 묻지 마.”

“윤희야.”

“묻지 말라면 묻지 마. 당신이 묻는다고 내가, 요즘 인환이 정신 빠진 것처럼 군다고 말할 것 같아? 자기가 쫓아낸 여자의 행방을 찾아내라는 말도 안 되는 명령을 내렸다고 말할 것 같아?”

“인환이가 누굴 쫓아냈는데?”

“말 안 한다고. 느닷없이 한수연 찾아내라고 해서 못 찾겠다고 하니까 지가 직접 양재동 지 고모 집에 사람 붙여서 수연 씨 있는 곳 알아냈다는 말은 죽어도 안 가르쳐 줄 거야. 왜 이래. 나 입 무거운 여자야. 그러니까 묻지 마.”

“인환이가 수연 씨 찾았어?”

“묻지 말랬잖아. 그런다고 내가 요즘 사내에 은근히 도는, 회장님 친손녀가 나타났다는 소문을 말해줄 것 같아? 수연 씨가 그 친손녀라는 생각이 든다는 말은 죽어도 안 알려줄 거야.”

“뭐야? 수연 씨가 회장님 친손녀? 야, 말도 안 되는 소리 좀 하지 마라. 그게 말이 된다고 생각해?”

“그러니까 말 안 해준다고. 말도 안 되는 소문이잖아. 그러니까 말이지.”

윤희가 얼굴을 그의 코앞으로 바짝 붙였다.

"당신이 물어봐. 정말 회장님의 친손녀가 나타난 거냐고. 그 손녀가 혹시 수연 씨 아니냐고."

"말도 안 되는 소리 하지 말라니까. 수연 씨가 선양 그룹총수의 손녀라는 것이 말이 된다고 생각……."

초인종 소리가 철형의 말을 잘랐다.

"당신 참 대단하다. 난 절대 안 알려줬는데 수연 씨 얘기랑 회장님 손녀 이야긴 어떻게 알았어? 암튼 약속했다. 인환에게 정말인지 아닌지 물어보는 거."

윤희가 현관으로 달려나갔다. 집으로 오라고 한 이유가 이거였군. 같이 듣겠다 이거잖아. 하여간 여자들의 잔머리는…….

"어서 와라, 싸가지."

게다가 버르장머리는. 상사에게 아주 대놓고 싸가지라고 부르는 것 좀 봐. 평소에 하는, 목이 잘리면 집에 들어앉으면 그만이라는 말이 빈말이 아닌 게 분명했다. 그러니까 저런 만용을 부리는 거겠지.

"어서 와라."

인환을 보는 철형의 표정이 미세하게 찌푸려졌다.

뭐야, 심각하잖아.

윤희가 차려준 술상을 마주하고 철형은 곰곰이 인환을 바라보았다. 인환에겐 어둡고 우울한 기운이 엄청난 힘으로 넘실거리고 있었다.

"취하고 싶으면 마셔."

철형만 지금 네 잔째였다. 첫잔을 받아 든 인환은 술잔만 바라보고 있었다.

"아니면 말을 하던지."

철형은 끈기 있게 인환이 입을 열기를 기다렸다. 하지만 인환의 입은 열리지 않았다. 입술이 딱 붙어버린 것 같았다. 취하고 싶다는 놈은 술잔만 바라보고 있고, 그런 놈 바라보며 나만 취하고 있잖아. 젠장.

"강인환, 나 독심술 못한다. 네가 얘기 안 해주면 난 아무것도 모른다."

"……."

"술도 마시지 않고 말도 하지 않을 거면 여긴 왜 왔어?"

"……."

"그렇게 말하는 것이 어려워서 어찌 사냐, 강인환."

"너는……."

길게 인환이 말을 끌었다.

"행복해?"

웬 생뚱한 말이냐? 잠시 철형은 눈만 껌벅거렸다. 행복해지고 싶다는 말인가? 이 질문은? 철형은 주방 입구에 버티고 선 윤희를 의식하고 꿀꺽 침을 삼켰다.

"그럼."

"왜?"

"왜냐하면 예쁜 마누라에 건강한 신체에다 작아도 내 것이 분명한 이 집에, 아참, 나 차 바꿨다. 내가 얘기 안 했지? 제네시스 프라다 진줏빛으로……."

어라? 부러움이 가득 담긴 인환의 눈빛에 철형은 하던 말을 멈췄다. 뭐야, 이 자식. 돈 많은 놈이 제네시스 프라다나 집 때문에 이런 표정을 짓진 않을 것이고…… 윤희도 아니겠고, 그럼?

"여자 때문이구나."

"뭐가?"

"너 마른 이유."

"내가 말랐나?"

마르기만 했냐? 까맣게 죽어간다.

"수연 씨 찾았다면서?"

"그래, 찾았지. 살아 있었어."

"너 그럼 죽은 줄 알고 있었어? 아, 아!"

아! 이번엔 철형이 아, 소리를 냈다. 수연 씨가 떠난 것은 1년 전, 그리고 인환이 가슴이 아프다고 찾아온 것이…… 그날 수연 씨가 죽었다는 날……. 그렇다면? 그래서 1년 동안 네가 이상했구나.

작년 1년 동안 인환을 만나면서도 철형은 한 번도 수연에 대한 말을 한 적이 없었다. 만일 인환이 그녀에 대한 말을 한마디라도 했으면 수연이 살아 있다는 이야기가 나왔을 것이다. 하지만 인환은 수연에 대한 이야기는 한 번도 꺼내지 않았다. 그를 만나서 한

이야기는 가슴이 아프다라는 말뿐이었다. 철형은 이 지독한 놈이 얼마나 아파야 아프다고 할까 생각하면서 은근히 인환의 건강만 걱정했었다.

"이젠 안 아파?"

"응?"

"심장이 뜯기는 것처럼 아프다고 했잖아. 이젠 괜찮아?"

"아팠던가?"

어쩐지 지금이 더 아프다는 소리로 철형에게 들렸다.

"수연 씨는 어때? 잘 지냈대?"

"그녀는…… 성공했어."

나를 지워 버리는 것을. 미워하고 증오해. 하긴 그걸 알아버렸으니 그러는 것이 당연하겠지. 인환의 고개가 아래로 수그러들었다.

『우리 엄마를 살려줘요.』

그럴 수만 있다면 뭐든지 다 줄 수 있다. 영혼이라도 내줄 수 있다. 메피스트 팔레스는 왜 파우스트 앞에만 나타나는 거지? 왜?

"그런데 무슨 소리야? 수연 씨가 김진옥 회장님의 손녀라는 말은?"

번쩍 인환이 고개를 들었다.

"윤희가 그래?"

싸가지니 뭐니 하면서도 인환이 화를 낼까 무섭기는 한 모양이었다. 윤희가 발끝을 들고 방으로 살금살금 걸음을 옮겼다. 윤희가 방으로 들어가는 것을 보면서 철형은 좀 큰 소리로 말했다.

"아니. 윤희가 어디 그런 말을 옮길 여자냐? 내 마누라지만 윤희 입 무겁다. 절대 그런 말 옮기지 않는다. 그냥 내가 들었어. 어떡하다가."

사는 게 왜 이리 어렵다냐. 근무 시간 끝났는데 이런 식으로 마누라 비위도 맞추고, 이 친구라는 놈의 속을 파헤쳐야 하다니, 뭔가 왕창 손해 보는 기분이었다.

"맞아, 회장님의 손녀야."

"아, 이런."

뭐 이런 경우가 있지? 철형은 기가 막혔다.

"설마 처음부터 그런 것을 알고 시작한 것은 아니지?"

"처음부터 알았어."

인환이 바라보고만 있던 위스키 잔을 들고는 맹물을 마시듯 마셔 버렸다.

"나는 말이지."

인환이 다시 위스키를 들이켰다. 말하고 싶어서 왔을 것이란 예상이 맞은 모양이었다. 무슨 말을 꺼내려고 저렇게 용기를 끌어모으는 걸까? 겁쟁이라고는 한 번도 생각하지 않았던 인환의 나약함에 철형은 많이 놀랐다.

"나는……."

철형은 인환이 말을 하길 기다렸다. 인환은 자신의 감정을 언제나 꽁꽁 단속했다. 누르고 눌러서 가장 깊은 곳에 차곡차곡 처넣는 것처럼 보였다.

저러다 언젠가 터지고 말걸.

언젠가부터 은근히 걱정하던 철형이었다.

"그만 마셔."

다시 한 잔을 따라 들이켜듯 마시는 인환을 보고 철형이 말렸다. 무슨 말이기에 이렇게 꺼내기 힘이 든 것일까? 철형은 인환이 말을 하는 용기를 내기 위해 술을 마시는 건지 말을 하지 않고 억누르기 위해 술을 마시는 건지 갑자기 궁금해졌다.

"왜 수연 씨…… 를 보냈어?"

번쩍 인환이 고개를 들었다가 다시 숙여 버렸다. 뭔가 말을 하고 싶어 하는 것이 분명한 표정인데도 인환은 끝내 입을 열지 않았다.

아, 자식. 더럽게 입도 무겁네. 철형은 이렇게 입을 딱 다물고 아무 말도 하지 않는 환자가 가장 싫었다. 에이, 자식아, 환자라면 입 다물고 있으려면 뭐 하러 병원 왔어요? 라고 한마디 해주기라도 하지.

"계속 잡고 있지 왜 내보냈어?"

처음엔 수연을 회장님의 손녀딸인 것 알고 이용하기 위해 잡았다고 생각했다. 윤희에게 들어 선양그룹이 어떻게 돌아가는지 대충 알고는 있었다. 인환이 선양전자 개발부 제1팀장으로 처음 발령받았을 때부터 시작된 파벌 간의 알력과 견제에 대해 충분히 듣고 있었다. 수연이 김 회장의 손녀라는 것을 알고 그녀를 집으로 데려왔다면 왜 그녀를 이용하지 않았을까? 자신을 향한 반대 세력을 쳐내는 것과 아직 채 굳어지기 않은 입지를 세우려고 왜 수연이란 존재를 이용하지 않았을까?

"그것이 네게 훨씬 유리했잖아."

"술이 취하질 않는다. 아니, 취하는데도 말이 나오질 않는다."

역시 말을 하고 싶어서 술을 마시자고 했던 거구나. 어쨌거나 지독한 놈이다. 저렇게 연거푸 술을 들이켜고도 자신을 억제하다니. 연거푸 들이켠 술로 눈은 조금 풀려 있었으나 앉아 있는 인환의 자세는 조금도 흐트러지지 않고 있었다. 달래는 어조로 철형이 부드럽게 말을 꺼냈다.

"하고 싶을 때 말해, 그럼."

"말 못해."

"왜?"

"말 못해."

살짝 감기는 인환의 눈에서 눈물이 흐르는 것처럼 보였다. 인환과 운다는 말은 정말 어울리지 않은데 왜 그런 연상이 된 것일까?

"우는 줄 알았다."

저도 모르게 철형이 중얼거렸다.

"아, 아!"

인환의 반응에 철형은 진짜 놀랐다. 두 번 반복하는 아, 소리는 뭔가 대답하기 곤란할 때 내는 인환의 습관이었다. 그의 말에 부정할 수 없어서 곤란해서 내는 소리가 틀림없었다.

"울어?"

눈물은 보이지 않았지만 철형은 지금 인환이 가슴으로 울고 있다고 생각해 버렸다. 놀라운 일이었다. 감정을 가둔 둑이 무너지려나 보다. 인환은 후회와 아픔으로 무방비해 보였다. 인환의 입은 열리지 않고 철형은 계속 기다리고…… 침묵 속에서 시간이 계속 흘렀다.

"아우, 답답해."

방에서 귀를 세우고 있던 윤희가 답답함을 참지 못하고 달려나왔다. 철형을 밀어버리고 인환의 앞에 와 섰다.

"강인환, 지금부터 진실게임을 하자. 내가 술상 차린 값으로. 어때, 좋지?"

"싫다."

"왜?"

"내 속에 든 것을 꺼내는 것은 싫어."

"네 속에 든 것은 필요 없어. 네 머릿속에 든 것만 필요해. 자, 묻는다. 강인환, 수연 씨 다시 만나서 좋아?"

"그래."

곧바로 인환에게서 대답이 나왔다. 수연을 생각하자 인환의 입가에 빙긋이 웃음이 그려졌다. 누가 물어도 그것만은 얼마든지 대답해 줄 수 있었다.

좋고말고. 그녀가 세상에 살아 있잖아. 같은 도시에서 같은 공기를 마시잖아.

"수연 씨가 회장님 손녀라서? 네 발판이 돼줄 것 같아서?"

너무 마셨나? 대답 대신 술잔을 향해 손을 뻗는데 조금 미끄러져서 인환은 아차 싶었다. 병원에 가야 하는데, 수연이 온다고 했는데 술에 취해 있을 수는 없었다. 인환이 일어서며 윤희에게 부탁을 했다.

"미안한데, 냉수 좀 주라."

"진실게임 하자니까."

"진실은 없어."

그의 속에 있는 것을 아무리 친구라고 해도 꺼내 보여주기 싫었다. 인환이 이렇게 나오면 절대 말을 하지 않는다는 것을 알고 있는 윤희가 빽 소리를 질렀다.

"강인환, 너란 인간은 정말! 사람이 물으면 못 이기는 척 대답 좀 하고 살아. 그러면 어디가 덧나니? 좀 사람처럼 살자, 응?"

인환은 상관하지 않았다. 수연이 온다고 했다. 싸늘한 표정이 칼처럼 날카롭게 상처를 준다 해도 그의 시선 끝에 담을 수 있는 그런 거리 안에 수연이 오는데 계속 술만 마시고 있을 수는 없었다. 윤희가 내민 생수병을 비운 인환이 현관으로 나갔다.

"어떡하면 좋을까?"

구두를 신던 인환이 문뜩 따라 나와 서 있는 철형을 향해 뜬금없는 질문을 했다.

"잘못했다는 것을 정확하게 전달하려면 어떤 식으로 말을 하면 좋을까?"

"뭘 잘못했는데?"

예전 수연 씨에게 냉정했던 것을 이제 잘못이라고 생각은 하는 모양이지?

"잘못한 것은 그냥 잘못했다고 하면 돼. 그것만큼 정확한 전달이 어딨어?"

"그렇지? 그 말 외엔 다른 말이 없겠지?"

하지만 그가 저지른 잘못은 잘못했다는 말로는 감당이 안 되는, 잘못했다는 말이 모욕이 되는 그런 어마어마한 짓이라는 생각에 인환은 씁쓸해졌다.

"수연 씨는 착하니까 그냥 빌어라. 잘못했다고 무릎이라도 꿇고 무조건 빌어. 비는 데 장사 없다. 부모 죽인 원수 아니면 웬만하면 다 용서할 거야."

툭툭 인환의 어깨를 두드리며 철형이 계속 말했다.

"그러게 있을 때 잘했어야지. 대체 왜 그렇게 수연 씨에게 냉정했던 거야?"

응? 철형은 움찔 인환의 몸이 굳은 걸 알아차렸다. 그를 보며 인환이 뭔가를 이야기할 듯 입술을 달싹거렸다. 그리고는 이내 돌아서 버렸다.

문을 닫지 못한 채 철형은 인환의 뒷모습을 지켜보았다. 그의 눈살이 잔뜩 찌푸려져 있었다.

"왜 그러고 있어?"

"여기가 아프다."

"갑자기 심장이 왜 아파?"

"라고 인환이 내게 처음 가슴이 아프다고 말한 날이 그날이었어."

"언제?"

"비행기 사고 난 날."

윤희가 빤히 철형을 바라보았다.

"설마, 수연 씨 죽은 줄 알고 인환이 그렇게 아파했다고 말하고 싶은 거야?"

"그럴 가능성도 있다고 본다면?"

"말도 안 된다, 흥!"

"수연 씨나 좀 만나봐라."

"왜?"

"만나서 수연 씨 어머님에 대해서 좀 알아봐. 안 계신다고 했던 것 같은데 그분 언제 어떻게 돌아가셨는지 좀 알아봐라."

『아무리 빌어도 엄마 죽인 원수는 용서 않겠지?』

정말 자신이 들은 인환의 말이 사실이었을까? 차마 소리 내지 못한 채 입술로만 했던 인환의 말은 철형을 깊은 생각에 빠지게 만들었다.

추진력하면 이 박윤희 아니냐. 내가 3년 동안 싸가지의 비서 노릇을 하면서 얻는 것이 추진력하고 소문의 수집 능력이었다. 윤희는 바로 전화기를 집어 들었다. 그녀 역시 궁금한 것은 못 참는 성격이었다.

chapter 9.

사랑이 깊으면 미움도 깊다

병원의 특별실은 정말 특별했다. 엘리베이터가 열리자 눈에 보이는 복도부터가 호텔을 연상시켰다. 수연이 엘리베이터에서 내리자 검은 양복을 입은 남자들이 수연의 앞을 가로막었다. 이른바 경호원인 모양이었다.

"어떻게 오셨습니까?"

"김진옥 회장님을 뵈러왔어요."

남자들이 수연의 위아래를 살폈다.

"이름이 어떻게 됩니까?"

"한수연이에요."

수연의 이름을 듣는 순간 남자들이 좌우로 갈라서며 길을 터주었다.

"이쪽으로 오십시오."

수연은 숨을 깊게 들이쉬고 남자가 노크하는 문을 바라보았다. 문이 열리고 젊은 여자가 수연을 보더니 반색을 했다.

"회장님, 수연 양 오셨어요."

넓은 병실의 저 끝에 침대에 앉아 있던 김 회장의 얼굴이 수연을 향한 순간 확 밝아진 것을 병실에 있던 모든 사람들이 알아차렸다.

"왔구나."

목에 뭐가 걸린 듯 김 회장의 목소리가 부자연스러웠다. 김 회장 쪽으로 수연은 조용히 걸음을 옮겼다.

수연은 김 회장에게 미소 짓기 위해 모든 힘을 끌어모았다.

"이리 온."

김 회장이 손을 내밀어 수연은 머뭇머뭇 손을 뻗었다. 얼마쯤은 뿌리치고 싶은 마음, 또 얼마쯤은 잡아야 한다는, 딱히 어떤 감정인지 알 수 없는 것들이 휘몰아치는 순간, 마르고 딱딱한 세월의 연륜이 느껴지는 앙상한 손이 수연의 손을 꼭 잡아왔다.

"그렇지 않아도 내가 데리러 가려던 참이었어. 어머니가 얼마나 너를 기다리셨는지 아니? 말씀 한마디 하시고 문 쳐다보시고 또 한마디 하시고 시계 보시고 그러셨단다."

서로의 얼굴을 물끄러미 바라보고 있는 두 사람 사이로 도경이 끼어들었다.

“참, 수민 씨. 우리 조카 소식 아직 모르고 있지요? 어릴 때 잃어버린 우리 동생의 딸을 이번에 찾았어요. 이제 곧 한 가족이 될 테니 인사를 해두는 것이 좋지 않을까?”

또래의 여자가 수연을 향해 화사하게 웃었다.

“최수민 씨라고, 인환이 약혼녀란다.”

“고모님, 약혼이란 말씀은 좀…… 아직 결혼 이야기가 정식으로 오고 가지도 않았는데 너무 앞서서 말씀하시는 것 같아요.”

“수민 씨, 우리 조카한테 마음이 없어?”

“그런 뜻이 아니고요.”

“집안에서 원해, 당사자들도 원해, 그러면 약혼한 거랑 마찬가지 아닌가?”

도경의 말에 수민은 더 이상 토를 달지 않았다. 대신 웃는 낯으로 수연을 보았다. 옆에서 지켜보는 도경의 입술이 심술궂게 비틀어졌다. 잘하면 수민과의 혼담을 이 아이가 깨주지 않을까? 수연과 인환이 엮어지는 것도, 인환이 좋은 배경의 여자와 엮어지는 것도 도경은 바라지 않았다. 수민과의 결혼으로 인환에게 날개가 생기는 것처럼 크나큰 힘을 배경으로 얻게 될 것이다. 그래서 수민과의 결혼을 깨고 싶었다.

“반가워요. 그럼 이제 인환 씨의 동생이 되시는 거네요?”

“그렇지.”

수연은 입술만 깨물고 있고 도경이 대답했다.

“잘 부탁해요. 최수민이라고 합니다.”

혼담이 오고 간다고? 우린 거래를 했어, 강인환. 내가 내민 조건은 몰락이었어. 이런 아가씨와 결혼을 하면 몰락했다고 볼 수 없잖아. 어쨌거나 1년, 참 긴 시간이구나. 잊기 위해서 필사적이었던 그녀와 달리 그에겐 혼담이 오고 가는 사람이 옆에 생겼다. 이건 정말 너무나 불공평하다. 부글부글 끓어오르는 분노를 감추고 수연은 간신히 수민을 향해 웃어 보였다.

"저는 한수연입니다."

"우리 친하게 지내요."

상냥해 보이고 세련돼 보이는 이 아가씨에게 유감은 없으나 수연은 절대 친해지고 싶지 않았다.

"참 미인이세요, 수연 씨."

"감사합니다."

"그럼 전 이만 가보겠습니다. 회장님, 다음에 다시 올게요."

"가게?"

"네, 회장님. 건강 조심하세요. 다음에 봐요, 수연 씨. 고모님, 먼저 가보겠습니다."

"너도 그만 가거라."

김 회장의 말에 도경이 펄쩍 뛰었다.

"어머닌. 편찮으신 어머닐 두고 제가 어떻게 가요?"

"괜찮다. 하루 종일 간호하느라 수고 많았다. 그것으로 충분하니 그만 집으로 가. 장 서방하고 유찬이 생각도 해야지."

"그래도요."

"제가 있겠습니다. 그러니……."

수연의 말에 도경이 고개를 끄덕였다.

"알았다. 그럼 수연이가 나 대신 수고 좀 해주렴. 어머니, 수연이가 있겠다니 제 할 일을 수연이에게 물려주고 저는 이제 그만 가볼게요. 수연아, 수고 좀 해라."

고모 소리가 죽어도 나오지 않는 수연과 달리 도경은 언제나 불러 온 것처럼 너무도 자연스럽게 수연을 대했다. 그렇게 상처 주던 입으로 어떻게 그렇게 다정하게 웃으시나요? 수연은 부르르 몸을 떨었다.

"네, 알겠습니다."

"김 양아, 도경이랑 수민 양을 차까지 배웅해 드리렴."

"네, 회장님."

썰물이 빠지는 것처럼 사람들이 병실을 빠져나갔다. 둘만 남게 되자 병실 안의 공기가 수연에게 무척이나 무겁게 느껴졌다.

"수연아."

낮게 김 회장이 속삭이듯 불렀다.

"……네."

"무엇 때문에 화가 나 있니?"

김 회장의 외양은 무척 약해 보였지만 그것은 외양만인 듯했다. 수연을 바라보는 눈초리가 무척이나 날카로웠다.

『네 피의 반은 그분의 피야.』

정말 그럴까? 내 피의 반이 이분을 통해 내려온 것이 맞을까?

믿어지지 않았다. 아니, 믿고 싶지 않았다. 왜 내가 확인되지 않은 말을 믿고 이분을 할머니라고 불러야 하는데?

"화가…… 나지 않았습니다."

"아니다. 화가 눈에 잔뜩 들어 있어. 말해보렴, 무엇 때문에 화가 났는지."

"저는, 잘 모르겠습니다."

"내가 용서가 안 되니?"

"……네, 죄송해요. 자꾸만 엄마가 생각나요."

원망이 돼요. 당신이란 분, 외면하고 싶어요. 그런데 강인환과 약속을 해버렸어요. 다정하게 대하겠다고. 겉으로만, 이라고 그녀는 대답했고 그는 겉으로라도, 라고 말했으니 김 회장을 용서하지 않겠다는 수연의 마음을 그도 알고 있다는 이야기였다. 겉으로라도, 라는 그의 요구를 지키려면 어떤 표정을 지어야 할지 아직도 수연은 알 수 없었다.

"무엇보다도 믿어지지 않아요. 길 가던 사람이 갑자기 생전 처음 보는 사람을 가리키면서 저분이 네 할머니다라는 말을 들은 기분이에요. 그런데 저는 아무것도 가진 것이 없다는 이유로 아무런 확인 절차 없이 그저 네, 라고 대답을 강요당하는 기분이에요. 의문을 가지는 것이 힘을 많이 갖고 있어야만 하는 건가요? 약하면 그런 의문도 가지면 안 되나요? 솔직히 혼란스러워요."

많이 가지고 높은 자리에 있다고 해서 무조건 믿어야 하는 것은 아닐 것이다. 같은 빛깔의 눈을 가졌다는 그 한 가지 사실만으로 처음 보는 김 회장을 할머니라고 인정한다는 것이 너무 우습지 않은가. 흔하지 않은 눈빛이긴 해도 5천만이라는 숫자는 아주 엄청난 숫자 아닌가. 생판 남이더라도 얼마든지 닮을 수도 있지 않은가.

"엄마는 아빠에 대해서 말씀하시지 않았어요. 아빠의 이름조차요."

아빠의 아름을 듣고 있었다면 믿기가 훨씬 쉬웠을 것이다. 하다못해 할머니의 욕이라도 했었더라면. 당신에게 그런 큰 죄를 지은 할머니를 원망이라도 했다면……. 하지만 엄마는, 엄마가 말해준 것은 아빠에 대한 굉장히 추상적인 말 몇 마디였다.

"그럼 아빠에 대한 말을 하나도 듣지 못했니?"

"기억나는 것은 몇 가지 안 돼요. 굉장히 따뜻하고 다정한 분이셨단다, 라는 말과 하늘을 날고 싶어 했다는 말씀, 자유 속으로 날고 싶어 하셨다는 그런 말들뿐이었어요."

수연이 알 수 없는 말은 하늘을 날고 싶다는 말이었다.

"내 아들, 네 아버지는 전투기 조종사가 되고 싶어 했단다. 군인으로 남길 간절히 바랐어. 그래, 가끔 말했다. 푸르름 속으로 날아들고 싶다고. 그러면 자유로울 것 같다고."

『자유를 사랑하셨어. 자유롭게 하늘을 날고 싶어 하셨어.』

엄마의 말을 귓가에 울리면서 수연의 눈에서 울컥 눈물이 올라왔다.

"내가 공평하지 못했다."

　비로소 김 회장은 인환이 유전자 검사를 하라고 했던 이유가 뭔지를 깨달을 수 있었다. 그녀만 수연을 손녀로 인정하면 되는 것이 아니었다. 김 회장 역시 수연에게 할머니로서 인정받아야 했다. 그녀도 증명해야 했던 것이다.

　"네가 나를 못 믿겠다면 내가 유전자 검사를 하마. 내가 네 할머니라는 것을 확인시켜 주겠다. 하지만 아가, 그냥 나를 할머니로 받아주면 안 되겠어? 내가 비록 네 엄마에게 못할 짓을 했지만, 그래서 원망이 클 테지만 눈감아주면 안 되겠니? 용서하라는 말까지 하지 않으마. 그러니 한 번만 눈감아다오. 그때는 내가, 내가 말이다. 네 엄마가…… 아니다. 이제 와 변명을 하면 무엇 하겠니. 어쨌든 고맙구나. 찾아와 줬으니 그것으로 됐다."

　도경과 나타나서 그녀를 쳐다보던 수연의 눈초리는 김 회장의 마음을 덜컥거리게 만들었다. 꿈도 꾸지 않았던 자신의 손녀가 타인의 눈으로 자신을 부인해서 마음이 아팠다. 김 회장은 아직도 마음이 풀어지지 않은 수연의 눈빛이 가슴에 저렸다. 하지만 어쩌랴. 수연이 마음을 열고 자신을 받아주지 않아도 어쩔 수 없는 일 아닌가.

　천천히 가자. 삶이 얼마나 남았을지 모르겠지만 그것밖엔 길이 없는 것 같았다. 부디 수연이 말로 표현하지 않아도 미안하다는 것을, 행동으로 눈으로 마음으로 하고 있다는 것을 알아주었으면 좋겠는데.

몇 시간의 시간이 흐르는 동안 수연의 태도가 변했다. 시간의 힘은 무서웠다. 수연은 시간이 흐르는 동안 미처 무장하지 못한 것들을 전부 착용할 수 있었다.

나는 이곳에 싸우러 왔다. 인환의 몰락을 두고 거래를 했다. 그렇다면 그걸 이행해야 한다. 겉으로만이라도 다정한 손녀 노릇을 해내야 한다. 나중에 인환이 약속에서 빠져나갈 어떤 꼬투리도 잡히지 않을 것이다.

다짐으로 수연은 김 회장을 향해 웃고 있었다. 할머니라고 부르는 말투에서 반감도 뺐다. 쉽지는 않았다. 가식의 탈은 너무 무겁고 마음에서 우러나오지 않은 미소는 자꾸 이지러졌다. 계속 수연의 손을 잡고 그저 바라보고 미소 짓고 있는 김 회장에게 거짓 미소를 짓고 있다는 생각에 가책도 생겼다. 그래서일까. 몇 시간 지나지 않아 수연은 심한 피로를 느꼈다.

"곤한 모양이구나."

"아니에요. 좀 답답해서요. 바람 좀 쐴까 봐요."

카페에선 열두 시간을 넘게 나가지 않아도 느끼지 않던 답답함이 묵근하게 수연을 내리눌렀다.

"바람 쐬러 나갈까? 나도 좀 답답하구나. 아래 공원에 잠깐 나갔다 오자꾸나."

국내에서 가장 크고 시설이 좋은 병원은 아주 훌륭한 공원과 산책로를 갖고 있었다.

"안 돼요. 바깥은 추워요."

김 양이 나서서 말렸으나 김 회장은 들은 척도 하지 않았다.

"두껍게 옷을 입으면 되지. 외투 가져온. 나가자꾸나."

아무도, 수연조차도 답답해하는 손녀에게 바깥바람을 쐬게 해 주려는 김 회장의 고집을 꺾지 못했다.

"추울 거예요, 할머니."

"더워 죽겠다."

수연은 웃고 말았다. 사실 김 회장은 눈에서 굴러도 무방할 정도로 완전 무장을 하고 있었다. 무릎담요 위에 두툼한 옷을 겹겹이 입고 그 위에 모피 숄을 다시 둘렀다. 김 양과 경호원을 데리고 김 회장은 끝끝내 병실을 나섰다.

"보세요, 춥잖아요."

병동의 현관을 나서자마자 차가운 바람이 몰아쳐 왔다.

"상쾌하긴 하구나."

"네, 그러네요."

"네가 춥겠구나."

"아니에요. 전 딱 좋아요."

찬바람이 쌀쌀하게 그녀를 휘감아 돌았으나 추위로 인해 정신이 상큼하게 맑아지고 있었다. 잠시 찬바람을 맞고 섰던 수연은 쌀쌀한 바람이 김 회장에게 안 좋을 거란 생각을 했다.

"그만 들어가는 것이 좋겠어요."

"아니다. 조금 더 있자꾸나."

"안 돼요. 이제 그만 들어가요."

“나온 지 1분도 안 됐지 않니?”

“1분은 넘었어요, 할머니.”

옥신각신하는 두 사람의 말을 김 양이 막았다.

“회장님, 본부장님의 차 같아요.”

김 양의 말이 채 끝나기 전에 스르륵 차가 와 섰다. 뒷문이 열리고 인환이 나왔다.

“회장님.”

격한 목소리였다.

“이렇게 나와 계시면 어떡합니까? 이러다 감기 드시면 어쩌려고요.”

“본부장, 술 마셨구먼?”

정말 희미한 주향이 인환에게서 풍기고 있었다.

“죄송합니다.”

일단 사과를 한 인환이 김 양을 노려보았다.

“대체 이 밤에 왜 회장님을 바깥으로 모신 겁니까?”

나오신다고 우기는 걸 누가 말릴 수 있다고. 김 양은 억울해서 입만 벙긋거렸다.

“어서 안으로 모셔요.”

“그래요, 할머니. 안으로 들어가세요. 본부장님도…….”

“본부장이라니. 너는 그렇게 부를 필요가 없다.”

“그럼 뭐라고 불러요?”

“오라버니 아니냐. 그러니 오빠라고 부르면 되지.”

"오빠요?"

수연은 방긋 웃었다. 인환의 눈빛이 흔들릴 정도로 활짝, 아주 크게, 절대 내 오빠가 아니잖느냐는 물음을 담은 웃음을 아주 커다랗게 지어 보였다.

"그럼, 오라버니라고 부르면 될까요?"

"그렇게 부르던지."

"제 인생에 대해서 참견하시는 것, 여러 가지로 감사드려요, 오라버니."

"무슨 소리냐?"

"오라버니께서요, 할머니."

수연은 인환을 쏘아보았다.

"제가 일하는 곳에 사람을 보내고 마음대로 휴가를 얻어냈어요."

오늘 일을 끝내고 온다고 분명히 말했건만 인환은 그것을 기다리지 않았다. 수연은 김 회장을 찾아뵙겠다고 했지 옆에 있겠다고는 하지 않았다. 그런데 인환이 이름난 바리스타를 사장님께 보내고는 당분간 수연이 일을 할 수 없는 동안 대신 일해줄 것이라고 해버렸다. 처음 보는 여자를 데리고 들어온 사장이 여긴 아무 걱정 말고 할머니께 가보라고 말했을 때는 참 황당했었다.

내 인생이야. 왜 당신 마음대로 하려고 해? 많고 많은 유감 중에 하나쯤 더해도 아무 상관 없다는 거야?

바람이 휘릭 불어 수연의 머리카락을 흐트러뜨렸다. 머리가 날리면서 하얀 목덜미가 어둠 속에서 희게 드러났다. 수연에게 성큼 다가선 인환이 자신의 목도리를 풀어 미처 피할 새 없이 수연의 목에 감아주고는 다시 물러섰다. 목도리를 잡은 수연의 손이 부들부들 떨렸다.

감히 이따위 짓을 하다니?

풀어버리려던 수연은 김 회장이 흐뭇하게 웃고 있는 것을 보고 손길을 멈췄다. 사이가 좋구나, 그래서 좋다. 아마도 이렇게 말하는 거겠지.

"감기 들겠습니다. 들어가세요."

"그러자꾸나."

김 회장도 인환의 말은 무시하지 못하고 이내 순순해졌다.

"수연아, 들어가자꾸나."

아뇨, 아니오. 화가 견딜 수 없어서 수연은 숨을 조절했다.

"먼저 들어가세요. 전 아무래도 오라버니에게 정식으로 사과를 받아야겠어요."

"응? 그게 그렇게 화가 났니?"

김 회장이 고개를 끄덕였다.

"그래라. 곧 들어오너라. 본부장은 이제 어쩔 거야? 독립심 강한 여동생에게 혼나게 생겼으니."

사이가 좋아 보여 김 회장의 마음은 흡족하였다. 자신이 세상을 뜨면 혼자일 텐데 그나마 인환이 있어서 믿음직했다. 내가 너를 거뒀듯 너도 저 아이를 거둬주겠지.

“김 양아, 들어가자.”

김 회장이 사람들과 들어가고 어둠이 하늘과 땅을 채운 나무 아래 두 사람이 남았다.

“난 약속을 지킬 거예요. 그쪽도 그래요?”

그래, 세상에서 가장 착하고 다정한 손녀 노릇, 해주겠어.

“내가 원한 몰락은 지켜지는 거예요?”

“약속해.”

“못 믿겠다면 어떡할래요?”

“믿어도 돼.”

“도둑의 말을 믿을 정도로 바보는 아니에요.”

이것저것 모든 것이 수연의 속에서 부글부글 끓고 있었다.

“그쪽과 나 사이에 이해의 괴리가 있는 것 같아 말해두겠는데, 내가 말하는 몰락이란 것은 그쪽이 맨손으로 세상의 바닥을 기는 거예요.”

“그렇게 될 거야.”

“어떻게요?”

“회장님이 세상을 뜨시면 경찰에 가지.”

가서 말하리라. 그가 힘없는 여인을 죽음으로 몰아넣었다고. 그의 사주로 사람이 죽었다고. 용서받을 수 없어도 죗값을 치르는 것이 수연에게 보일 수 있는 아주 작은 속죄, 그가 할 수 있는 잘못했다는 표현이었다.

“왜 지금은 경찰에 못 가는데?”

"회장님이 충격받으시는 것은 피하고 싶어."

"할머니가 충격받고 쓰러지실까 봐?"

"그래."

"핑계가 너무 구차스럽지 않나?"

수연이 비웃었다. 하지만 정말이었다. 수연과 김 회장은 그가 사랑하는 딱 두 명의 사람이었다. 김 회장의 건강을 해치는 일은 결코 하고 싶지 않았다.

"핑계가 아냐."

"그래요? 뭐, 그렇다고 합시다."

수연이 돌아섰다.

"이제 어째야 좋을지 모르겠네. 할머니가 오래 사시길 빌어야 할지 돌아가신 뒤 그쪽이 몰락하는 걸 보게 해달라고 바라야 할지."

수연이 쓰레기통을 발견하고는 미련 없이 그가 둘러준 목도리를 풀어 휙 집어 던졌다. 그리곤 뒤돌아보지 않고 병동 안으로 들어가 버렸다.

바람이, 아주 차고 매운 바람이 인환을 스치며 구슬픈 소리로 사라져 갔다.

나쁜 자식.

병실에 도착할 때까지 수연의 분노는 가라앉지 않았다. 어떻게 그럴 수가 있을까? 그따위 짓을 하다니. 언제부터 그렇게 생각했다고.

그래, 네 눈엔 아직도 내가 그때의 나로 보이는 모양이지? 천일 동안 수연은 있지도 않은 꼬리를 죽어라고 흔들며 인환의 관심을 구하던 강아지였다. 그럴 땐 한 번도 돌아보지 않았으면서! 생각할수록 분하고 억울했다.

"오라비에게 분풀이를 충분히 못했니? 아직도 화가 안 풀어진 것을 보니."

김 회장의 말에 수연은 정신이 번쩍 들었다. 그에 대해 화조차 내지 않겠다고 맹세했는데, 타인의 눈에 보일 정도로 화를 내고 있다니. 싫다!

"다 나를 위해서 그런 걸 게다. 내가 너를 몹시 기다렸거든. 조금이라도 빨리 너를 내 곁으로 데려다 줄 요량으로 한 일이니 너무 오라비에게 화내지 말렴."

"……네."

"저 봐라. 네 오라비가 어쩔 줄 모르고 있구나."

뒤따라 들어온 인환이 채 다가오지 못하고 우뚝 서 있는 것을 보며 김 회장이 웃었다.

"이제 본부장에게 무서운 사람이 생겼나 보이? 동생이 화낸다고 어쩔 줄 모르는 걸 보니. 자, 그만하고 본부장도 이리 와 앉아."

수연은 의자를 옆으로 옮겨 당기고 싶은 마음을 내색치 않고 참아 넘기기 위해 모든 힘을 끌어모았다.

"본부장."

"네."

"내 생각하는 것만큼 앞으론 수연일 생각해 주게. 부탁해."

흥, 소리가 절로 나왔지만 고개를 돌려서 창 쪽을 바라보는 것으로 수연은 감정의 표출을 막았다. 다행히 거울처럼 방 안을 비추는 유리창으로 보이는 자신의 모습은 무표정해 보였다.

"알겠습니다."

그런 것 원하지 않아요!

소리 질러 버릴까? 저 인간이 한 짓을 다 말해 버릴까? 문득 유리창 속의 인환의 눈과 그녀의 눈이 마주쳤다. 마주 보지 않고도 눈이 마주쳐 버린 두 사람은 서로를 바라보고만 있었다. 한 명은 무심하고 한 명은 먹먹한 눈으로 유리창에 비추는 서로를 바라보았다.

누가 보면 미안해한다고 생각하겠네. 인환의 표정과 눈빛은 수연과 딴판이었다. 그는 자신의 속마음을 내보이고 있었다.

미안하다고 말한다. 죽을죄를 지었다고 말하고 있다. 그래도 당신을 사랑하는 마음은 진심이라고 말하고 있다고 자칫 그렇게 생각 할 뻔했다. 하지만 수연은 절대 속지 않을 것이다. 미안한 마음 따위를 가질 인간이라면 내게 그런 짓을 하지 않았을 테니까. 그렇지만, 그렇다면 저 눈빛은 뭘까? 문득 수연은 궁금해졌다. 나를 사랑한다고 말했었지? 정말로 나 사랑하니? 응? 내가 사랑한 것처럼 그런 사랑이란 것을 하니? 사랑받는 자가 얼마나 오만해지는지 수연은 충분히 알고 있었다. 어떻게 괴롭혀 줄까? 어떻게 하면 그 지긋지긋한 사랑에 당신이 지쳐 떨어져서 그런 것 이제 안 하겠다고 학을 뗄까?

"수연이도 이제 그만 가 쉬어야지?"

김 회장의 말에 두 사람의 눈길이 어긋났다. 수연이 고개를 돌려 김 회장을 바라보았다.

"이 기사와 가는 것보단 오라비에게 데려다 달라는 것이 좋겠지? 이제 네 집이라고 해도 아직은 낯설 테니까 오라비가 데려다주는 게 좋을 것 같구나."

터져 나오려는 비명을 수연은 간신히 참아냈다. 이제 네 집? 그 집이 왜 내 집이 되는 것인가? 난 아직 아무것도 용서하지 않았다구요. 할머니라고 부르는 것은 다 이자의 몰락을 두고 한 거래 때문이라고요. 내가 왜 그 집으로 들어가야 하나요? 손톱이 살을 파고들 만큼 세게 주먹을 움켜잡았다. 다시 마주친 인환의 눈빛이 달라져 있었다. 조금 전의 애달픈 눈이 아니었다.

거래야, 명심해. 착하고 다정한 손녀 노릇을 하기로 했어. 네가 지켜야 나도 지켜.

읽고 싶지 않아도 읽어진 그가 눈으로 하는 은밀한 협박.

"아니오, 할머니."

억지로 수연은 말을 꺼냈다.

"전 여기 있을래요. 할머니 옆에서 있고 싶어요. 그렇게 하게 해주세요."

하고 만다, 아무리 싫어도 그 거래대로 착하고 다정한 손녀 노릇을 해내고 말 테다. 그래서 꼭 바닥을 기는 모습을 보고 말리라.

"여기서 자면 네가 불편하고 힘이 들어."

병실과 거실과 가족실로 구성된 특별실의 구조는 호텔을 연상시켰다. 잔다고 해도 불편할 하등의 이유는 없었지만 처음 만난 손녀를 병원에서 재우는 게 김 회장의 마음을 불편하게 했다. 그런 김 회장의 마음을 알아주는 것처럼 수연이 예쁘게 말했다.

"할머니의 옆이 좋아요. 이제 겨우 만났잖아요. 그냥 여기에 있을게요."

"고집은. 김 양아."

"네, 회장님."

"수연이가 있겠다니까 저 방에 침구 갈고 네가 집으로 가렴. 가서 수연이 방 꾸미고 내일 수연이 입을 옷도 준비해서 가지고 온."

"네, 알겠습니다."

"내 차 타고 들어가렴."

자신의 차까지 선뜻 내줄 만큼 김 회장의 기분은 아주 좋았다. 잠시 김 양이 이리저리 왔다 갔다 하면서 자신이 자던 방의 침구를 갈았다.

"그럼 집으로 가보겠습니다."

김 양이 공손히 인사를 하고 방을 나갈 때 김 회장과 인환은 사업에 대한 이야기로 한창이었다. 인환이 보고하는 내용에 집중을 한 김 회장이 건성으로 손을 흔들었다. 수연이 병실 바깥까지 김 양을 따라 나갔다.

"수고 좀 해주세요, 수연 양."

"네, 들어가세요."

"회장님이 너무 약해지셔서 조마조마했는데 다행이에요. 수연 양 덕분에 그렇게 기운을 차리실 줄 누가 알았겠어요."

수연은 양심의 가책을 느껴졌다. 난 이 사람보다도 할머니 걱정을 안 하고 있어. 내 마음 한구석엔 할머니가 일찍 세상을 떠나도 좋다는 생각을 하고 있어. 정말로 그자가 경찰로 가 자기가 한 짓을 밝힐 것인지 궁금해서 악마처럼 추해지고 있어. 이런 내가 너무 싫고 이렇게 내 마음을 독하게 만드는 그도 싫어.

"그럼 내일 올게요. 회장님을 잘 부탁드려요."

김 양을 보내고 병실로 들어온 수연은 비어 있는 자신의 자리로 가 앉았다. 사업 이야기에 열중해 있으면서 김 회장이 손을 내밀었다. 수연은 가만히 그 손을 잡았다. 세월이 묻어 있는 주름진 손에 갑자기 마음이 짠해졌다. 할머니의 손이야. 내 할머니…….

김 회장의 손을 만지며 수연은 한 번도 본 적이 없는 아빠를 생각했다.

죄송해요, 아빠. 제가 나쁜 생각을 했어요. 할머니가 빨리 돌아가셔도 괜찮다는 그런 생각을 했어요.

수연은 주름진 김 회장의 손바닥에 얼굴을 묻고 울고 싶어졌다.

죄송해요, 할머니.

용서가 안 되는 못된 제가 죄송해요. 용서하고 싶은데 그럴 때마다 엄마가 떠올라서 용서를 못하는 제가 정말 죄송해요.

수연이 두 손으로 김 회장의 손을 잡고 침대에 엎드려 잠이 든 것을 발견한 것은 김 회장이 먼저였다.

"피곤했나 보구나."

하긴, 피곤도 했겠지.

"수연아, 침대로 가렴. 가서 편히 자."

"깨우지 마십시오. 제가 데려다 뉘겠습니다."

혹시라도 잠에서 깰까 조심스런 손길로 수연을 안아 든 인환이 거실에 붙어 있는 방으로 들어갔다. 수연을 내려놓고 인환은 그녀의 신을 벗겼다.

이불까지 덮어준 뒤 인환은 차마 나가지 못하고 아기처럼 잠든 수연을 물끄러미 내려다보았다. 방을 나가야 한다는 것을 알면서도 쉬이 몸이 돌려지지 않았다. 다시는 네가 침대에 누워 자는 모습을 못 볼 거라고 생각했는데. 몰염치하게도 수연의 입술에 키스하고 싶은 욕심이 났다. 그녀의 하얀 볼에 입 맞추고 싶었다.

그럴 자격이 없다, 강인환.

감히 키스는 하지 못하고 겨우 수연의 얼굴에 흐트러진 머리카락을 가만히 귀 뒤로 넘겨주고 인환은 방을 나왔다. 너무 무거워 떼기 힘든 걸음으로 방을 나온 인현은 문을 닫기 전 한 번 더 수연을 돌아보았다.

잘 자.

한 번도 해주지 못한 밤 인사가 그의 입에서 맴돈 순간 인환은 방문을 닫아야 했다.

그래, 그럴 자격이 없잖아.

저속도로라 불러도 될 만큼 차가 밀려 있는 고속도로를 입이 툭 나온 채 철형은 운전 중이었다. 윤희는 철형을 옆 눈으로 째려보았다. 잔뜩 토라져 있는 철형에게 한바탕 퍼부을까 말까 생각 중이었다.

아니, 삐칠 걸 갖고 삐쳐야지.

휴일엔 12시까지 자야 한다는 철칙을 갖고 있는 철형이니 억지로 깨워 바깥으로 끌고 나온 것은 그래, 삐칠 만하다고 치자. 하지만 이게 누구 때문에 하는 일인데? 오히려 삐쳐야 할 쪽은 윤희였다.

인환의 이상한 모습에 수연 씨에 대해 좀 알아보라고 한 것은 철형이었다. 자기 말에 심혈을 기울여 여기저기 파헤치고 다니면서 고군분투하고 있으면 기특해하거나 미안해해야지, 겨우 휴일날 아침 잠 못 자게 했다고 삐쳐? 생각할수록 화가 난다.

에잉.

싸가지를 친구로 둬서 그런가? 이 인간도 점점 싸가지가 없어져 가네.

연애할 땐 그저 윤희를 향해 왜 이렇게 예쁘니. 윤희야, 우리 같이 놀자를 연신 외치고 다니더니 결혼했다 이거지? 잡은 물고기라 이거지?

이래서 여자들이 결혼을 안 하려고 하는 거라고!

속마음이야 그랬지만 잡힌 물고기 신세는 좀 뻔하다.

"자기야."

더럽고 치사하지만 어쩌랴, 일단 아양부터 떨어야지.

"왜."

"아직도 화가 안 풀어졌어?"

"자다가 새벽에 목 끌려 나왔는데 너 같으면 화가 안 나겠어?"

"10시 넘었었어. 그게 무슨 새벽이야?"

"내게 휴일 날 아침 10시면 새벽이야."

"내게도 휴일 날 10시는 천금같아. 그런데 난 그 휴일을 자기 말 때문에 지금 허비하고 있는데 이까짓 운전 좀 해준다고 계속 이럴래? 응?"

윤희의 목소리가 쨍 날카로워졌다. 아차 싶은지 얼른 철형이 얼 더듬었다.

"야, 뭐. 누가 너더러 휴일까지 허비하면서 그러랬냐? 난 단 지……."

"단지, 뭐? 그럼 일하지 말고 휴가 내고 할 걸 그랬나 봐. 아예 사표 내고 할걸. 안 그래?"

"뭘 그런 걸 갖고 화를 내냐? 좀 늦게 나와도 되지 않았을까 하 는 생각에 좀 화를 냈다고 그런 식으로 반응하면 성격 나빠 보인 다."

"지금도 안 빨라. 봐, 차 막히는 거. 올 땐 새벽에 와야 할지도 모른다고. 자기가 좀만 일찍 서둘렀어도 지금 도착했을걸? 아유,

정말 내가 왜 아무 영양가 없는 이런 짓에 시간 허비하고 신경 쓰는지 모르겠네. 싸가지하고 나하고 무슨 상관이라고. 흥. 내가 싸가지 아니면 월급 받고 일할 곳 없을까 봐?”

말은 그렇게 했지만 윤희는 은근히 수연의 일이 궁금하기도 했다.

“그런데 우리가 황금 같은 휴일을 허비할 정도로 지금 가는 곳에서 알아낼 게 많아?”

“뭔가 이상해서.”

사람 뒤를 캐는 것을 그다지 좋아하지 않았지만 그래도 인환과 관계되는 일이라 궁금해서 윤희는 여기저기 자신이 아는 곳에 연락을 해서 수연에 대해 알아냈다.

“수연 씨 엄마가 4년 전에 교통사고로 죽었는데, 마침 그 사고를 담당한 검사가 우리 대학 동기더라. 그래서 수사 기록을 볼 수 있었는데 뭔가 이상해.”

“뭐가?”

“자동차가 아닌 오토바이 사고였거든? 오토바이를 타고 있던 피의자는 택배기사였고 신용불량자였어.”

“근데?”

“굉장히 유능한 변호사를 선임했더라고.”

“무슨 돈으로?”

“그러게. 나도 그게 궁금해. 그리고 말이지, 지금 꽃지해수욕장에서 펜션을 운영하고 있어.”

“무슨 돈으로?”

“나도 궁금하다니까.”

“너 설마…….”

철형의 표정이 홱 굳어졌다.

“인환이 의심하는 거 아니지?”

“말 안 해.”

“박윤희.”

“이름 불러도 소용없어. 난 절대 말 안 해. 그 택배기사가 돈을 받고 일부러 수연 씨 엄마를 죽게 만든 것 같다는 말은 절대 안 할 거야. 아니, 제가 무슨 돈으로 4년 만에 펜션을 경영할 수 있겠냐고. 신용불량자였어. 사기를 쳤거나 도둑질을 했거나 아니면 누군가에게 사람을 죽이는 대가로 어마어마한 돈을 받거나 하지 않았으면 그렇게 펜션을 경영할 정도로 4년 만에 돈을 벌 수 있겠어? 하지만 나는 그런 의심이 든다는 말은 절대 자기한테 하지 않을 거야. 싸가지가 만일 수연 씨 엄마를 그렇게 하라고 시켰다면 내가 그냥 안 있겠다는 말도 하지 않을 거야. 펜션 찾아가 그 남자 족쳐서 싸가지에게 돈을 받았다는 실토를 받아내면 그 길로 경찰로 달려간다는 말 같은 것도 절대 하지 않을 거니까 묻지도 마.”

“무슨 말도 안 되는 소릴 하고 있어. 야, 아무려면 인환이 자신의 야망을 위해 사람까지 해칠까.”

“그래, 그러니까 난 알아봐야겠어. 그 남자한테 그 돈이 어디서 났는지. 그러면 확인을 해야겠어. 그런데 철형 씨, 진짜 대단하다.

싸가지가 수연 엄마 사고랑 관계 있을지 모른다는 내 생각을 어떻게 알아냈어? 난 절대 말하지 않았는데."

말을 말자. 철형은 입술을 앙다물었다. 윤희의 말은 너무도 어처구니가 없지만 그럴 리가 없다고 백 프로 부인할 수 없는 것 때문에 마음이 어두워졌다.

김 회장의 손녀라는 수연 씨의 존재를 처음부터 알고 있었다고 했다. 그 말은…….

갑자기 묵근한 어둠이 철형의 가슴에 내려앉았다. 윤희도 그와 같은 마음인 것이 틀림없었다. 철형은 핸들을 잡은 손에 힘을 주며 마음속에서 올라오는 혹시를 애써 부정했다. 절대 아닐 것이다, 아닐 것이다, 부정을 하고 달려간 그곳에서 만난 남자의 대답은, 그러나 철형과 윤희의 바람을 부정했다.

"내가 무슨 돈으로 펜션을 경영하든 말든 대체 댁들이 무슨 상관인데 따지고 묻는 거요?"

바다에 근접한 예쁜 펜션의 주인인 남자는 느닷없이 찾아와 4년 전 그가 일으킨 사고에 대해 묻는 윤희와 철형을 사나운 눈으로 노려보았다. 절대로 부주의로 일어난 일이라면서 자신은 두 번 다시 그 얘기를 입에 담고 싶지 않다고 말했다. 하긴 이제 잘살고 있으니 예전의 일들을 기억하고 싶지 않은 것은 당연했다. 철형과 윤희가 계속 사고에 대한 말을 묻자 나중엔 화를 버럭버럭 내면서 돌아가라고 소리 질렀다.

"원 재수가 없으려니까."

친절한 펜션 주인의 얼굴은 어느새 아주 험악하고 위험하게 변해 있었다.

"날더러 돈을 받고 사람을 죽였다니, 이것들이 사람을 어떻게 보고 말도 안 되는 소리를 지껄이는 거야? 이봐. 그건 그냥 사고였어. 난들 사고 내고 싶어 낸 줄 알아? 엉? 에이, 씨팔. 재수가 없으려니까 별것들이 나타나서 사람 속을 뒤집네. 무슨 수작질이야? 멀쩡한 사람을 살인자로 만들다니. 뭘 믿고 이러는지 모르지만 이러면 재미없을걸."

"사장님, 우리는 그냥 그 사고 후 갑자기 어디서 이렇게 많은 돈이 생겨 이 펜션을 구입했는지 궁금하다고 말했을 뿐인데, 대체 왜 그렇게 화를 내시고 흥분하시는지 모르겠어요."

윤희는 생긋거리면서 계속 말을 하고 철형은 얼굴이 벌게진 남자를 날카롭게 주시했다.

"그 당시 꽤 곤궁하신 편이었는데 꽤 유능하고 비싼 변호사를 선임하셨잖아요."

"뭔 상관이야! 남이야 무슨 돈으로 펜션을 구입하든 말든. 내가 너희들 돈을 훔치기라도 했어? 왜 이래, 이거."

"인사 사고임에도 불구하고 3년형을 받고 2년 만에 특사로 나오고 나오자마자 바로 이 펜션 구입하고. 그런 게 다 이상하지 않아요? 사고 전에는 신용불량자였는데."

"남이야 신용불량자였든 아니든 뭔 상관이야, 그런 게."

"혹시 그 사고랑 무슨 연관이 있는 것은 아닐까 하는 생각이 들어서요."

"이것들이 미쳤나? 죽고 싶어?"

"많이 흥분하셨네요. 갑자기 너무 화를 내시네."

"나더러 사람 죽이고 돈 받은 것 아니냐는 말을 하는데 내가 화가 안 나?"

"그렇게 말한 적은 없어요. 그냥 갑자기 어디서 돈이 생겼나 궁금하다고 말씀드린 것뿐인데."

"갑자기 이상한 소리들을 하는데 당신들 같으면 화가 안 나겠어? 그건 사고였다고. 젠장할, 사람 죽은 사고를 댁들이라면 기억하고 싶겠어? 엉? 얘기하고 싶겠냐고. 아무 말도 하기 싫으니까 당장 돌아가시오. 문제 일으키고 싶지 않소. 에이, 씨팔. 재수가 없으려니까 갑자기 별걸 다 따지면서 행패들이네."

"따지긴요. 제가 사장님이 일으킨 오토바이 사고로 사람이 죽는걸, 누군가의 부탁으로 일으켰다는 생각이란 말은 절대 하지 않았는데요. 이런 펜션을 경영할 정도로 많은 돈을 주었다면 얼마나 엄청난 배후가 뒤에 도사리고 있을까 하는 말도 하지 않았고요, 그 배후가 적이 있다면 그 힘도 막강할 정도란 생각을 하지 못하나 보다라는 말도 하지 않았어요. 할 말은 많죠, 사고에 대한 진실을 파헤치려 든다면 과연 어떤 일이 일어날지 생각해 보세요. 사고가 미필적 고의에 의한 과실치사가 아니라면 문제가 크지 않을까요? 그 당시는 문제되지 않고 슬쩍 묻혀 버린 CCTV의 영상을 토대로 사장님을 살인으로 다시 기소한다면 어찌 될까요? 전 그

영상 보았어요."

"영상이라니?"

"왜 그게 법정에서 다뤄지지 않았는지 모르지만 CCTV의 영상에 사장님이 한지희 씨가 나오는 것을 기다리고 있는 것처럼 보이는 영상이 찍혔어요. 피하는 한지희 씨를 쫓아가 그대로 들이받는 화면이오."

당황하는 남자의 얼굴을 보며 역시 뭔가 있는 것이 틀림없다는 생각으로 윤희와 철형은 얼굴을 마주 보았다.

"나, 난 할 말 없소."

당황해서 돌아서는 남자를 보니 뭔가 있다는 확신이 강해졌다. 그의 등을 향해 윤희가 말을 던졌다.

"혹시 강인환 씨를 아시나요."

"몰라."

아주 빠르게 남자가 대답했다. 너무도 빠른 대답이 안다는 것처럼 느껴져 그만 맥이 풀려 버렸다.

"누군지, 난, 나는 몰라. 정말 몰라. 그런 사람 모른다고."

남자는 굳게 문을 닫고 들어가 버렸다. 몇 번이나 문을 두드렸지만 닫힌 문은 다시 열리지 않았다.

"좋아요, 사장님. 다음엔 검사와 다시 오죠 뭐. 위증으로 고발되시면 그때도 지금처럼 문 닫고 안 나오실 수 있으실지 궁금하네요. 살인사건이고 살인교사에 대해 저번처럼 쉽게 빠져나가실 수 있으세요? 게다가 사장님이 주장하는 사고로 죽은 사람은 그때는 평범한 사람이었는지 모르지만 지금은 아니거든요. 그분 선양그룹의 패밀리예요. 선양그룹에서 자체조사 들어가면 사장님 뒤를 봐준 배후 금방 드러날 텐데, 거기다 재수사 들어가서 자꾸 경찰이니 뭐니 찾아오면 펜션이 계속 운영될 수 있을까요? 그리고요, 요즘은 인터넷 때문에 말 없는 말이 억 리를 가는 것 아시죠? 내가 당장 서울 올라가서 여기 펜션 사장님이 4년 전에 인사사고 내고 형 사셨는데 지금은 성공하셔서 펜션 운영하신다고 인간 승리네요, 라고 블로그에라도 올리면 어쩌실 거예요? 사업이 더 잘 될까요? 안 될까요?"

저런 말도 안 되는 것을 협박으로 하고 있냐? 철형이 어처구니없어하는데 벌컥 문이 열렸다.

"대체 뭘 원하는 거요?"

"돈 준 사람 이름이오."

"그, 그럼 내게 돌아올 이익은 뭐요?"

윤희도 철형도 아무도 대답하지 않고 빤히 바라보기만 했다. 결코 대답을 들을 수 없다는 것을 알아차린 남자가 툭 던지듯 말했다.

"최소한 인터넷에 쓸데없는 말 옮긴다거나 이 동네 여기저기 쑤시고 다닌다거나 하는 짓을 그만둔다는 약속은 해주쇼."

"좋아요."

"강인환이오."

"정말 강인환이 줬어요? 직접 그에게 받았어요?"

"아니오. 강인환이 주란다면서 어떤 여자에게 전해 받았소."

여자? 말도 안 되지 않나? 인환이가 여자에게 자신이 한 일을 드러내는 심부름을 시킬 리가 있나. 하지만 철형과 달리 윤희는 인환이란 이름에 그만 화르륵 불타올랐다. 내 이걸 그냥 안 둬. 내일 당장 회장님께 다 말해 버릴 거야.

"그 여자 이름이 뭔데요? 몇 살이나 된 여자예요?"

"이름은 모르고 나이는 한 30? 젊은 여자였수다."

윤희와 철형은 얼굴을 마주 보았다.

"암튼 난 다 이야기했으니까 그만 찾아오쇼. 일사부재리의 원칙이란 것도 있으니 이미 형 받고 나온 사고 물고 늘어지지 마쇼. 솔직히 그 여자 죽은 것은 그 여자나 나나 재수가 없어서 일어난 일이지. 아무리 돈을 받았다고 해도 누가 진짜로 사람을 죽이려고 들이받겠소."

그 말을 하고 남자가 다시 문을 탕 닫고 들어가 버렸다.

chapter 10.

사랑, 그 잔인한 유희

　잠에서 깨어난 수연은 잠시 어리둥절해졌다. 눈에 보이는 하얀 천정은 그녀에게 아주 낯설었다. 아, 병원이지. 어제의 일이 생각났다. 그런데 내가 언제 여기로 들어와 잠들었을까? 몸을 일으키던 수연은 발치에 놓여 있는 종이가방을 발견하고 집어 들었다. 안엔 새 옷이 몇 벌 들어 있었다. 수연은 가방 속에 든 새 칫솔을 꺼내 들고 욕실로 들어갔다. 양치질을 하는데 방문이 열렸다.

"일어났어요?"

수연은 칫솔을 입에 문 채 김 양에게 고개만 끄덕여 인사했다.

"필요한 옷하고 속옷 사왔는데 맞나 모르겠어요."

"감사합니다."

"갈아입고 나와서 아침 드세요."

옷을 갈아입고 방을 나오니 김 양이 김 회장의 침대 옆에 탁자를 끌어다가 아침상을 차리고 있었다.

"할머니, 안녕히 주무셨어요?"

"그래, 너도 잘 잤니?"

"네, 할머니. 그런데 특실에서 이렇게 호화롭게 음식이 나오나요?"

"제가 집에서 싸왔어요. 회장님은 곧 병원식이 나올 거예요. 그러니 어서 앉으세요. 본부장님도 어서 나오시고요."

비로소 수연은 인환도 이곳에서 잠을 잤다는 것을 깨달았다. 거실에 달린 욕실 문이 열리고 인환이 나왔다. 머리와 얼굴에 아직 물기가 아롱진 모습으로 인환이 자리에 앉았다. 비누와 스킨이 어우러진 향이 상큼하게 수연을 자극했다.

"잘 잤어?"

아침인사 할 때마다 어떻게 나를 무시했지? 인환에게 되갚아주고 싶지만 다른 사람들에게 이상하게 보이기 싫었다. 하지만 인사도 하기 싫었다.

"여기서 주무셨나 봐요?"

"회장님께서 병원에 입원하시면 본부장님도 늘 병원에서 주무세요."

어쩐지 입술이 비죽거려지는 걸 참고 수저로 손을 뻗는데 인환이 먼저 수저를 집어 수연에게 내밀었다.

"이런 식의 대접은 너무 과해요. 그래서 거북하고 불편해요."

"나는 해주고 싶었어."

인환이 살짝 입끝을 올렸다. 미소 비슷한 것이 그의 입가에 흐르듯 지나갔다. 그 뻔뻔함에 그만 분통이 터지려고 했다.

"보기 좋구나, 다정해 보여서."

김 회장의 말에 수연은 입술을 깨물었다. 죽었다 깨도 다정해져선 안 되는 사람이에요, 이 남자. 이렇게 같이 앉아 밥을 먹을 수도 없는 사람이라고요. 내게 미소 같은 것은 더더욱 지어서는 안 되는 사람이에요.

"회장님, 돌아가서 수연 양의 방을 꾸미겠습니다. 수연 양이 회장님 곁에 있고 싶으시다고 방 꾸미는 것을 전부 제게 일임했어요."

"그래. 2층에다 꾸미고 김 양이 수고 좀 해라."

"수연 양, 가구나 침구에 대한 취향이 따로 있으세요?"

"수연아?"

그때야 자신의 대답을 기다리고 있다는 것을 알아차린 수연이 얼른 고개를 흔들었다.

"없어요."

"그냥 모던하게 꾸밀까요? 아니면……."

"모던한 스타일보단 조금 클래식한 것이 어울릴 것 같은데."

인환의 말에 모두의 시선이 쏠렸다.

"상당히 여성적이고 귀족적이니 커다란 캐노피 침대라든지 바로크 양식의 가구로 방을 꾸미면 왕녀의 분위기가 나면서 잘 어울릴 것 같아.”

반대하려다 수연은 생각을 고쳤다.

“신기하네요.”

무조건 방긋 웃었다.

“사실 저는 바로크 양식의 가구를 굉장히 좋아해요. 캐노피 침대도 좋아하고요.”

“그러면 바로크 양식으로 방을 꾸며볼게요.”

“그래 주세요. 기왕이면 아주 크고 예쁜 캐노피 침대를 찾아주세요. 나중에 결혼해서 계속 쓸 수 있게 크고 튼튼할 걸로요.”

“결혼?”

김 회장의 얼굴이 확 밝아졌다.

“상대가 있니?”

“아니오. 하지만 하고 싶어요. 따뜻하고 형제도 있고 양친 부모 다 계신 그런 남자랑.”

“수연 양의 조건은 다른 여자들과 다르네요. 대부분 여자들은 시가족이 많지 않은 걸 좋아하는데. 시월드가 너무 번성하면 여자가 힘들거든요.”

“제가 부모님이 안 계시니 시부모님이라도 계시는 것이 좋고 제게 형제가 없으니 상대 쪽의 형제가 많은 것이 좋아요.”

사랑한다고 했던가? 그랬어? 그럼 말이야, 당신이 3년 동안 놀다 버린 여자에게 당신은 절대 가질 수 없는 조건의 남자와 결혼하고 싶다는 말을 듣는 기분은 어때?

차가운 수연의 눈과 뜨거운 인환의 시선이 허공에서 맞부딪쳤다. 분노하는 거야? 정말로? 인환의 표정은 그다지 변화가 없었다. 하지만 그의 눈 속에서 뭔가가 용틀임 치고 있는 것을 수연은 알아차렸다. 인환의 검은 눈빛이 흔들리고 입가가 꽉 악물어졌다. 3년 동안 당신만을 향했던 나의 촉이 이제 당신의 마음을 읽고 있어. 화가 나는 거야? 응? 화가 나? 정말로 나를 사랑해서 질투라도 하는 거야?

문뜩 정말로 결혼을 하면 이 남자의 반응이 어떨까 하는 생각이 들었다. 정말 아무 남자하고라도 결혼을 해버려? 너무도 유치하고 어이없는 발상에 갑자기 피식 웃음이 났다.

"수연아."

"네."

"내가, 네가 원하는 그런 남자가 있나 찾아 봐도 되겠니?"

아니오. 대답하려던 수연의 말은 인환이 탁 수저를 내려놓은 소리에 막혀 버렸다.

"그만 먹겠습니다. 먼저 일어나겠습니다."

미처 누가 말문을 열기도 전에 인환이 욕실로 들어가 버렸다. 인환은 치약을 집어 들었다. 다른 남자와 결혼하겠다는 수연의 말에 대한 분노일까? 아니면 다른 남자와 결혼할 것이란 자각이 준 공포일까? 가늘게 그의 손이 떨리고 있었다. 그래, 넌 언젠간 결혼하겠지. 당장 내일이라도 결혼할 수 있어. 커다란 캐노피 침대, 그리고 그 안에 있는 수연과…… 그녀와 결혼해서 같이 있을 남자를 떠올리며 주먹이 꽉 움켜쥐어졌다.

자격이 있든 없든 무슨 짓을 했든 말든 그런 것 상관없이 질투란 놈이 고개를 쳐들어 버렸다. 염치없게도 말이다. 하지만 한수연, 그렇게 웃으면서 내 마음에 상처 내다니, 너 참 잔인해졌다. 아니, 상처 내기 위해 일부러 그런 말을 한다는 것을 알면서도 상처받고 있는 내가 바보 같아진 것인지 모르겠구나.

사흘 후 김 회장은 퇴원을 했고 수연은 바로크 시대의 호화로운 가구로 채워진 그녀의 방이란 곳엘 처음으로 들어갔다. 동쪽과 남쪽으로 난 두 개의 거대한 창으로 인해 방은 무척 밝았고 무척이나 넓었다.

“마음에 드세요?”

“네.”

“집에서 가장 전망이 좋고 환한 곳이에요.”

언제까지 살지 모르지만 방은 무척이나 호화로웠다. 하지만 영화에서나 보던 운동장만큼 넓은 방은 사람의 손을 타지 않은 가구들로 인해 모델하우스 느낌이 났다. 언제까지 있게 될까? 열심히 방을 꾸며준 김 양에겐 미안하지만 오래 있고 싶지 않았다.

“그럼 좀 쉬세요. 회장님도 쉬신대요.”

“네. 감사해요, 신경 써주셔서.”

“별말씀을. 할 일을 했을 뿐인걸요.”

내가 할 일은 뭘까? 할머니의 착한 손녀? 언제까지? 갑자기 화가 치솟아올랐다.

뭐, 이런 경우가 다 있어. 짧기를 바라는 것은 할머니가 빨리 돌아가시기를 바라는 것이고 길기를 바란다면 강인환과 긴 시간을 같이 지내야 한다는 것 아닌가. 강인환, 당신 대단해. 어떻게 이런 조건을 내걸어서 사람을 힘들게 만들어?

누군가를 사랑하는 게 나는 싫다고. 또다시 사랑하는 사람에게 모든 것을 걸고 바라볼까 봐 나는 싫다고, 아무리 할머니라도 그래서 사랑하지 않을 거라고.

침대에 누워 예쁘게 늘어진 공단의 침대 덮개와 태슬을 바라보다가 수연은 휘장을 빈틈없이 내렸다. 이제 침대는 작은 텐트 속, 아니, 엄마의 자궁처럼 따뜻했다. 이곳이 엄마의 자궁이라면 좋겠다. 그럼 자고 나면 다시 태어나는 거잖아. 눈을 감고 시트를 끌어올렸다. 명주의 매끄러운 느낌이 기분 좋았다.

그와 덮었던 시트도 이렇게 부드러웠어. 그리고 따뜻했고.

잠결에 아무 저항 없이 인환을 생각하며 수연은 작게 미소 지었다. 그리고 가물가물 잠 속으로 빠져들어 갔다.

"수연 양, 수연 양."

겨우 눈을 뜬 수연은 자신을 내려다보고 있는 김 양을 발견하고 일어나 앉았다.

"잠들었었나 봐요, 잠깐 누웠었는데."

"피곤도 하겠죠. 삼 일 내내 편히 못 잤잖아요. 깨워서 미안해요."

"아니에요."

"양재동 사모님 오셨어요. 수연 양 좀 내려오라고 하는데요."

내려오라? 인환과 같이 살 때 시도 때도 없이 와서 그녀를 불러 내리던 도경이 생각났다.

"나 피곤해요. 지금은 아무도 만나고 싶지 않아요. 그러니 그렇게 전해주고요, 아무도 만나지 않고 그냥 쉴 거니까 내가 내려갈 때까지 누구도 방해하지 않게 해주세요."

지난 사흘 병원에서 수연은 고모님이나 양재동 사모님 등 어떤 호칭으로도 부르고 싶지 않은 도경 때문에 무척 피곤했다. 틈만 나면 도경은 그녀의 귀에 속삭거렸다.

『할머니께 잘해라. 절대 노엽게 하지 마. 그리고 기회 봐서 유언장 이야기 좀 하렴. 네 거 인환에게 가게 둘 수 없잖니? 너 여기 오기 전에 할머니가 모든 재신을 인환에게 준다고 했단다.』

오늘도 또 그 이야기를 하려고 왔겠지. 그런데요, 고모님. 병원에선 안 볼 수가 없어서 계속 봤지만 이젠 얘기가 달라졌어요. 난 이제 보고 싶지 않은 사람 안 보려고 해요. 네 거 인환에게 가게? 내 게 뭐가 있는데? 원하지 않아요, 아무것도. 원하는 것은 오직 하나 강인환의 몰락. 난 그러면 충분하답니다.

수연이 만나는 것을 거절했다는 말에 도경은 펄펄 뛰고 싶었다. 이런 버르장머리 없는 것이. 당장에라도 2층으로 뛰어 올라가 수

연에게 퍼붓고 싶었으나 김 회장의 앞이라 그러지 못하고 올라오
는 성질을 꾹 눌러 참았다.

"수연이가 좀 당돌한 데가 있네요. 어른이 내려오라는데 피곤
하다고 안 내려오는 것을 보면."

"피곤도 할 게다. 삼 일 동안 내 수발을 그 애가 다 들었잖니."

"아무리 피곤해도 그렇죠. 그래도 내가 명색이 고몬데 그렇게
나오면 내 얼굴이 뭐가 되겠어요? 잠시 내려왔다 올라가면 되잖아
요."

명색이 고모에다 제 위치 찾아준 은인 아닌가. 도경의 입술이
실룩거렸다.

"놔둬라. 지도 피곤하니 그랬겠지. 그보다 너, 수연이 남편 감
좀 물색해 보련?"

"수연이 결혼시키게요? 아니, 찾은 지 며칠이나 됐다고 벌써 시
집보낼 생각을 하세요?"

"내가 얼마나 살겠니? 나 살았을 때 짝 채워줘야 여한이 없지.
양친 부모 있고 형제도 많고 인성 바르면 다른 조건 안 볼 생각이
다. 그러니 주위에 그런 사람 있나 물색해 봐. 유찬이처럼 밝
은…… 그래, 차라리 유찬이랑 짝 지워줄까?"

"그, 그게 무슨 말씀이세요? 말도 안 되는 말씀 하지도 마세요.
어떻게 우리 유찬일 수연이랑 엮으실 생각을 해요?"

도경이 빽 소리 질렀다. 너무도 펄쩍 뛰는 도경의 반응에 김 회
장이 눈을 좁혀 떴다. 그런 제안을 하면 반가워 펄쩍 뛰어야 할 텐

데 싫다고 펄쩍 뛰어?

"너, 지금 수연이가 유찬에게 모자란 상대라는 거냐?"

"아니오, 그런 말이 아니에요."

"그런데 왜 그리 펄쩍 뛰어?"

"어머니, 유찬이랑 수연이는 외사촌 간이잖아요."

"무슨 외사촌이야. 네가 딸이긴 해도 수양딸이고, 그러니 법이나 도덕적인 것엔 아무 문제가 없는데."

도경의 얼굴이 새파래졌다. 이 노인네가 미쳤나? 법적으론 아무 문제가 없을지 모르지만 엄연한 사촌 간 아닌가. 그런 사실을 누구보다 잘 알면서 왜 이런 말을 하는 거야?

"어머니, 수연의 일로 너무 서두르지 마세요. 우선은 어머니 건강이 먼저잖아요. 그러니 지금은 어머니 건강만 생각하세요."

혹시 나를 떠보는 건가? 도경의 등에서 식은땀이 주욱 흘러내렸다.

수연 대신 온 바리스타는 솜씨가 좋은지는 모르지만 재미는 없는 여자였다. 재미도 없는데다 빈틈도 없어 보였다.

"에이 씨."

모닝커피 마시러 오는 재미가 사라져 버렸다. 하품을 하며 들어서는 세나를 향해 웃어주던 수연이 그리웠다.

"커피 줘요, 좀 진하게."

"알겠습니다. 잔 고르시겠어요?"

"그냥 큰 잔에다 담아줘요."

"좋은 아침이죠?"

"그러네요."

나름 친절하게 말을 걸어왔으나 세나는 새로 온 바리스타가 그닥 마음에 들지 않았다. 자격지심인지는 모르겠지만 세나의 얼굴을 자꾸 흘끔거리는 것이 마치 오늘도 세수 안 했소? 하는 것 같았다.

세수 좀 하지?

수연이 그렇게 웃으면서 말할 땐 아무렇지 않았는데 다른 사람은 그냥 흘끔거리는데도 이상하게 세수 안 한 그녀의 모습을 비웃는 것 같은 생각이 든다.

세수했다고. 다만 화장을 안 했을 뿐이야. 분명 세수를 했는데 밤샘의 결과는 뻔하지 않은가. 얼굴은 찐빵 같고 전체적으로 다 꼬질꼬질해 보일 거란 생각을 하자 주눅이 들어버렸다. 마음이 편치 않아 더욱 수연이 그리워졌다.

이래서 구관이 명관이라니까.

수연은 할머니를 간호하러 간다고 사라져 버렸다. 자기 대신 일할 바리스타까지 구한 걸 보면 꽤 오래전부터 그럴 생각이었나 본데, 여타부타 말이 없이 휭 사라져 버린 것에 세나는 몹시 서운했다.

할머니 병문안을 해야 한다고 갔지? 1년이나 같이 있었으면서 어쩌면 그렇게 철저하게 자신에 대해 한마디도 하지 않았을까? 천

애고아인 줄 알았는데. 그래서 1년 동안 외출 한 번 안 하고 찾아오는 사람이 한 명도 없다고 생각했는데. 그런데 할머니가 있단다. 할머니가 있으면 부모 형제도 있고 친구들도 있을 것이다. 수연이 그동안 생각했던 하늘에서 뚝 떨어진 사람은 절대 아닌 모양이었다.

"나쁜 놈."

저절로 욕이 나와 버렸다. 그동안 자신에 대해 한마디도 안 한 수연이 괘씸하기만 했다. 5일이나 지났는데도 전화 한 통 없는 것도 괘씸한 생각을 더 크게 만들었다. 너무하잖아. 세나는 전화기를 만지작거리다가 문자를 누르기 시작했다.

「뭐 하고 사니?」

조금 후 수연에게 답문이 왔다.

「잘 먹고 잘살아.」

이씨. 너 그렇게 살면 안 돼. 어쩐지 이젠 괘씸하기까지 했다. 아무리 요즘 신비주의가 먹힌다 해도 그렇지 어떻게 그럴 수 있니? 자신에 대해서 어쩌면 그렇게 입 다물고 살 수가 있어? 그래 놓고 이젠 뭐? 잘 먹고 잘살아? 좋겠다. 이젠 내 작업실에서 안 자고 안 먹고 다른 곳에서 잘 먹고 잘산단 말이지?

「나쁜 놈. 연락 한 번 안 하고.」

재빨리 답문을 보내고 기다렸지만 수연에게서 아무런 문자도 되돌아오지 않았다. 대신 그녀의 앞에 잔이 놓였다.

"커피 나왔습니다."

커피도 커피와 같이 준 머랭도 별 맛이 없다. 수연이 만들어준 머랭은 맛있었는데. 아주 가끔 수연은 머랭을 만들어서 커피를 마시는 손님들한테 서비스로 내놓곤 했었다. 수연이 만드는 머랭은 생긴 것도 예쁘고 맛도 좋았다. 새로운 바리스타는 수연처럼 직접 만들지 않고 제과점에 주문을 해서 그것을 커피와 함께 주고 있었다.

바삭, 입에 넣고 씹으며 세나는 스푼으로 커피를 한입 떠먹었다. 스푼으로 마시기 없기! 수연이 봤으면 그렇게 말하며 예쁘게 눈 흘겼으리라.

"스푼으로 마시기 없기!"

엥? 정말 한수연?

뭐야, 네가 홍길동이냐? 바람처럼 나타나게.

"내 욕하고 있었지? 답장 안 한다고 전화기 노려보면서?"

"아니다!"

얘가 누굴 성질 고약한 사람으로 만들고 있어? 세나가 씩씩거렸다. 뭐, 조금은 욕을 하고 있었지만 속으로 한 것이니 아니라고 하면 절대 아닌 것이다. 내 속을 들여다볼 재주는 없을 테니까 똑 잡아뗄 거다.

"괜찮아, 욕했다고 해도 화 안 낼게."

"안 했거덩!"

"정말? 그럼 내가 아는 세나가 아닌데?"

"안 했어, 안 했어. 난 뭐 욕만 하는 사람인 줄 알아?"

"그럼 내 생각도 안 했단 말이잖아. 그건 좀 서운한데."

우씨. 1년밖에 같이 안 있었는데 나에 대해 너무 잘 알잖아. 그래도 우길 땐 끝까지 우겨야 한다.

"네 생각을 뭐 하러 하나? 바빠 죽겠는데. 내가 이래 봬도 엄청 바쁘다."

세나의 속을 다 안다는 얼굴로 수연이 웃었다.

"그동안 전화 못해서 미안해. 전화보다는 직접 와보려고 하다가 열흘이나 지났네. 여기 오는데 네 문자 보고 깜짝 놀랐어. 어라, 세나가 내가 오는 것을 알고 문자를 하나? 하고. 그런데 박세나, 나 나쁜 놈 아니야."

세나는 찬찬히 수연의 위아래를 살폈다. 뭔가 분명 수연이 달라져 있었다. 입은 옷이 달라져서 그런가? 수연이 입고 있는 옷은 튀지는 않았지만 은근하게 고급스러웠다. 하지만 꼭 옷 때문에 그런 것은 아닌 것 같았다. 수연은 전체적인 느낌이 많이 달라져 있었다.

"아냐, 나쁜 놈 맞아. 배신자처럼 휘리릭 가버렸잖아. 작별 인사도 않고.”

“작별한 적도 없고 할 생각도 없는데 왜 작별 인사를 하겠어?”

그런가? 어쩐지 기분이 좋아지는 말이어서 세나는 자신도 모르게 벙긋 웃었다.

“할머니는 어떠셔?”

탁 하고 문이 닫힌 느낌이 왔다. 뭐야, 왜 그래? 자신의 신상을 물으면 입을 딱 다물었던 수연이 도로 나타났다. 지겨운 신비주의. 네 신상 이야기를 듣는 날은 아마도 지구상의 미스터리가 모두 자취를 감춰 버린 날이 될지도 모르겠다.

“……괜찮으셔. 많이 좋아지셨어. 병원에서 집으로 옮기셨어.”

오호? 수연이 결코 말하지 않을 것이란 생각이 보기 좋게 빗나가 세나는 입을 크게 벌렸다.

“커피 드릴까요?”

바리스타가 공손히 물어왔다.

“네, 더치커피 주세요. 머그잔에다가.”

”새하얀 잔에 따른 커피를 받아 든 수연이 음미하듯 한 모금 마셨다.

“커피는 네가 뽑은 게 훨씬 맛있어.”

바리스타에게 들리지 않게 세나가 소곤거리자 수연이 풋 예쁘게도 웃었다. 여자가 변하는 것은 순간이구나. 수연을 보고 있자니 자꾸만 신기한 생각이 들었다. 수연에게서 1년간 보던 것과 다른 이질감이 강하게 풍기고 있었다.

“어, 왔구나.”

어쩐지 오늘은 좀 늦다 생각하고 있는데 혁진이 들어왔다. 수연을 발견하고 빠르게 다가온 그의 손이 수연의 어깨에 닿으려던 순간이었다. 수연의 뒤를 따라 들어와 문 옆 테이블에 앉아 있던 남자가 턱 그 앞을 가로막았다.

“뭐야?”

수연까지 남자의 돌연한 태도에 놀라 버렸다. 수연은 남자를 보고 살짝 인상을 썼다.

“이 기사님, 돌아가지 않으셨어요? 있다가 제가 알아서 간다고 먼저 돌아가시라고 했잖아요.”

“모시고 올 때까지 옆에 있으라고 하셔서요.”

수연의 인상이 미미하게 찌푸려졌다.

“누가요?”

“본부장님이오.”

수연은 눈을 감고 숫자를 셌다. 인환이 없는 지금 다른 사람에게 화를 풀 생각은 없었다.

“이 기사님, 지금이라도 돌아가세요. 저 고약해지면 대단해져요.”

“하지만 본부장님께서…….”

“할머니께 제가 이 기사님 싫다고 말씀드려요?”

“아가씨!”

“정말 그럴까요?”

“아가씨.”

“그러니까 그냥 가시라고요. 제가 알아서 돌아갈 테니. 본부장
님께도 이 기사님께 피해 안 가게 말씀드릴 테니 돌아가세요.”

이제 넌 예전의 네가 아니다, 라고 주위 사람들은 말했다. 그리
고 정말 모든 것이 변해 버렸다. 외출을 나오는데도 기사 겸 보디
가드로 사람이 옆에 붙을 만큼.

이 기사가 마지못한 얼굴로 일어나 카페를 나가자 눈이 동그래
진 세나가 수선을 피웠다.

“우와, 너 아가씨였어? 와, 와, 와. 아가씨였단 말이지?”

“아가씨는 너잖아.”

“내가 무슨 아가씬데?”

“내가 얼마나 많이 보고 들었는데. 자기 새언니에게 아가씨라
고 불리는 거.”

“무슨!”

세나가 수연의 몫으로 나온 머랭을 입에 넣었다.

“수연이 만든 머랭 먹고 싶다. 커피랑 마시면 딱 좋았는데.”

“머랭 만들어줄까?”

정말? 세나가 눈을 빛냈다.

“응, 머랭 만드는 거야 쉬우니까.”

“좋지.”

“애들이 왜 이래? 머랭보다 초콜릿을 만들어야지. 내일이 발렌
타인데인데 만들 초콜릿은 안 만들고 무슨 머랭이야.”

혁진의 말에 세나가 흥 코웃음 쳤다.

"그런 걸 뭐 하러? 줄 사람도 없는데."

"나 있잖아."

"웃기시네. 내가 왜 초콜릿을 만들어 너를 줘야 하는데?"

초콜릿.

머랭을 산더미처럼 만들어도 초콜릿만은 절대 만들지 않을 생각이었다. 발렌타인데이 때 만들었던 초콜릿을 생각하면 지금도 수연은 화가 난다. 초콜릿을 만드는 것도 선물을 건네는 것도 다시는 하지 않을 셈이었다.

끼익. 김 회장의 집 앞에서 택시가 멎고 수연이 내려섰다. 언덕 위의 집은 언덕보다 훨씬 높은 담으로 둘러싸여 있었다. 이곳은 거짓의 성, 저 담보다 더 높은 거짓으로 그녀를 둘러싸야만 하는 곳이다.

"수고하셨어요."

요금을 치르고 돌아선 수연은 숨을 고르고 벨을 눌렀다. 안으로 들어가자 낯익은 얼굴들이 모두 모여 있었다. 인환과 도경, 그녀의 아들 유찬, 그리고 최수민 등. 담소 중인 듯 화기애애해 보였다. 인환과 수민이 나란히 앉아 있었다. 그것을 보자 갑자기 수연의 뱃속에서 불끈 불이 치솟기 시작했다.

"다녀왔습니다."

딸려 보낸 이 기사를 돌려보내고 늦게까지 들어오지 않아 은근히 걱정하고 있던 참이라 김 회장은 안도하며 고개를 끄덕거렸다.

“재밌게 놀았니?”

“네. 죄송해요, 늦었습니다.”

“늦긴. 뭐, 그닥 늦진 않았다만…… 하긴 본부장이 아까부터 안절부절못하고 있긴 했다. 너 기다리지 않고 그냥 왔다고 이 기사만 잔뜩 혼내고.”

안절부절? 안절부절못할 이유가 뭐래? 저절로 표정이 굳었지만 수연은 내색치 않기 위해 안간힘을 썼다.

“친구 만나러 갔다 왔다면서? 재밌게 놀았니?”

“네. 오셨어요.”

하루에 한 번씩 오고 있는 도경의 관심은 좀 지나쳤다.

뭐 하니? 수연을 볼 때마다 물었다.

어디 가니? 같이 있다 일어서도 물었다. 별로 상관하고 싶지 않은데 꼬치꼬치 묻고 늘 옆으로 불러대는 도경이 귀찮았지만 수연은 아직 아무 내색도 하지 않고 있었다. 수연은 다른 사람들을 향해 고개 숙여 보였다.

“왔어요?”

“잘 지내셨어요?”

수민에게 지겹게 잘 지냈죠. 이렇게 말하면 빈정거리는 것처럼 들리려나? 수연은 고개만 끄덕거렸다. 인환을 애써 외면했다.

이런 식으로도 의식하고 싶지 않아, 나는! 그저 있으면 있나 보다 없으면 없나 보다 그러고 싶은데 왜 그게 안 될까?

“어이, 외사촌 동생. 동생이 들어오니까 갑자기 달콤한 냄새가

진동을 한다.”

“친구랑 머랭을 만들었더니 냄새가 뱄나 봐요. 미쓰 김, 죄송하지만 접시 좀 갖다줄래요?”

“이야, 참을 수 없을 만큼 달콤하잖아. 이리 와라. 내가 한입에 삼켜주마.”

유찬이 수연의 어깨를 얼싸 안고 그녀의 머리에 입을 갖다 댔다. 수연은 허물없이 다가오는 유찬을 밀어내지 못하고 애매하게 웃었다. 인환의 눈이 순간적이지만 불이 확 켜진 것처럼 분노가 지나갔다고 생각된 것은 그녀만의 착각일까 아니면 정말 질투를 한 걸까?

인환은 그녀에게 사랑한다는 말해 그녀를 분노하게 했다. 수연은 그때 몸을 떨 정도로 화를 냈었고 진심이라고 생각지도 않았다. 하지만 정말로 나를 사랑한다면? 이런 모습에 질투를 느낄 정도로? 이 무슨 희극일까? 인환의 눈빛이 타고 있다. 정말 질투를 한단 말이지? 가학적인 만족감이 수연의 마음에 가득 들어찼다.

“하지 마요.”

수연은 손을 뿌리치는 대신 유찬을 향해 달콤하게 웃었다. 이제야 알겠다. 사랑한다는 고백이 받는 상대에게 얼마나 큰 무기가 될 수 있다는 것을.

축하해, 그 지긋지긋한 사랑을 하게 된 것을. 지옥처럼 괴로운 그 사랑에 빠져든 것을. 그러니 부디 오래오래 사랑해. 인환의 눈길 한 번을 애타게 바라고 관심 한 조각을 받기 위해 끝없이 갈망

했던 그때의 나만큼. 외면당하고 비참해지는 걸 겪어봐.

"외할머니, 수연이 저 주신다고 했다면서요. 지금 먹어버려도 돼요?"

"무슨 소리예요?"

"어, 못 들었어? 할머니가 네 남편감으로 나 낙점 지으신 거."

도경이 집에 돌아와 펄펄 뛰며 노인네가 미쳤나 어쨌나 하며 야단을 하는 통에 유찬은 김 회장이 했던 말을 알고 있었다.

"말도 안 돼요, 외사촌 오라버니."

"왜 말이 안 돼? 우린 진짜 외사촌도 아니잖아. 법으로도 실질적으로도. 그러니까 나한테 시집와라. 아니, 지금 먹어버리면 별 수 없이 시집와야지? 자, 먹어주마. 음. 머리카락도 아주 달콤한데?"

유찬이 수연의 머리카락을 몇 가닥 입에 물고 잡아당겼다. 놀란 수연이 몸을 뒤로 뺀 순간이었다.

탁! 인환이 찻잔을 탁자에 소리 나게 내려놓았다. 인환은 탁자 아래로 자신의 손을 내렸다. 움켜쥔 주먹이 부르르 떨리고 있었다. 수연이 다른 남자의 품에서 벗어날 생각도 않고 있는 것에 속이 뒤집어져 버렸다. 당장에라도 수연의 어깨를 감은 유찬의 팔을 풀어버리고 싶었다. 웃는 유찬의 얼굴을 묵사발로 만들고 싶었다. 유찬을 수연의 상대로 생각한다고? 게다가 달콤한데?

유찬이 성적인 농담을 던졌다고는 생각 안 한다. 평소의 유찬이라면 장난으로 얼마든지 할 수 있는 말이었다. 하지만 상대가 수연이라면, 도저히 보고만 있을 수가 없었다.

"장유찬, 장난 그만하고 똑바로 앉아. 보기 안 좋다."

"하긴, 아무리 장난이라도 먹어버린다는 표현은 좀 안 좋구나."

김 회장의 말에 도경의 눈초리가 올라갔다. 그까짓 장난에 정색하는 김 회장이 야속하고 인환이 괘씸했다. 두 사람이 같이 장난을 쳤는데 왜 내 아들만 야단을 맞아야 하는 건데?

"접시 가져왔습니다."

마침 김 양이 접시를 들고 나왔다. 수연은 접시를 받아 들고 머랭을 꺼냈다. 김 양이 가져온 접시 위에 머랭을 올려놓는 수연의 뺨이 조금 붉어졌다. 딴에는 열심히 만들어 제법 괜찮게 나왔다고 생각했는데 여기에 모인 사람들이 그녀와 다른 세상에서 사는 사람들이라는 것을 그만 깜박했다. 접시가 너무 빛나서일까? 아니면 눈으로 보기에도 호화로운 케이크들 사이에 있어서일까? 머랭이 너무 초라해 보였다.

"네가 직접 만들었어?"

"네. 쿠기 굽는 거 좋아해요."

"어디 먹어보자."

김 회장이 바삭 하고 달콤하게 부서지는 머랭을 삼키고 차를 한 모금 들이켰다.

"커피랑 마시면 그래도 괜찮아요. 아니, 괜찮다고들 해줘요."

"그래, 제법이구나."

"어머니 혼자 계시게 두고 겨우 이런 거나 만들려고 나갔단 말이니?"

도경이 날카롭게 찔러왔다. 수연은 일부러 웃었다. 하도 찔러대던 도경인지라 이런 말은 이제 아무렇지도 않았다. 단지 계속 그녀의 비위를 맞추는 것처럼 굴던 도경이 화가 나 있고 지금 그 분풀이를 하는 것 같은데 무엇 때문에 화가 나 있는지를 모를 뿐이었다.

"할머니 홀로 계시는 것이 마음에 걸렸지만 고모님께서 날마다 오시니까 오늘도 오실 거라고 믿음이 가서요. 고모님 믿고 나갔어요."

"내가 안 왔으면 어쩌려고?"

"오셨잖아요."

"나는 지금 내가 안 왔으면 어쩔 뻔했느냐고 묻고 있는 거야. 오셨잖아요? 그건 내 질문에 대한 대답이 아니잖아."

수연이 대꾸하려는데 김 회장이 먼저 말했다.

"내가 사람이 옆에 없으면 아무것도 못하는 처지였니? 왜 그래, 이 사람이. 그리고 수연이가 내 간병인이야? 24시간 붙어 있어야만 하는? 왜 수연이가 모처럼 바람 쐬러 나간 걸 갖고 말도 안 되는 트집인 게야?"

"어머니, 전……."

도경은 그때야 아차 싶었다. 기분 나쁜 것을 수연에게 풀려 했다는 것을 사람들이, 특히 김 회장이 눈치챘을까 당황해서 얼버무렸다.

“죄송해요. 어머니 걱정으로, 제가 조카에게 심하게 말했나 봐
요. 미안하다, 수연아. 내가 원래 말투가 좀 그래. 서운하게 생각
지 말아라.”

“네, 고모님.”

“외사촌 동생, 원래 엄마의 성격이 좀 그래. 가장 가까운 옆 사
람에게 푸시는, 그닥 좋게 생각되지 않는 성격을 갖고 계시긴 한
데, 뭐, 그만큼 가깝게 생각하고 있다는 반증으로 생각하고 좋게
넘어가 줘.”

“얘가!”

“최수민 씨도요. 지금 본 것 때문에 우리 어머니와 우리 외사촌
여동생 사이가 안 좋을 거라고 생각하실지 모르지만 절대 안 그렇
습니다. 외사촌 여동생 찾은 것을 얼마나 좋아하셨는지 몰라요.”

정말 그럴까요? 반문을 하고 싶었으나 수연은 말없이 가방 속
에서 다른 꾸러미를 꺼내 들었다.

“초콜릿 드실래요?”

“초콜릿?”

모두의 시선이 수연의 손으로 몰렸다. 상자를 열어 초콜릿을 꺼
냈다. 전부 아홉 개의 초콜릿은 하나하나 다 개별 포장이 되어 있
었다. 초콜릿을 색색의 한지로 감싼 뒤 조그만 장미 코사지가 달
린 끈으로 돌돌 말아 묶었다.

“머랭 만들면서 같이 만들었어요. 할머니, 초콜릿 드셔보세요.
예전에 엄마가…….”

수연은 엄마의 생각으로 목이 메어와 잠깐 말을 끊었다가 다시 이어 말했다.

"발렌타인데이는 좋아하는 사람에게 초콜릿을 주는 날이라고 알려주셨거든요."

"예쁘게 만들었구나. 까기가 아까울 만큼 예쁘게도 포장했구나."

"고모님도 드실래요?"

"하나만 줘. 초콜릿은 살쪄서 안 먹는데 다른 사람도 아니고 조카가 만들었으니 먹어봐야지."

도경에게만큼 수민에게도 주고 싶지 않았지만 수연은 수민에게도 내밀었다.

"수민 씨도 들어보세요."

"감사합니다."

"미쓰 김도 먹어봐요."

안 줘도 되는데요. 그러면서 뒤에 섰던 김 양이 하나를 받아 들었다.

"외사촌 동생, 난 왜 안 줘?"

"남자들은 별로 초콜릿을 안 좋아하잖아요. 외사촌 오라버니도 그런가 했죠."

"나는 좋아하는데?"

"아, 그래요? 그럼 두 개 줄게요."

초콜릿 두 개를 유찬에게 건넨 수연이 초콜릿을 내려다보았다. 이제 세 개 남았다. 인환을 보며 수연이 잔인하게 눈을 빛냈다. 이

걸 만들어 가져왔을 땐 인환에게 줄 생각이었다. 일곱 살 어린 시절 제멋대로 한 약속을 지키겠단 마음에서 인환을 향해 던져 줄 생각이었다.

한데 마음이 변했다. 세상 모든 사람에게 초콜릿을 줄 수 있어도 당신에겐 못 주겠다. 아니, 안 줄래.

"오라버니는 초콜릿 안 드시죠?"

일곱 살 때 그녀가 해버린 약속 같은 것은 잊어버릴 테야. 계속 거절당했던 기억이 아직도 가슴에 생생하게 남아 있는걸.

"미쓰 김, 이건 이 기사님께 갖다 주세요. 저 때문에 야단 들으신 것 죄송하다고 말씀도 같이."

엄마, 나는 이제 초콜릿을 좋아하는 사람에게 주는 것이라고 생각 안 해. 아무에게도 줄 수 있는 거였어, 초콜릿은. 인환에게 초콜릿을 주지 않은 것에 사람들의 표정이 제각각 변한 것을 알아차리지 못한 수연이 자리에서 일어났다.

"할머니, 전 그만 올라가야겠어요. 씻고 옷 좀 갈아입어야 할 것 같아요."

"그래, 그러렴."

은은한 향수 속에서 혼자만 과자 냄새를 풍기고 있다는 생각에 일어서는 수연의 표정은 홀가분했다.

사실은 보기 싫었다. 도경도 인환도 그리고 수민도, 다.

"먼저 올라가겠습니다. 수민 씨, 놀다 가세요. 고모님도 외사촌 오라버니도 안녕히 가세요."

수연이 2층으로 올라가자 김 회장이 김 양을 불렀다.

“나는 좀 쉬어야겠다. 미안한데 수민 양, 일부러 나 찾아줬는데 끝까지 자리하지 못하겠구먼. 내가 곤하니 젊은 사람들하고 놀다 가.”

“아니에요, 회장님. 제가 눈치 없이 너무 오래 놀았어요. 이만 가볼게요.”

“그럴 테야? 서운해서 다시 안 놀러 오는 것은 아닌지 모르겠네. 미안해. 가라고 해서.”

“별말씀을요. 저야말로 다시 놀러 와도 회장님께서 귀찮아하지 않으실까 걱정스러운걸요.”

“그럴 리가 있나. 언제든 놀러 와요.”

“네, 회장님. 그럼 이만 가보겠습니다.”

“그럼 조심해서 가보고. 본부장이 수민 양 배웅 좀 하게.”

“네, 회장님.”

인환이 따라 일어서자 김 회장이 손짓을 했다. 김 양이 김 회장의 방문을 열었다. 도경이 김 회장의 전동 휠체어를 따라갔다.

“어머니, 저 드릴 말씀이 있어요.”

“내가 곤하다.”

“금방 끝나요.”

도경이 굳이 방으로 따라 들어와 휠체어에서 내려오는 걸 도왔다. 김 회장이 보료에 앉자 그 옆에 털썩 주저앉았다.

“아유, 정말 속상해 죽겠어요.”

도경의 말에 김 회장이 김 양에게 나가라고 눈짓을 했다. 좋은 소리가 아닐 게 분명하지. 한숨이 나왔다.

처음엔 도경이 참 사랑스러웠다. 그래서 수양딸로 삼았던 것이다. 한데 너무 많이 변해 버렸다. 아주 탐욕덩어리가 돼버렸다. 반려동물도 한 번 들이면 죽을 때까지 돌봐주며 정을 준다. 아프면 같이 아파하고 애교를 피우면 끌어안으면서 동물을 돌보는데, 사람을 자식으로 인연 맺었으니 이제 와 마음에 안 든다고 내칠 수는 없었다.

결혼하고 자식이 생기지 않은 김 회장은 정원사의 딸인 도경을 무척 예뻐했었다. 정원에 붙은 작은 집에서 따로 살았다고 해도, 어차피 한 담 안이니 다섯 살짜리에게는 주인 집, 내 집에 대한 개념이 없었다. 툭하면 안채로 건너와 김 회장에게 매달렸다.

예쁜이 왔구나.

남편은 사업으로 바쁘고 아직 아이는 없는 김 회장의 눈에 다섯 살짜리 아기는 진짜 사랑스러웠다. 그래서 도경의 부모가 교통사고로 죽었을 때 도경을 데려가려는 큰집 부부에게 그녀가 키워주겠다며 수양딸로 맞이했다.

아이를 거두면 삼신할머니가 아이를 준다는 말이 사실이었는지 도경을 들이고 나서 바로 주원이 생겼기에 더욱 도경을 친자식과 다름없이 키웠다. 그대로 예쁘게 잘 자라주었으면 좀 좋을까. 이건 아주……

약한 사람이 되지 말아라. 자기의 것을 지킬 수 있는 사람으로 커라. 여린 주원이 싫어서 인환과 도경에게 당부했던 것이 도경을 변하게 한 것일까?

"뭐가 그리 속상해?"

"인환이가 유찬이에게 하는 것 봐요. 겨우 두 살 차이인데 마치 한참 아랫사람 대하듯 하잖아요. 이건 다 어머니가 인환만 편애하셔서 그런 거예요."

"내가 무슨 편애를 했어?"

"유찬이하고 인환이 위치가 다르잖아요. 그게 편애지 뭐예요? 지는 그 나이에 본부장 자리에 앉아 있는데 유찬이는 아직 회사에 들어가지도 못했으니 깔보는 거예요. 어머니, 유찬이 이제 학교도 졸업했으니 자리 좀 마련해 주세요."

"유찬이가 일을 하겠대?"

"들어가면 하지 안 하겠어요?"

잘도 하겠다. 쯧쯧, 김 회장은 속으로 혀를 찼다. 제 자식을 그렇게 모를까? 하긴 알아도 인정할 수 없을 것이다. 그녀도 그랬으니까. 주원에 대한 기대를 죽을 때까지 버리지 않고 있던 자신을 생각하면 도경이 이러는 것이 안쓰럽기도 했다.

도경은 조기유학시키면서 유찬을 하버드에 진학시키는 대성공을 이뤄냈다. 문제는 유찬이 부모 모르게 연극을 한다고 학교를 그만두었고 1년이나 지나서 그것이 드러나자 그만 종적을 감춰 버린 것이지만.

2년 만에 브로드웨이에서 유찬을 찾아낸 도경은 너 죽고 나 죽자며 패악을 떨어댔다. 다른 것은 몰라도 아들 하나는 참 착하게 낳았다고 생각했던 도경은 그때 유찬이 착하긴 한데 고집도 세다는 것을 알았다.

연극을 한다는 아들과 절대 안 된다는 엄마는 전쟁처럼 싸웠다. 결국 도경이 죽어버리겠다고 유찬의 눈앞에서 손목을 그어 보이는 것으로 모든 것을 이겨 버리긴 했지만.

유찬은 억지로 한국으로 끌려와 다시 대학을 다니느라고 졸업이 늦었는데도 도경은 그것조차 김 회장의 편애한다고 억지를 쓰고 있는 것이다.

제 자식이 아직도 동숭동을 기웃거리는 걸 저만 모르고 있으면서……. 유찬이 일을 하길 바라는 것은 아마도 내 쪽이 더 간절할 것이다. 인환에게 혼자 무게 지울 생각을 하면 답답하기 짝이 없었다. 유찬이 사업으로 눈 돌려 인환의 도움이 되면 좀 좋을까 하고 김 회장은 무척 바라고 있었다.

"인환에게 자리 마련하라고 해두마."

광고나 회사 홍보를 맡기면 어떨까 생각하면서 김 회장이 대답했다.

"인환이, 인환이, 인환이. 어머닌 왜 그렇게 그 애에게 의지하세요? 어차피 남이잖아요. 그 애가 정말로 선양을 꿰차면 어쩌려고 모든 걸 다 인환에게 일임하시는지 모르겠어요. 수연이 나타난 이상 이제 옛날과 달라져야 하지 않아요?"

"무슨 소리니?"

"근본 모르는 애에게 말고 정당한 핏줄에게 물려주시란 이야기예요. 정당한."

정당한이라고 말하는 어감이 묘하게 마음에 걸려 김 회장은 저도 모르게 눈살을 찌푸렸다. 정당한이란 단어를 도경이 쓴다는 것이 이해되지 않았다. 정당하다니. 호적에 당당히 올라 있는 인환을 두고 호적에 오르지 않은 도경이 그런 단어를 쓰는 것은 좀 그랬다. 이해되지 않게 도경의 말투에는 인환이는 생판 남이고 자신은 진짜 딸이라고 생각하는 것이 은연중에 나타나 있었다.

"어머닌 인환이 무섭지 않으세요? 난 그 애 좀 섬뜩해요. 모든 걸 다 자기 마음대로 휘둘러대고 있는 게 자기가 진짜 주인같이 굴고 있잖아요. 아까도 봐요, 이 기사에게 야단치는 거. 아니, 수연이가 한두 살 먹은 앤가? 다 큰 어른 두고 왔다고 어머니 기사에게 그 야단을 치는 거 보셨잖아요. 아주 애가 버르장머리가 없다니까. 어른을 몰라 봐요, 그 아인. 안 할 말로 수연이 잘못되거나 하면 제가 제일 이득일 텐데 가증스럽게 유난 떠는 거 봐요."

"수연이 잘못되면 인환이가 왜 제일 이득을 보니?"

"아직 유언장을 고쳐 쓰지 않으셨잖아요."

김 회장은 도경의 말속에 숨은 뜻을 읽어내고 속으로 숨을 삼켰다. 혹시라도 수연이 잘못되면 그건 다 인환이 짓이다, 라고 말하고 있는 것이다. 지금 이 아인.

"무슨 뜻으로 그런 말을 하는 게야?"

"수연에게 가게 확실하게 유언장 고쳐 써놓으시라는 말씀이에요."

"선양은…… 인환이가 책임져야지. 다른 사람은 책임 못 진다. 유언장은 고치지 않을 것이다."

"어머니!"

"이제 와 후계자를 바꾼다면 선양이 어떻게 될지 생각해 봐."

"그럼 수연에게 아무것도 물려주지 않을 거예요? 정말로 유언장을 고치시지 않을 거예요?"

지독한 노인네. 친손녀를 제치고 생판 남에게 선양을 넘긴다고? 수연이 예뻐서 유언장을 고치라고 하는 것이 아니었다. 쥐고 흔들 수 없는 인환과 달리 수연은 인환보다 만만해서였다.

"인환이가 돌봐주겠지."

"인환이가요? 잘도 그러겠네요."

헛웃음을 웃으며 도경이 일어섰다.

"하긴, 인환이 정도라면 정말 잘도 그러겠어요. 하지만 어머니, 사람이 화장실 갈 때와 나올 때 다르다는 말이 있어요. 부디 인환이가 그런 범주에 안 들어갔으면 좋겠어요."

인환에 대한 절대적인 김 회장의 신뢰가 싫어서 도경의 웃음은 형편없이 일그러졌다.

아직 시간은 있어.

절대로 인환에게 가게 두지는 않을 것이다. 수연을 거쳐 내게 오게 만들던지 아니면 내게 직접 오게 하던지 해내고 말 거야.

선양은 내 거야, 난 인환이와 달리 받을 자격이 충분하거든.

chapter 11

내가 준 사랑, 네가 준 고통

차의 문을 열어주었으나 수민은 타지 않았다.

"정말로 초콜릿 안 좋아하세요?"

수민은 아까 자신이 깨달은 것을 확인하고 싶었다.

"회장님 뵈러 오긴 했지만 사실은 인환 씨를 만날지 모른다는 생각도 했어요. 아니, 기대하고 왔어요. 그래서 준비해 왔는데."

수민이 가방 속에서 초콜릿을 꺼내 들고 예쁘게 웃었다.

"받아주실래요?"

오늘 수민은 아주 낯선 강인환을 보았다. 수연과 유찬의 장난치는 모습을 보고 눈에서 불꽃을 튀기는 인환을 보았던 것이다.

아니면 제대로 본 것일까?

처음 수연을 만났을 때 강인환이 보여준 눈빛을 보고 수민은 그가 위기의식을 느낀 것이라 생각했었다. 듣도 보도 못한, 그것도 김 회장의 친손녀라는 동생이 나타난다면, 친손자가 아닌 인환으로선 적대적이고 방어적인 것은 당연하다고 생각했다. 처음 수연이 나타난 날 잔뜩 굳어버린 인환의 표정은 그래서일 거라고 생각했었다. 하지만 그 생각이 아까 바뀌어 버렸던 것이다.

『오라버니는 초콜릿 안 드시죠?』

안 좋아하는 사람이, 수연이 다른 사람에게 건네는 초콜릿을 그런 눈으로 볼까?

수연이 유찬에게 초콜릿을 건넬 때 인환의 얼굴에 번개처럼 스쳐 지나간 갈망을 수민은 분명 보았다. 수민은 초콜릿을 내민 채 인환이 어떤 반응을 할까 기다렸다.

"초콜릿 안 좋아합니다."

분명한 거절의 말에 수민은 확신했다. 안 좋아한대도 일단은 받아주는 것이 예의라는 걸 강인환이 모를 리가 없다. 그런데도 거절을 한다는 것은?

"받아서 꼭 안 먹어도 돼요."

인환이 초콜릿을 바라보고만 있자 수민이 어깨를 으쓱거렸다.

"손이 부끄러워요."

"죄송합니다."

"아이참, 제 자존심에 금 가는 소리 혹시 들리지 않으세요?"

수민이 한 걸음 다가가자 그만큼 인환이 뒤로 물러섰다. 풋, 수민이 웃음을 터트렸다.

"난 바보인가 봐. 이제 깨달았네. 딱 이만큼이었어요. 인환 씨가 내게 둔 거리요. 항상 두 걸음 이상이었어요. 그렇죠?"

인환이 그녀에게 늘 이만큼의 거리를 유지하고 그녀가 작정하고 옆자리에 앉기 전엔 결코 같은 자리에도 앉지 않았다는 걸 깨닫고 나자 그만 허탈해졌다.

"전 인환 씨가 제게 예의있게 행동하는 거라 생각했어요. 하지만 예의가 아니었어. 난 무시당하고 있던 거예요, 그렇죠?"

"만일 그런 생각이 들었다면, 제 불찰입니다. 확실하게 처신하지 못한 제 태도를 사과드립니다."

"사과라, 어느 쪽이오? 혼담이 직접적으로 오고 간 것도 두 사람이 만나서 둘만의 시간을 보낸 적도 없는데, 묵인하듯 결혼 상대자가 돼버린 것에 대한 거예요? 그럼에도 결혼할 의사가 없습니다, 하는 사과예요? 아니면 초콜릿을 안 받는 것에 대한 사과예요?"

"……둘 다 사과하죠."

왜 갑자기 기분이 나쁠까? 수민은 곰곰이 생각하기 시작했다. 너무도 쉽게 그녀의 예상대로 나오는 인환에 대한 실망일까, 아니면 나름 괜찮다 생각했던 상대를 잡지 못하게 된 것에 대한 실망일까, 구분이 되지 않았다.

"혹시요, 누군가 나타나지 않았다면 그냥 결혼했을 텐데 누군가 나타나서 결혼을 못하겠다는 것은 아니겠죠?"

"그 부분도 사과하겠습니다."

"하!"

진짜로 화가 나는데? 나름 쿨한 편이라 생각했는데 아니었던 건가? 아니면 쿨한 여자도 이런 상황이면 화가 나는 것이 당연한 것일까? 하지만 뭐, 결혼해서 평생을 두 걸음 이상 떨어져서 사는 것보단 이게 낫다.

"좋아요. 사과 받아주죠. 대신 이거나 쓰레기통에 넣어주세요. 아, 버리는 것보단 미쓰 김에게 주는 게 낫겠네요. 회장님 모시느라고 수고가 많은 미쓰 김에게 전해주세요."

결혼을 해도 괜찮다 생각했던 남자와 끝이 나는 시간이 좀 씁쓸하긴 했다. 그래서 수민은 흘끗 인환의 뒤로 보이는 2층 창을 바라보면서 마지막 심술을 부렸다. 예약을 하지 않으면 차례가 쉽게 오지 않는다는 수제 초콜릿은 이제 그녀에게 쓰레기였다. 남자에게 거절당했다는 증명처럼 보이는 그것을 도로 갖고 간다면 쓸개가 빠졌거나 날개 잃은 천사거나 그 둘 중 하나이리라.

"수연 씨에겐 미안하지만 초콜릿은 저도 안 좋아해요. 이것도 같이 미쓰 김에게 주던지 버리던지 아니면 초콜릿 좋아하는 다른 사람에게 주세요."

수연이 주었던 초콜릿을 받아 드는 인환의 입술이 살짝 떨리는 것처럼 보인 것은 그녀의 착각이었을까?

저건 절대로 미쓰 김에게 가지 않을걸?

차에 오른 수민은 안전벨트를 맸다. 차의 시동을 켜면서 예의

바르게 그녀의 차가 떠나길 기다리며 섰는 인환을 보며 고개를 까딱 숙여 보였다.

"해피 발렌타인!"

피식 웃으며 수민은 시동을 걸었다. 그녀가 탄 차가 부웅 부드러운 소리를 내며 달려나갔다.

수연은 홱 돌아서서 창에서 벗어났다. 2층 그녀의 방에선 대문까지 모든 것이 너무도 잘 보였다. 무심히 창밖을 보다 두 사람을 발견한 수연은 초콜릿 상자가 분명한 것을 수민에게 받아 드는 인환을 보고 뒤로 홱 물러섰다. 그녀에겐 한 번도 받지 않은 초콜릿을 남에겐 저렇게 쉽게 받다니.

분노로 온몸이 와들와들 떨려왔다.

저런 여자와 결혼하는데 무슨 몰락? 뭐, 경찰에 가겠다고? 그런 말을 믿었다니 너무 순진했다. 이제 보니 그녀는 너무 바보였다. 인환은 수연에게 분명히 살인자였다. 하지만 법적으로도 그럴까? 경찰에 백 번 천 번을 찾아가면 뭐 하겠어? 아무런 증명이 되지 않을 텐데. 설령 인환이 보낸 오토바이 사고가 원인이었다 해도 도경이 들려준 녹음기에서 흘러나온 말만으론 살인죄가 성립되진 않을 것이다.

헉헉. 숨이 차올라서 벽에 기대앉던 수연이 벌떡 일어섰다. 단숨에 계단을 뛰어 내려갔다.

"강인환."

막 현관을 들어오는 인환의 손에 들린 상자를 보자 그만 눈이 뒤집혀 버렸다.

"이, 나쁜 자식!"

무조건 달려들었다.

"네가 감히, 살인자 주제에 감히 그런 것을 받아?"

잘 포장된 긴 상자를 빼앗아 그것으로 무조건 인환을 향해 후려치기 시작했다. 어깨와 가슴과 머리를 향해 무조건 휘둘렀다. 인환은 수연의 폭주에 놀란 것이 분명한데도 무표정하게 그녀를 내려다보고 있었다. 피하지 않는 인환에게 더욱 화가 나 수연은 온 힘을 다해서 상자를 휘둘렀다. 탁탁 종이 상자가 부서지면서 안에 든 초콜릿이 사방으로 튕겨 나갔다.

"이런 것 먹게 둘 것 같아?"

초콜릿이 보이면 밟아 으깨고 다시 인환을 향해 상자를 휘두르면서 수연은 악을 써댔다.

"도둑 주제에 감히 이런 것을 받아? 이 뻔뻔한 인간!"

작은 쪼가리로 남은 상자였던 것을 휙 집어 던진 수연이 자신의 주먹으로 치면서 발로 인환을 걷어찼다.

"네가 뭔데? 네가 뭔데, 네가…… 뭔데."

눈물로 뿌옇게 앞이 흐려졌다.

"네가, 뭐냐고. 네가……."

수연은 문뜩 인환의 손에 자신이 만든 초콜릿이 들려 있는 것을 보았다. 인환의 손에 소중히 들려 있는 그것은 분명히 그녀가 만든 초콜릿이었다.

"이리 내놔!"

미동도 않고 섰던 인환의 팔이 공중으로 올라가 버렸다. 수연의 손에 닿지 않게 높이 쳐들고 수연이 빼앗으려 할 때마다 더 높이 손을 올렸다.

"내놔! 내놓으란 말이야, 내놔! 너 같은 것한테 주려고 초콜릿을 만든 줄 알아? 너 같은 것한테 주느니 밟아버릴 거야! 차라리 개를 줄 거야."

사실은 일곱 살 때의 약속을 핑계 삼아 인환에게 주려고 만들었다. 그것을 생각하자 더욱 화가 치솟았다.

난 쓸개가 빠졌어. 사람을, 그것도 엄마를 죽인 인간을 깨끗이 정리하지 못하고 약속을 핑계 삼아 초콜릿을 만들다니. 일곱 살 때의 약속? 얼마나 빈약한 핑계람. 차라리 잊지 못해서 만들었다고 하면 정직하기나 하지. 삼 년 동안 제 엄마 죽인 놈에게 다리 벌리고 살았던 시간에 미련이 남았다고 하지. 그러면 차라리 정직하기나 하잖아.

몸부림치는 수연의 손톱이 부욱 인환의 셔츠를 찢고 그의 가슴에 가늘지만 긴 상처를 만들었다.

"내놓으라고."

아무리 용을 써도 수연의 손은 인환이 갖고 있는 초콜릿에 가 닿지 않았다. 인환은 초콜릿만은 결코 주지 않았다. 수연을 밀어내지도 못한 채 그저 그녀의 손이 닿지 않게 공중으로 손을 뻗고 있었다. 때리고 할퀴던 수연이 인환의 팔뚝에 이를 박았다. 열 개의 손톱으로 할퀴면서 온 힘을 다해 물어뜯었다. 팔뚝에서 피가 배어 나와 삽시간에 하얀 셔츠를 피로 물들였다.

"내놔, 내놔. 내놔."

인환은 지금 자신이 어떤 말을 해도 수연의 화만 돋울 것이란 것을 본능으로 깨닫고 쓰러지기라도 할까 걱정스러워 한마디도 하지 않았다. 병원에서 마주쳤을 때처럼 수연은 완전히 이성을 잃고 있었다. 수연을 진정시킬 수만 있다면 그가 가진 어떤 것이라도 다 내줄 수 있는데. 오직 하나, 지금 이것, 그의 손에 있는 그녀가 만든 초콜릿, 다시는 그가 손에 넣을 수 없는 초콜릿만은 줄 수가 없었다. 그런데 지금 수연은 눈에 불을 켜고 미친 듯이 달려들어 빼앗으려 한다.

미안하다.

감히 탐을 내서 미안하다.

미안하다.

네가 이러는데도 주기 싫어서 미안하다.

미안하다.

미안하다는 생각조차, 말조차도 가증스럽다는 걸 아는데도 그 말밖에 다른 말은 알지 못해서 미안하다.

"이게 대체, 아니, 이게 대체 무슨 일이냐?"

김 회장의 전동 휠체어가 두 사람의 앞으로 다가와 멎었다. 소란을 듣고 나온 김 회장은 눈앞의 광경을 보고 경악했다. 인환의

팔을 물어뜯고 있는 수연의 모습은 모든 사람을 놀라게 만들기에
충분했다.

"내놓으란 말야!"

수연은 미쳐 있었다. 그녀는 지금 아무것도 듣지 못하고 있었
다. 생각 따윈 더더욱 하지도 못했다. 오로지 인환의 손에 들린 초
콜릿을 빼앗으려 들었다. 너무나 억울하고 분해서 저 망할 초콜릿
을 밟아 뭉개 버려야 했다.

"수연아, 수연아."

유찬이 수연의 팔을 끌어안고 인환에게서 그녀를 떼어냈다.

"이 도둑!"

하지만 수연은 결코 인환에게 향한 공격을 거두려 들지 않았다.
두 팔이 유찬의 팔로 자유를 잃자 발길질을 했다. 닿지 않은 발이
허공만 갈랐으나 계속 걷어찼다.

"이 살인자!"

수연을 보는 김 회장의 눈이 휘둥그렇게 커졌다.

"김 양아."

"네, 회장님."

"난 괜찮으니까 그만 나가봐."

"하지만……."

격정스러운지 김 양이 나가기를 주저하자 김 회장이 준엄한 목
소리로 강조했다.

"난 괜찮다니까!"

괜찮아야 했다. 갑작스런 수연의 일로 놀란 가슴이 아직도 정신 없이 뛰고 있지만 지금은 그런 것에 져서는 안 될 때였다. 대체 무엇 때문에 수연이 그렇게 폭주했는지, 인환이 그 분노를 고스란히 받았는지 그 이유를 알아야 했다.

"알겠습니다."

"일하는 사람들 입단속 시켜라."

"네."

"수연이 진정했나 들여다보고."

김 회장은 제일 먼저 하고 싶었던 말을 꺼냈다. 지금 가장 걱정 되는 것은 수연이었다.

두 겹의 미닫이문을 닫고 김 양이 물러갔다. 이제 방 안은 인환 과 그녀 둘뿐이었다. 물어볼 것이 너무 많지만 김 회장은 쉽게 입 을 열 수가 없었다. 그녀의 질문에 인환이 어떤 대답을 할지 지레 짐작되는 통에 은근히 걱정스러웠다.

아니겠지.

애써 자신의 마음속에 일어나는 의혹을 누르던 김 회장의 눈에 인환이 소중하게 쥐고 있는 초콜릿이 들어왔다. 의혹이 한층 더 증폭되었다.

아닐 것이다. 아니, 아니어야 한다. 아까 도경이 빈정대던 말이 귓속에서 왕왕 울렸다.

잘도 돌봐주겠네요.

사람이 화장실 갈 때와 나올 때 다르다는 말이 있어요. 부디 인환이가 그런 범주에 안 들어갔으면 좋겠어요.

도경이 내비치던 암시와 수연이 인환에게 보이던 감정의 폭주를 생각하자 머리끝이 곤두섰다. 온몸에 소름이 좍 돋아나기 시작했다.

두 사람이 설마…… 이 아이들이 설마……. 자꾸만 불안해지는 마음을 애써 누르며 김 회장은 혀로 입술을 축였다. 아니야, 그럴 리가 없다. 애써 부정하는 자신을 비웃으며 쿵쿵 심장이 뛴다.

"인환아."

떨림이 섞인 목소리가 마음에 들지 않아 김 회장은 다시 말했다.

"인환아."

"네, 회장님."

"너희들, 수연이랑 너랑……."

아! 이제야 생각이 든다. 도경이 수연의 존재에 대해 말했다. 그 당시는 너무 충격이라 도경이 아는 사실을 인환이 모를 리 없다는 것을 생각도 하지 못했다. 그 뻔한 사실을 이제야 깨닫다니. 그렇다면, 도경이 알고 있는 것을 인환이 모를 리 없다면, 수연이나 인환 두 사람은 왜 모른 척하고 지냈을까? 그리고 수연이 했던 말은 무슨 뜻이었을까? 끊임없이 인환을 향해 부르짖던 도둑과 살인자라는 욕은?

"혹시, 수연이랑 너랑 전부터 아는 사이였니? 그랬니? 너 정말로 수연일 알고 있었던 거니?"

"……네."

"수연이랑 너랑 어떤 관계니? 관계가 있었던 거니? 아니면 그냥 수연에 대해 알고만 있었던 거니?"

"죄송합니다, 회장님. 나중에, 이 말씀은 나중에 하겠습니다."

"왜? 나중에 해?"

혹시, 자신의 건강을 염려해서 말하지 않으려는 것일까? 도경과 달리 인환이 진심으로 자신을 염려하고 있다는 것은 오래전부터 알고 있었다. 그래서 더 기가 막혔다. 정말로 그렇다면 자신이 충격받을 만한 짓을 했다는 이야기가 아닌가.

"내가 내 마음대로 상상하고 결론 내려서 그 기막힘에 심장이 멎어버리기 전에 네 입으로 말을 해."

바위처럼 앉아 있을 뿐 인환의 입은 쉬이 열리지 않았다.

"도경이 불러다 물어볼까?"

도경이 어떤 식으로든 왜곡하게 둘 수가 없어서 비로소 인환이 대답했다.

"아닙니다. 제가 말씀드리겠습니다."

"그래, 우선 수연이가 왜 너에게 살인자라고 하는지 그것부터 말해보거라."

절대로 감성적인 아이가 아닐 것이라 생각했는데 지금의 인환을 보면 아무래도 그 생각이 틀린 것 같다. 강철처럼 강하고 바위처럼 단단하다고도 생각했는데 그 생각 역시 틀렸는지 지금 인환의 모습은 금방이라도 사그라들어 꺼져 가는 불처럼 약해 보였다.

"보통은 욕을 해도 살인자라는 욕은 하지 않는다. 정말 사람을 죽일 경우 외엔. 왜 수연이가 네게 살인자라고 했니?"

"제가…… 그분의, 수연이를 낳은 한지희 씨의 사고를 사주했습니다. 그 사고로 한지희 씨가 죽었습니다."

어렵게 인환이 말을 끝냈고, 김 회장은 잠시 자신의 귀를 의심했다. 그녀가 들은 말이 너무나 엄청나서 연속으로 눈만 감았다 떴다 다시 감았다.

『엄마는 돌아가셨어요, 4년 전에요. 오토바이에 치여서…… 뇌진탕으로 사망하셨어요.』

수연이 그렇게 말하는 것을 듣고는 아들과 비슷한 시기에 죽었다고만 생각했다. 가엾은 것들. 죽는 시기가 같은 것을 보니 그 애들이야말로 하늘이 맺어준 연분이었나 보다. 그런 것을 억지로 갈라놓았으니 그 죄를 어쩔까 괴로워했는데.

"아버님의 부고 소식을 듣고 그분이 달려왔습니다."

이제 인환의 목소리는 담담해졌다. 긴 이야기를 시작해야 한다. 누구에게도 말하지 못한 것들을 모두 토해내야 했다. 자신이 얼마나 큰 잘못을 저질렀는지 김 회장에게만은 알리고 싶지 않았지만 거짓말을 할 수는 없었다.

죄송합니다. 자신의 말이 얼마나 김 회장에게 충격을 줄지 생각하며 인환은 속으로 사죄했다.

이 세상에서 딱 두 사람을 사랑했습니다. 수연과 할머니, 당신입니다.

『오빠도 엄마 기다려?』

절망 속의 그에게 한줄기 바람처럼 또는 작은 빛처럼 다가온 수연과,

『못된 것. 난 정말 몰랐다.』

절망 속에서 그를 구원해 준 김 회장 두 사람을, 인환은 진심으로 사랑했다.

"병원을 가르쳐 주라고 한 뒤에야 그분이 영안실에 나타나면 크나큰 스캔들이 될 것이란 생각을 했습니다. 그리고…… 솔직히 싫었습니다. 아버지에게 그분이 없었다면 아버지가 어머니를 냉대하지 않았을 것이고, 그랬다면 두 분은 이혼도 하지 않았을 것이란 생각을 오래전부터 해오고 있었는지도 모르겠습니다. 그래서 순간적으로 영안실에 당도하지 못하게 만들 생각을 했고, 오토바이를 보내 들이받으라고 했습니다."

"죽이라고 시켰던 거야? 죽어도 상관없다고 생각했어?"

"아닙니다. 그저 영안실에만 나타나지 않게 하려고 했습니다. 매스컴에 노출되는 것을 어떻게든 막고 싶었습니다. 하지만 얼마 후에 마음이 바뀌었습니다. 평생을 그분 이름을 부르며 살다 가신 아버지께 못할 일이라는 생각에 명령을 철회하라고 전화기를 들었습니다."

'철회요? 이미 연락을 해서 벌써 일을 저질렀는지 모르겠는데요. 아무튼 알아보고 전화드리겠습니다.'

그러고 얼마 후 그에게 돌아온 대답은 참혹했다. 이미 한지희는 오토바이에 치여 뇌진탕으로 죽어버렸다는 대답이었다.

"아버지의 장례를 끝내고 병원으로 달려갔다가 수연이를 보았습니다."

아니, 다시 만났다. 한 번도 잊지 않았던 김 회장과 똑같은 검보라빛 눈에서 철철 눈물 흘리면서 수연은 악을 쓰고 있었다. 병원 바닥을 구르며 울며 엄마를 찾는 수연을 인환은 단번에 알아보았다. 이 여자가 그가 만났던 일곱 살짜리 그 꼬마 아이란 것을.

"그때 처음 수연을 만난 게야?"

"아닙니다. 수연은……."

인환은 저도 모르게 들고 있던 초콜릿을 내려다보았다. 그의 마음만큼이나 붉은 한지로 포장한 작은 초콜릿을 바라보며 올라오는 울음을 꿀꺽 삼켰다.

"아주 오래전 제가 고아원에 있을 때 처음 만난 아이입니다."

"음."

고아원이란 말에 김 회장의 표정이 굳어버렸다. 이혼한 며느리가 인환을 고아원에 보내 버린 것은 김 회장에게도 엄청난 충격이었다. 친손자였다면 그런 사실을 2년이나 모르고 있었을까? 그때를 생각하면 인환에게 몹시 미안했다.

"그때 수연인 엄마를 기다렸고……."

그때 그가 기다린 것은 구원이었다. 누군가 이 지독한 외로움 속에서 구원해 준다면 평생을 그 사람을 위해 살리라 결심하면서 어두워지는 하늘을 올려다보곤 했다. 한 달을 두 달을 석 달을 그렇게 1년을 지내는 동안 아무도 찾아오지 않자 인환은 구원이란 제 스스로 해야 한다는 것을 깨달았다.

"회장님께서 저를 데리러 오신 날, 수연이가 제게 초콜릿을 주었습니다. 내년에 더 크고 맛있는 초콜릿을 사주겠다며 약속을 했습니다."

김 회장의 눈길이 인환이 쥐고 있는 초콜릿으로 향했다. 부서질까 힘주지 못하고 쥐고 있는 인환의 손과 수연이가 물었던 팔뚝을 보았다. 피로 얼룩진 하얀 셔츠와 갈가리 찢어진 셔츠와 그 사이로 보이는 상처를 보며 가볍게 한숨 쉬었다.

"이해하시지 못하실 겁니다. 일곱 살 꼬마 아이가 열두 살 아이에게 절대 위안이 될 수 있다는 것을. 하지만 그때 저는 정말로 수연에게 아주 큰 위안을 받았습니다. 그런 제가, 제가 수연일 낳은 분을 죽였습니다."

드라마보다도 더 드라마틱한 우연이었다. 기가 막힌 운명이었다. 김 회장은 한숨을 쉬며 가만히 가슴을 눌렀다. 인환은 계속 이야기를 해 나갔다. 병원에서 수연을 데리고 집으로 온 이야기를 담담하게 풀어 나갔다.

"처음엔 수연이가 기운을 차리면 내보내자 생각했습니다. 아주 멀리 보내 버리자, 기운을 차리면 손에 닿을 수 없는 아주 먼 곳으로 보내 버리자 그렇게 생각했었습니다."

"고약한 놈, 그때 나에게 데려왔어야지. 대체 왜 나한테 데려오지 않았니? 응? 그때 바로 데려왔어야지."

"그런 생각도 했었습니다. 회장님께 데려다 주고 내가 떠나자 그렇게 생각하기도 했었습니다."

"그런데 왜 안 그랬니?"

"회장님의 건강이 일을 하지 못할 정도로 너무 악화됐습니다. 이러다 선양이 와해되면 안 된다는 생각과…… 아니, 그건 핑계입니다. 사실은 회장님 옆에 수연이 있게 되면 제가 견디지 못할 것 같아서가 맞습니다. 예, 그래서 그랬습니다. 수연일 볼 때마다 제가 한 짓을 떠올릴 것 같아서 그랬습니다."

사랑해 버리면 어쩔까 겁이 덜컥 났다. 사랑에 빠지면 보지 않고는 살아갈 수 없다는 것을 그 자신이 알고 있었다. 그래서 감정이란 것을 꼭꼭 누르고 살았던 것이다. 아무에게도 마음 주지 않고 사랑하지 않고 그 혼자라도 얼마든지 살아갈 수 있게 누구에게도 정 주지 않았다.

"넌 그 애를 내게 데려왔어야 했다. 사람이라면 말이다. 그럴 수는 없는 거다."

인환은 정말 수없이 그러려고 했던 것을 말하지 않았다. 어차피 이제는 변명일 뿐이니까. 정말로 수없이 김 회장에게 데려다 주자고 생각했었다. 아직은 수연을 사랑하지 않을 때 눈앞에서 치워 버리자고 결심했었다. 나중에 사랑에 빠져 결코 떠나지 못하는 것은 피하고 싶었다. 비밀이 생각도 못한 곳에서 터져 나와 수연이 그가 한 짓을 알고 외면하는 것에 가슴이 무너지고 싶지 않았다.

무엇보다도, 양심의 소리를 외면할 수가 없었다.

사람이냐? 엄마를 죽여놓고 딸을 넘보는 네가 사람이냐? 그때마다 울컥 속으로 질문이 올라왔다.

넌 왜 일곱 살 때 내게 다가왔니? 넌 왜 하필 한수연이니? 왜 한지희의 딸인 것이냐.

"수연이완 어디까지 갔니?"

질문을 하는 김 회장의 목소리가 조금 떨리고 있었다.

"3년 동안, 수연이 말로 천 일 동안 수연인 제 여자였습니다."

탁. 목침이 날아와 인환의 이마를 때렸다. 붉게 인환의 이마가 부어올랐으나 그런 것이 하나도 김 회장의 눈에 들어오지 않았다. 분노로 김 회장의 입술이 부들부들 떨렸다.

"나쁜 놈 같으니. 이 못된 것. 그런 짓을 하고도 사람이라고 할 수 있어? 이, 이⋯⋯. 그 불쌍한 걸 농락했단 말이야? 3년 동안이나? 네 말대로 그 애 어미를 죽여놓고도 3년 동안이나 그 딸을 범했어?"

심장이 터질 것 같아서 김 회장은 말을 멈췄다.

"그랬습니다."

"이, 이⋯⋯."

"그리고 날마다 수연을 내보내려고 했습니다. 예쁜 집을 마련해서 수연일 살게 하려고 전국에 예쁜 집을 사기 시작했습니다. 어떤 집을 마음에 들어 할까 생각하면서 아주 많은 집을 샀습니다. 수연이처럼 예쁘고 깨끗한 하얀 집을, 수연이 눈처럼 예쁜 보랏빛 타일로 꽃을 모자이크한 벽돌집도 샀습니다. 빨간 벽돌에 하얀 지붕을 한 집도 샀습니다. 뾰족한 지붕을 한 삼각집도 샀습니다. 웅장한 검은 벽돌로 만든 집도 샀습니다. 그렇지만 그 어느 집으로도 수연일 보내지 못했습니다.”

그때 이미 수연을 사랑해 버린 것을 인환은 알지 못했다.

그런 인환의 마음도 모르면서 수연은 모든 것을 그에게 오픈했다. 원두를 구해 직접 볶아 핸드밀에 직접 갈아 드립한 커피를 두 손으로 받쳐 들면서 눈을 빛냈다.

『괜찮아요?』

고개를 끄덕이면 뛸 듯이 기뻐했다. 자신에게 향한 수연의 마음이 너무도 투명하게 보여서 가슴 아팠다. 받을 수도 없고 받아서도 안 되는 그 마음이 하지만 너무도 갖고 싶었다.

“그러다가 수연일 안아버렸습니다. 제가 죽인 한지희 씨의 딸을요. 사람으로서 절대 해서는 안 될 짓을 그만 해버렸습니다.”

인환이 잠시 말을 끊었다. 억지로 숨을 참으며 입을 굳게 다물었다. 두 사람의 시작은 마치 필연처럼 일어났다. 빈 커피잔을 들고 일어서던 수연이 발이 꼬여 그의 발치에 털썩 주저앉는 것으로 시작된 일이었다. 부축하려던 인환의 손과 수연의 손이 닿아버렸다. 그 순간 감전된 것처럼 두 사람에게 전기가 흘러 버렸다.

『본부장님 손은 참 따뜻하네요. 정말 너무 따뜻해.』

수연이 조심스럽게 그의 손에 얼굴을 비볐다. 그게 시작이었다. 전기가 갑자기 불꽃처럼 타올라 버렸던 것이다.

"저는 정말로 수연일 보내려고 했습니다. 아침에 일어나서 오늘은 나가라. 이제 그만 내 집에서 나가달라 말하리라 결심하지만 수연의 얼굴을 보면 그 마음이 변합니다. 아침부터 그런 말을 하긴 좀 그러니까 저녁에 얘기하자 미루고, 저녁에 들어와선 다시 이 밤엔 나가라고 못하겠으니 아침에 얘기하자 이렇게 다시 미루고……. 다시 아침이 오면 저녁으로 미루고 저녁이 되면 다시 내일 아침으로 미루고 계속 그렇게 미루기만 했습니다. 결국은 안 되겠다 싶어 결심했습니다. 내가 직접 말하지 못하니 스스로 떠나가게 만들자고. 최소한 사람이라면 더 이상 수연일 안아선 안 되기에 모질게 대했습니다."

『제가 뭘 잘못했어요? 커피가 입맛에 맞지 않아요?』

그의 냉대에 상처 입으면서 수연은 빙빙 그를 맴돌았다. 어쩌란 말이냐. 그가 주는 냉대로 수연이 상처받을 때마다 그의 가슴은 뒤틀어졌다. 수연이 침울해지는 표정을 보며 그도 아팠다. 하지만 인환은 이를 악물고 수연을 냉정하게 대했다. 제발 떠나라, 제발. 내가 널 못 보내니 네가 떠나라. 아직은 내가 너를 사랑하지 않을 때 그래서 떠나보낼 수 있을 때 제발 떠나가라. 엄마 죽인 원수와 산다는 것을 알고 난 뒤에, 네가 상처받을 게 싫다. 무엇보다 네가 보일 태도가 나는 무섭다.

『저 커피 만드는 법 강습받으러 다녀요. 진짜 맛있는 커피 내려 드릴 테니 조금만 기다리세요.』

그렇게 노력하지 마라. 그런 사랑, 그런 대접 받을 자격이 내게 없다. 네 그 웃음에 중독되게 만들지 마라. 제발, 제발!

어깨를 쥐고 소리치고 싶었다.

"차라리 그냥 계속 수연일 데리고 살지 왜 꼭 헤어져야 한다고 생각했니?"

"무슨 자격으로요? 어떻게 수연에게 제 엄마 죽인 놈과 산다는 오명을 씌우겠습니까. 그래선 안 된다고 생각했습니다."

그래서 더욱 모질게 대했다. 수연이 그에게 치를 떨어 다시는 그를 돌아보지도 않을 만큼. 하지만, 하지만 그만 안다. 사실은 얼마나 그러고 싶지 않았는지. 절대 수연에게 알리지 않고 한평생 사랑해 주는 것으로 속죄하며 살자고 악마처럼 그의 마음속에 자라나는 유혹을 쉽게 꺾지 못했다.

지근지근 머리가 깨질 것 같아서 김 회장은 이마를 짚었다.

"그렇다면 수연이를 이 집으로 데리고 오는 것이 싫었겠구나."

"저는 이제 제 마음을 어쩌지 못합니다. 엄마 죽인 원수랑 산다는 오명을 씌우더라도 저는 수연이 옆에 있고 싶습니다."

"왜?"

"수연이를 사랑합니다."

"수연이는 네 마음을 어찌 생각할까?"

"상관하지 않겠습니다."

이제는 수연의 마음을 헤아릴 여유가 그에게 남아 있지 않았다.

"어렵구나."

김 회장이 깊게 한숨을 내쉬었다.

"그렇게 수연일 사랑했니?"

"지금도 사랑합니다."

"넌 수연이한테 끝까지 용서받지 못할 게다. 부모 죽인 원수하고 자식 죽인 원수는 용서하기 힘드니 말이다. 끝까지 수연이 널 용서하지 않으면 어쩔 셈이냐? 떠날 게야?"

인환이 입을 열려고 하는 순간 드르륵 문을 열고 새하얗게 바랜 얼굴로 수연이 방으로 들어왔다.

"괜찮니?"

김 회장이 물었으나 대답하지 않았다. 인환의 앞에 선 수연이 손을 내밀었다.

"내놔."

눈에 아무것도 보이지 않는 표정으로 수연이 말했다.

이건 내 거야. 네가 약속했었어. 네가 먼저 달라고 하지도 않은 내게 초콜릿을 주며 약속했었어.

내년엔 더 큰 것 사줄게요.

지난 2년 동안 내게 준 초콜릿을 난 하나도 먹지 않았어. 받지 않는다고 거절해 놓고 나중에 몰래 챙겨서 금고에 넣어두고 한 개도 먹지 않았어. 그것을 먹으면 다음에, 내년에 더 큰 초콜릿을 사주겠다고 한 그 약속을 너는 지킨 것이 되잖아. 그러면 다신 내게 초콜릿을 주지 않아도 되잖아.

이건, 네가 만들었어도 나를 주진 않은 거잖아. 누구에게 다 준 초콜릿을 내게만 주지 않았잖아. 난 이것을 다른 사람을 통해 받앉어. 그러니까 이건 내 거야. 먹어도 돼.

하얗고 예쁜 손으로 만든 초콜릿을 얼마나 먹고 싶었는지 모른다. 수연이 처음 그에게 줬던 초콜릿처럼 눈물 나게 맛이 있는지 정말로 먹고 싶었다.

사정하는 눈으로 올려보던 인환은 결국 초콜릿을 수연의 손에 건네주었다. 싸늘한 수연의 눈을 더 이상 바라볼 수가 없어서였다.

흥.

수연은 힘주어 주먹을 쥐어버렸다. 인환의 발밑으로 초콜릿이 범벅된 한지 덩어리를 던졌다.

"개처럼 주워 먹겠다면 말리진 않겠어."

사랑을 받는 것이 얼마나 큰 무기인지 이미 알아버린 수연의 입가에 싸늘한 조소가 어렸다.

"뻔뻔도 하지. 나를 사랑한다고? 잘됐네. 천 년 만 년 사랑해 봐. 그 마음 변치 말아. 하지만 앞으로 절대 내 눈앞에는 나타나지는 마."

수연은 돌아섰다.

"할머니, 전 이만 가보겠습니다. 이 사람이 이 집과 할머니 곁에서 완전히 사라지면 그때 돌아오겠습니다."

돌아서 방을 나가는 수연의 등은 열 살 때 그를 고아원에다 두고 돌아서던 여자보다 더 차갑고 무정해 보였다.

수연이 나간 문만 바라보고 있는 인환을 모습에 김 회장은 저절로 혀를 차고 말았다. 인환이 강하다고만 생각했다. 하지만 이제 보니 인환의 마음은 너무 여렸다. 못난 것 같으니. 마음이 이렇게 여린 것을 내 몰랐구나. 그렇게 여린 마음으로 어찌 내가 바라는 인간처럼 자라났을꼬. 그렇게 살기 위해 얼마나 힘들었을까?

쯧쯧쯧. 혀를 차면서도, 자신이 가르친 것과 정반대가 돼버린 인환의 모습이 너무 짠했다.

『무슨 자격으로요? 어떻게 수연에게 제 엄마 죽인 놈과 산다는 오명을 씌우겠습니까. 그래선 안 된다고 생각했습니다.』

그냥 눈 감고 모른 척하면 그뿐인 것을 그 여린 마음이 그것을 견뎌내지 못했다. 수연이 죽었다고 생각한 지난 1년 동안 인환이 어떻게 시르죽어 있었는지 알기에 김 회장은 다시 한숨만 내쉬었다.

그래도 안 되는 것은 안 되는 거지.

그래, 네 말대로 수연일 제 엄마 죽인 놈과 같이 사는 계집이란 오명을 쓰게 할 수는 없는 것 아닌가. 두 번 버릴 수는 없지만, 그렇다고 인환이 한 짓을 이해하고 용서할 수도 없었다.

"내가 너무 오래 살았어."

조금 일찍 세상을 떴다면 이런 기가 막힌 일에 황망해할 필요가 없었을 것 아닌가.

그래, 내가 너무 오래 살았어.

chapter 12.

시작 그리고 끝

　날이 흐르고 바람도 불었다. 기압의 영향으로 기온보다 훨씬 체감 온도가 낮아 길 가는 사람들은 몸을 잔뜩 웅송거리고 종종걸음을 치는 2월 23일 오후 9시.

　마트에서 이것저것 잔뜩 쇼핑을 한 세나는 양손에 무거운 짐 꾸러미를 들고 자신의 작업실로 올라가는 계단에서 연신 투덜대고 있었다.

　"아오, 오늘따라 계단이 왜 이렇게 높아?"

　대체 이놈의 상술에 왜 놀아나야 하는 건지. 수연과 같이 만든 초콜릿과 같이 줄 선물을 사다 보니 손해가 이만저만이 아니다. 이건 지갑이 카드명세서로 빵빵 부풀었고 무거운 짐으로 어깨는 빠질 것 같았다.

"너, 화이트데이 때 보자."

마치 그녀를 이렇게 만든 원흉이 혁진인 것같이 세나는 대놓고 투덜거렸다. 혁진이 초콜릿을 만들어달라고 징징거리는 것을 모른 척 무시했으면 되는데 만들어놓고는 그 탓을 하는 것이다.

뭐냐고, 남자친구도 아닌데 초콜릿을 달라니. 끝까지 안 주면 계속 삐칠 것 같아 만들기는 했지만……. 사실 세나는 초콜릿을 만들 생각까지는 안 했었다. 마트에서 작은 초콜릿 바구니를 사줄 생각이었다. 머랭을 만들기 위한 재료를 구입하러 간 마트에서 수연이 카카오 매스를 집어 들기 전엔 말이다.

『여기다 카카오 버터, 설탕, 레시틴, 바닐라를 섞어서 만들면 돼.』

『초콜릿?』

『응.』

『직접 만들어봤어? 만들 줄 알아?』

『만드는 것은…… 쉬워.』

『그럼 초콜릿 만들어볼까? 같이 만들래?』

『……그럴까?』

그래서 만들었는데 문제는 세나에게 남자친구가 없다는 거였다. 수연과 만든 초콜릿은 정말 예뻤다. 검은 윤기가 자르르 흐르는 것이 보기만 해도 눈이 황홀했다. 이걸 줄 남자친구가 없다니 얼마나 슬픈 일인가. 젠장. 공연히 비참한 생각이 들어 마트로 달려가 잔뜩 쇼핑을 하고 오는 중이었다.

『좋아하는 사람에게 주는 거야, 초콜릿은.』

수연이 그렇게 말했으니까 나도 좋아하는 사람에게나 줘야겠다. 엄마, 아빠, 오빠, 동생, 혜영 이모 그리고…… 혁진도 줘야지? 공연히 투덜거려졌다. 남자친구가 있으면 몰빵으로 몰아주면 끝날 초콜릿이 남자친구가 없어 이 사람 저 사람에게 죄 분배되고 있다. 어쩐지 좀 한심했다. 내년에 나이 30인데 남자친구 하나 없이 이게 뭔 꼴이람. 가족하고 친구들에게 초콜릿 돌릴 궁리나 하고 있다니.

이게 다 너 때문이다, 이 자식아.

세나는 공연히 혁진을 탓했다.

니가 만날 옆에 달라붙어 있어서 남자친구가 안 생기는 거라고. 이래 봐도 나 제법 예쁘고 몸매도 이만하면 쭉쭉…… 음, 빵빵은 양심상 차마 못 쓰겠다. 빵빵이라는 말을 쓰기엔 그녀의 가슴은 거의 절벽이었다.

『언니 가슴은 진짜 없다. 여기 누워봐. 다리미판으로 한번 써보자.』

그렇게 말한 동생의 말에 진짜 화가 난 것은 그 말이 다 맞아서였다. 물론 다 맞는 말이라고 그냥 넘어갈 세나는 아니었다. 세나는 동생을 엎어뜨려 놓고 신나게 때려주었다. 쳇, 그래, 나 가슴 절벽이다. 쭉쭉빵빵은 절대 아니긴 하다. 하지만 아무리 그래도 그렇지, 키도 크고 얼굴도 이만하면 평균은 넘지, 가슴 빼곤 별로 빠지는 데가 없는데 남자친구가 안 생기는 것은 이상하잖아. 에이, 이건 다 주위 사람들이 혁진을 남자친구로 생각할 정도로 붙어 다녀서 그런 것일 게다.

진짜 억울해. 남자친구 아닌데.

"넌 친구면서 남자지 남자친구는 아냐, 이 자식아."

눈앞에 혁진이 있는 것처럼 큰 소리를 지르던 세나는 작업실 문 앞에 쪼그리고 앉아 있는 사람을 보고 깜짝 놀랐다.

"수연아? 왜 그러고 있어?"

"갈 데가 없어."

벨벳처럼 부드러워 보이는 수연의 눈동자에서 눈물이 주르르 볼을 타고 흘러내렸다.

"갈 데가 없더라고."

이 일을 어째야 하나.

김 회장은 허공만 노려보고 앉아 있었다.

『회장님께서 절 고발해 주십시오. 그것이 수연이 원하는 몰락에 가장 가깝습니다.』

불을 켜지 않은 어두운 방에 자신을 내쳐달라는 인환의 목소리만이 계속 울렸다.

"회장님?"

문밖에서 김 양이 안절부절못하며 걱정스럽게 부르는 소리가 들려왔으나 아무런 대꾸도 하지 않았다. 아니, 김 양이 부르는 소리를 듣지 못하고 있다는 것이 맞았다.

'아무도 들어오지 마라.'

엄명을 내린 탓에 김 양은 감히 문을 열고 들어오지는 못하고 있었다.

"아줌만 그냥 들어가 주무세요. 문단속 다시 한 번 하고요."

"내일 아침은 식단대로 할까요?"

"그러세요. 혹시 모르니까 아침에 야채죽을 좀 쑤세요. 회장님 드시게."

"그럼 먼저 들어가요."

가정부가 들어간 뒤 김 양은 다시 방문에 귀를 기울였다. 혹시라도 김 회장이 쓰러지기나 할까 걱정이 태산이었다.

"회장님."

"왜 이리 불러대? 그만 너도 가서 자."

겨우 흘러나온 김 회장의 말에 김 양은 안도의 한숨을 쉬었다. 반가움에 문을 열려고 했다.

"들어오지 마라."

"회장님, 자리 봐드릴게요."

"누웠다. 들어오지 마."

김 회장의 엄한 소리에 문을 열지 못하고 김 양은 한 걸음 물러섰다.

"자리끼 들일까요?"

"됐다. 너도 그만 가서 자."

"회장님."

"왜 이리 귀찮게 굴어? 가서 자라는데도."

김 양이 진심으로 자신을 걱정한다는 것을 모르는 것은 아니지만 정말 김 회장은 모든 것이 다 귀찮았다. 그녀의 머리는 터지기 일보 직전이었다.

하필이면 인연이 그렇게 엉키나.

『이해하시지 못하실 겁니다. 일곱 살 꼬마 아이가 열두 살 아이에게 절대 위안이 될 수 있다는 것을. 하지만 그때 저는 정말로 수연에게 아주 큰 위안을 받았습니다. 그런 제가, 제가 수연일 낳은 분을 죽였습니다.』

내가 죽을 때가 된 게야.

애초에 아들의 인연을 갈라놓지 않았다면 이런 일은 없었을 것 아닌가. 주원이 제 좋다는 여자와 살게 두었다면 그 애들이 만날 일은 애초에 생기지 않았을 것이다.

이제 어쩌나, 이제. 눈물도 흘리지 못하고 절망으로 까맣던 인환의 눈과 분노로 아프던 수연의 눈을 생각하며 김 회장은 깊은 한숨을 계속 자아냈다.

어찌하누.

정말 어째야 좋을지 막막하기만 했다.

2월 23일 오후 9시.

터벅터벅 차에서 내린 인환의 발걸음은 한없이 무거웠다. 논산댁이 안에서 달려나왔다가 인환의 모습에 입을 딱 벌렸다.

"……무슨 일 있으세요?"

"아닙니다. 들어가 주무십시오. 자겠습니다."

집으로 들어온 인환은 곧장 서재로 향했다. 인환은 책상 뒤에 걸린 그림을 떼어내고 금고를 열었다. 그의 보물들이 금고 안에 가득했다. 채 포장을 풀지 못한 두 개의 초콜릿.

『이거, 목도리인데…….』

수연이 며칠 뜨개질해서 그에게 내밀었던 회색 목도리.

『돌이 되게 예뻐요.』

바닷가에서 수연이 주웠던 작은 돌멩이 등, 수연이 무심히 그에게 주었거나 갖고 있던 것을 인환은 하나씩 하나씩 모으고 있었다. 떠나보내려고 먹은 마음보다 사실은 붙잡고 싶은 마음이 더 컸었다.

너는 솔직하게 나를 좋아한다고 말했다. 나는 거짓으로 네가 싫다는 표현을 했다. 너는 발렌타인데이 때 내게 초콜릿을 주었다. 나는 화이트데이 때 네게 사탕을 주지 않았다.

열두 살 때 다시 집으로 돌아와서 나는 한 번도 내가 있던 고아원 쪽은 쳐다보지도 않았다. 절대로 생각도 하지 않았다. 딱 한 번, 집에 돌아온 한 달 후 색색의 예쁜 사탕을 들고 그 놀이터를 찾아간 것을 빼고.

빈 놀이터에서 우두커니 서서 너를 기다렸었다. 오지 않은 너를 기다리며 인기척이 날 때마다 고개를 빼돌렸었다. 너를 만나면 말하려고 했었다. 내 년엔 오지 못하지만 나중에 어른이 되면 반드시 찾아올 테니 그때까지 나를 잊지 말라고 그렇게 부탁하려 했었다.

『오빠도 엄마 기다려?』

아니, 나는 너를 기다려.

그리고 지금도 나는 너를 기다려.

김 회장은 그 다음날까지 방 안에서 꼼짝도 하지 않았다. 이러다 큰일 나지 싶어서 김 양이 혼자서 안절부절못하고 있는데 도경이 찾아왔다.

"어머니는?"

"방에 계십니다."

"조카는요?"

"아직……."

"아직도 안 돌아왔어요?"

인환이 이 집에 있는 한은 수연은 절대 돌아오지 않을 것이다. 그렇다면 이제 마음 놓아도 되는 것이다. 혹시라도 김 회장이 그들의 관계를 알고 난 뒤 그녀가 원하지 않은 방향으로 일이 돌아갈까 걱정했던 것은 기우였던 것이다.

"철딱서니 없는 것 같으니. 그렇게 철이 없을까? 쯧쯧쯧."

도경은 방문을 열면서 소리 질렀다.

"어머니, 도경이에요. 들어갑니다."

누가 말릴 새도 없이 도경이 드르륵 문을 열고는 보료 위에 굳은 듯 앉아 있는 김 회장 곁으로 가 앉았다.

"세상에, 한숨도 안 주무시고 계셨던 거예요? 네? 정말 큰일 나겠네. 여기 좀 누워보세요."

수선을 떠는 도경을 바라보는 김 회장의 눈이 어둡게 번쩍거렸다.

"왜 왔니?"

"왜 오다뇨? 어머니 걱정돼서 왔죠."

"난 괜찮다."

말은 그렇게 했지만 김 회장의 모습은 하룻밤 사이에 10년이나 확 늙어 있었다. 그래도 괜찮아야 했다. 억지로라도 괜찮아야 했다.

"괜찮긴 뭐가 괜찮아요. 금방이라도 쓰러지실 것 같은데."

"내가, 걱정스럽니?"

"당연하지요."

무슨 그런 질문을 하느냐는 얼굴의 도경을 한참 동안 바라본 뒤 김 회장이 낮게 물었다.

"왜?"

"네?"

"왜 내가 걱정스럽니?"

"어머닌 무슨 질문을 그렇게 하세요? 왜 걱정스럽겠어요? 당연히……."

갑자기 뒤를 이을 말이 생각나지 않아서 도경은 말을 얼버무렸다.

"넌 애들 일 알고 있었지?"

"수연이하고 인환의 일이요? 뭐, 알고 있긴 했지만, 뭐 그건……. 아, 네, 알고 있었어요."

"어떻게?"

"네?"

"어떻게 알고 있었니? 그 애들 일을. 수연의 존재를 내게 알려 준 것이 너였다. 너는 어떻게 수연의 존재는 어떻게 알았니?"

"그건…… 우연히 인환의 집에 갔다가 수연일 보고, 너무 주원이하고 닮아서 혹시 하고……."

"네가 인환의 집엘 갔다고? 왜, 무슨 이유로?"

"어머닌. 조카 집에 가는데 꼭 이유가 있어야 해요?"

도경이 인환에게 갖고 있는 적개심은 굉장했다. 처음엔 도경이 인환을 경계한다고만 생각했다. 하지만 어느 순간 도경이 뿜어내는 감정은 경계의 수준을 훨씬 넘어서 인환을 자신의 적으로 여기기 시작했다. 그런 도경이 인환의 집으로 찾아갔다는 것은 믿기 힘든 일이었다.

"그래, 조카 집에 가는데 이유를 따지는 것이 좀 우습긴 하구나."

"그보다 어머니, 우선 급한 일부터 처리하셔야 하지 않아요?"

"어떤?"

"수연이오. 그 가엾은 것을 데려와야잖아요. 인환이가 이 집에 있으면 안 온다고 하니 인환이를 유럽지사로 몇 년이라도 내보내는 것이 어떻겠어요? 그렇게 말하면 수연이가 집으로 올 것 같은데. 지도 엄마 죽고 혼자서 얼마나 서러웠겠어요? 그런데 겨우 만난 할머니 곁에 보기도 싫은 남자가 붙어 있으니 그 마음이 오죽했을까. 어머닌 아직 인환에 대해 아무 말씀 없으신데 그건 인환이가 한 짓을 모르셔서 그래요. 인환이 놈이 수연에게 얼마나 모질었는지 아세요? 나쁜 자식 같으니. 뻐꾸기 새끼 주제에 천벌이 무섭지도 않나. 수연일 노리개 삼아서 데리고 놀게. 수연이 불쌍해요, 어머니. 그러니까 어머니, 인환일 유럽지사로 발령 내고 수연일 집으로 데리고 오죠."

"그렇겐 안 된다. 인환인 누가 뭐래도 선양을 맡아서 키울 아이다."

도경의 눈이 커다래졌다. 분노가 확 그녀의 눈가에서 부서져 갔다.

"어머닌 수연에 대한 일을 아셨는데도 인환일 여전히 후계자로 삼으실 거예요? 그 녀석이 수연일 어떻게 데리고 놀았는지 모르시겠어요? 어제 수연이 미친 것처럼 군 것을 못 보셨단 말이에요? 애가 오죽하면 그렇게 미쳤겠어요? 수연이 가엾지도 않으세요? 아니, 주원이한테 미안하지도 않으세요? 주원이 딸이에요, 수연이. 어머니 손녀라고요."

"수연이가 내게, 인환이 있는 한 이 집으로 다시 오지 않겠다고 말하고 나갔다. 내게 자신을 선택할 것인지 선양을 택할 것인지 선택을 강요한 거야. 내가 선양그룹의 회장이 아니었다면 네가 지금 얘기하는 대로 다 했을 것이다. 그랬겠지. 수연인 내 손녀고 그 애에겐 미안한 것투성이니 당연히 그래야지. 지금도 인환이 놈이 한 짓을 생각하면 화가 나 견딜 수가 없다. 유럽지사가 아니라 지옥의 맨 끝으로 던져 버리고 싶을 정도야. 하지만 나는 인환에게도 할미다. 예전에 그를 한 번 버렸다. 그런데 이제 다시 버리란 이야기냐?"

"버림받아도 싸요, 그놈은."

"사람을 버리는 것이 얼마나 가슴 아픈 일인지 모르면 그런 말 말아라. 버림받는 것도 아프지만 버리는 것도 아파."

"그렇다고 수연일 버리실 거예요?"

"수연인 버려지는 존재가 아니다. 내 혈육이고 내 핏줄이다. 버린다고 버려질 수 없는 존재인 게야, 내게 그 아이는."

"하지만……."

"게다가 아직은 내가 선양그룹의 회장이야. 그런 내게 너는 지금 후계자를 버리라 하고 있어. 그건 선양이 산산이 분해돼서 와해되는 걸 보고 있으라는 것과 똑같은 말이다. 그렇겐 못한다."

"어머니!"

도경의 입술이 파르르 떨렸다.

"진짜 대단하세요. 어쩌면 그렇게 냉정하세요? 결국 어머닌 선양그룹 때문에 수연일 외면한다는 말씀이시잖아요. 정말 이해할

수가 없네. 어떻게 그렇게 말씀을 하세요? 아니, 좋아요. 그럼 수
연을 위해 뭘 해주실 거예요? 어머니께서 말씀은 그렇게 해도 수
연에게 넘겨줄 건 넘겨주실 거죠? 실질적인 경영권을 수연에게 주
실 거죠? 인환에게 준다고 한 주식의 반은 수연에게 주실 거죠?”

“대체 수연의 일에 왜 그리 쌍지팡이를 들고 나서는지는 모르
겠지만 나는 결단코 유언장을 바꿀 생각은 없다.”

“말도 안 돼요, 그건. 어째서 핏줄도 아닌 생판 남에게 모든 것
을 물려주신다는 거예요? 어머닌. 그러시면 안 돼요. 하늘에 계신
아버지께 죄송하지도 않으세요. 어째서 그분의 정통 혈육인 수연
이나 나를 제외하고 피 한 방울 섞이지 않은 남에게 모든 것을 물
려준다고 하는 거예요? 왜?”

“수연이나 나? 무슨 소리냐, 그게?”

그제야 도경은 자신이 흥분해서 안 할 말을 해버렸다는 것을 깨
닫고 아차 했다. 이런 사실은 김 회장이 죽고 수연이 모든 것을 다
물려받은 후에 터트리려고 했던 것이다. 정당한 자손의 권리를 내
세워 수연이 받은 재산을 달라고 할 참이었다.

“네가 지금 내 남편의 핏줄이라고 주장하는 거니?”

“그렇잖아요.”

너무도 기가 막혀서 김 회장은 웃고 말았다. 김 회장은 도경의
얼굴을 찬찬히 살펴보았다. 그리곤 진심으로 자신의 말을 믿고 있
는 도경의 표정에 그만 혀를 찼다.

“대체 네가 왜 그런 생각을 하는지 모르겠다만…… 병원에 가

보거라. 정말로 네가 많이 걱정이 된다."

"저더러 미쳤다고 하는 거예요? 저 미치지 않았어요. 아주 멀쩡해요."

도경은 열다섯 살 때 큰집으로 갔다가 큰엄마하고 큰아버지가 하는 이야기를 들었다. 자신과 사는 집에 비해 너무도 초라한 집이라 이런 집에 자신의 뿌리가 있다는 사실이 싫고 집안의 초라함이 싫어서 도경은 1년에 한 번도 제대로 큰집엘 찾지 않고 있었다.

『어쨌든 도경인 복이 터졌어. 수양딸로 들어가다니, 그야말로 천운인 게지.』

『천운은 무슨. 내 생각엔 제집에 제대로 들어간 것 같구만.』

『이 사람이. 그게 무슨 소리야?』

『안 그래요? 도경이 봐요. 어디 우리 집안 핏줄다운 데가 한 군데라도 있습니까? 내 생각엔 아무래도 그 집 사장님 자식인 것이 분명하우. 솔직히 동서 행실이 좀 그랬잖수.』

『어허.』

『체, 아무 남자나 보면 눈웃음 살살 흘리고 꼬리 흔든다고 애초에 당신도 결혼 반대해 놓곤.』

『시끄러워, 이 여편네야.』

『죽어라 그 집으로 들어가더니 성공한 게지. 동서가 그 집 주인을 홀린 것이 분명해. 그렇지 않고서야 그런 집에서 미쳤다고 일하던 사람 자식을 수양딸 삼아 키우겠어요? 처음부터 이상했어. 도경인 절대 우리 집 아이가 아니우.』

그럼 난 수양딸이 아닌 아버지의 친딸인 거야? 그것은 묘하게 도경을 기쁘게 했다. 사실 수양딸이라는 꼬리표가 치 떨리게 싫었다.

난 아버지의 진짜 딸이다.

마음속에서 꼬리표가 떨어져 나간 열다섯 살 이후 도경은 단 한 번도 자신이 수양딸이라는 생각을 해본 적이 없었다. 큰아버지 부부의 이야기를 확인하고 자시고 할 것도 없이 무조건 믿어버렸다. 그 이후 두 번 다시 큰집이건 작은집이건 발걸음도 하지 않았다.

"제가 아버지의 친딸이란 것을 모르는 줄 아셨겠지만……."

김 회장은 한참 동안 도경을 바라보았다. 그리고는 자신이 어떤 말을 해도 소용없을 정도로 도경이 굳게 믿고 있다는 것을 알아차렸다. 의기양양한 얼굴로 떠드는 도경을 바라보다 김 회장이 주먹으로 휠체어를 내려쳤다.

"어디서 내 남편을 그따위로 능멸해!"

지금 도경은 짧은 생을 살다 갔지만 사는 동안 성실했던 남편을 욕 먹이고 있었다. 쩌렁, 높은 김 회장의 목소리에 도경은 찔끔했다.

"그따위 말도 안 되는 상상을 하다니 미친 게야? 아니면 누가 네게 그런 말도 안 되는 소리를 지껄여 그 말에 혹한 거냐? 널 수양딸로 삼을 때 모두, 남편까지 남의 자식을 들일 필요가 있느냐고 반대했는데 왜들 그렇게 반대했는지 이제 알 것 같구나. 내 남편이 네 아버지? 하늘이 웃겠다. 망상도 정도가 있어야지. 수양딸로 삼아서 길러 줬더니 겨우 생각한 게 그거니? 내 남편의 딸? 네가?"

"그렇게 시치미를 떼도 소용없어요. 난 아버지의 딸이에요."

"무슨 증거로?"

도경의 말문이 막혀 버렸다.

"그건……."

"그런 헛소리를 하고 싶거든 적어도 증명해 보거라."

이제 저도 살 만큼 살았는데 저렇게 생각이 없을까? 그것이 얼마나 자신의 어미를 욕되게 하는지 모르는 걸까?

"어떻게요?"

"우선 네가 네 집안, 네 아버지와 혈연관계가 없다는 것을 증명해 봐. 그걸 증명한다면 그럼 나도 내 남편과 아무 관계가 없다는 것을 증명해 보이마."

이 가엾은 인사야.

도경이 조울증을 앓고 있는 것은 알고 있었다. 감정의 기복이 심해서 약을 복용하는 줄은 알고 있었지만 과대망상증까지 앓고 있는 줄은 몰랐기에 김 회장은 도경을 바라보며 속으로 혀를 찼다.

"꼭 증명해 보이죠. 기다리세요."

도경이 쌩 하고 나가 버렸으나 그 건방을 꾸짖지도 않았다. 머리 검은 짐승은 거두지 말라는 옛말이 하나도 틀린 것이 없다는 생각을 하며 김 회장은 이마를 짚었다.

가엾은 우리 수연이 일만으로도 머리가 터질 지경이건만. 쯧쯧
쯧.

"김 양아."

"네, 회장님."

"수연이에게 두어 명 사람을 붙여서 보호하게 해라. 그 애 모르
게. 그리고 그 애가 어떻게 지내는지 24시간 지켜보고 이상한 일
이 있으면 즉각 보고하라고 해."

혹시 모르는 일, 나쁜 일이 일어날 가능성은 원천 봉쇄하는 것
이 제일 좋지.

"네."

수연을 생각하면 김 회장의 입에서 저절로 한숨이 나왔다. 가엾
은 것. 지금이라도 달려가서 안아주고 싶은데 급할수록 돌아가라
는 말이 있지 않은가. 서둘러 봤자 역효과만 나겠지. 우선은 마음
이 풀어질 때까지 지켜보는 것이 좋을 것 같다.

너같이 도덕적이지 못한 녀석 밑에서 내가 계속 일할 것 같니?
안면도 펜션 사장을 만나고 온 윤희는 미련 없이 사표를 써서 인
환에게 내밀었다.

"뭐야?"

"보면 몰라, 사표야. 그만두겠어. 그러니 후임 물색해."

"왜 갑자기 그만두겠다는 거야?"

윤희가 코가 닿을 듯 얼굴을 들이대고 나지막하게, 그러나 강하

게 끊어 말했다.

"난, 인간성 없는 싸가지는 상사로 모실 수 있지만 범죄자는 상사로 모시기 싫어."

윤희의 말에 인환은 아무런 반응도 보이지 않았다.

"3개월만 근무해."

"싫어, 인사부장에게 내 후임 구하라고 할 테니 그리 알아."

"이제 후임은 필요 없어. 그러니 정리할 3개월만 네가 도와줘."

그러곤 인환이 모니터로 고개를 숙여 버렸다.

정리할 시간? 뭘 정리하는데? 보통 비서가 그만둔다면 후임부터 물색하는 것이 순서인데 정리를 해? 대체 무슨 꿍꿍이냐?

"강인환. 넌 왜 내가 비서 그만두는지 안 물어봐?"

"얘기했잖아. 인간성 없는 싸가지는 상사로 모실 수 있지만 범죄자는 상사로 모시기 싫다고."

뭐야. 이 말은 그럼 자기가 범죄자라는 걸 인정한다는 거잖아.

"아니, 내 말은 왜 내가 그렇게 말하는지 왜 안 묻느냐는 소린데?"

"말하고 싶으면 말해."

성의 없이 대꾸하는 인환에게 어처구니가 없어져 버렸다. 인환의 태도는 윤희의 마음속에서 들끓고 있던 정의감을 포시시 김을 내며 꺼질 정도로 사람의 맥을 확 풀어버렸다.

"말 안 해."

인환이 결코 여자에게 돈 심부름을 시킬 사람이 아니라면서 넌 그렇게 인환을 모르냐고 철형은 펄쩍 뛰었지만 펜션 사장이 직접 인환의 이름을 말한 마당에 모르긴 뭘 모르고 알면 또 얼마나 알 것이란 말인가.

눈이 삐었지.

솔직히 윤희는 대학 때 철형보다는 인환에게 먼저 반했었다. 지내다 보니 인간성 제로에 사하라 사막 저리 가게 삭막한 것을 깨닫고 그 마음을 휙 접어버리고 철형에게 마음을 돌렸지만 말이다.

그래도 정직하고 공정하다고 생각했단 말이지.

그랬는데 아니지 않은가. 수연에게 저지른 짓을 생각해 보면 치가 떨렸다. 수연 엄마를 죽게 만들고는 수연을 데리고 3년이나 살았다. 어떻게 사람으로 그런 짓을 할 수가 있는 거야? 이렇게 잔뜩 화가 났던 것이 그만 맥 풀어져 버리자 다른 노여움이 치솟아오르기 시작했다.

"그러던지."

"야, 강인환."

"보다시피 나 지금 몹시 바쁘다."

"물어봐, 내가 왜 화가 나서 사표를 던졌는지."

버럭 소리를 지르자 그제야 인환이 고개를 들었다. 어라? 얼굴이 왜 그래? 한 번도 본 적 없는 인환의 얼굴에 윤희는 놀라고 말았다.

"어디 아파?"

"아니."

"근데 얼굴이 왜 그래?"

"어때서?"

"죽을상이야. 주말에 무슨 일 있었어?"

"왜 화가 나서 사표를 던졌어?"

그래, 네가 네 얘기 쉽게 하면 그게 더 이상하지. 윤희는 고개를 잘잘 흔들었다.

"곽장호를 만났거든."

"곽장호가 누군데?"

에? 누구냐니? 네가 수연 씨 엄마 죽이라고 사주하고 뭉텅이 돈 준 남자 이름이잖아.

"곽장호를 몰라?"

"누구냐니까?"

윤희의 눈이 커다래졌다. 모르는 척하는 거야? 진짜 모르는 거야?

"한수연 씨 엄마 오토바이로 들이받고 네게 돈 받아서 펜션 사장이 된 남자."

인환의 얼굴이 한순간 굳었다. 싸늘하게 식어 내렸다. 그리고 윤희를 실망시키는 말을 했다.

"그 남자 이름이 곽장호였어?"

인환은 다시 모니터로 시선을 내렸다. 그가 던진 그 짧은 메시지로 이름까지 알아내다니, 철형은 정신과 의사보단 탐정을 하는 것이 더 나을 뻔했다는 생각에 웃을 뻔했다.

"너 진짜 나쁜 놈이다."

윤희가 뭐라던 대꾸하고 싶지 않았다.

"그래도 친구였잖아. 부탁이야. 3개월만 더 도와줘."

그가 손을 떼도 큰 지장 없게 마무리할 시간으로 인환은 3개월을 잡았다.

"싫어."

4개월로 늘려야 할까? 윤희가 도와주지 않으면 3개월로는 좀 힘들겠는데.

나가는 윤희를 보며 멍하니 보다 갑자기 든 의문으로 인환은 자세를 고쳐 앉았다.

내게 돈 받아서 펜션 사장이 된 남자라고 했던가?

남의 뒤를 캐는 것 같은 불법적인 일을 맡기면서 돈을 지불했지만 펜션을 살 정도로 돈을 준 적도 그만한 돈을 줄 만한 일을 시킨 적도 없었다. 인환은 전화를 집어 들었다. 4년 전 한지희에 대한 일을 시킨 뒤론 한 번도 연락하지 않은 남자의 번호를 눌렀다.

[아이고, 본부장님, 오랜만입니다.]

아직도 심부름센터라는 이름으로 전문적으로 남의 뒤를 캐는 일을 하고 있는 남자가 전화를 받았다.

"시간 좀 내십시오, 확인하고 싶은 것이 있으니까."

[그럼 제가 한국에 들어가는 즉시 연락드리겠습니다. 지금 호주에 와 있습니다. 보름 후 들어갑니다.]

전화를 끊은 인환은 다시 하던 일로 돌아갔다. 새로운 인사이동과 전문적인 경영인의 추천, 그리고 계속 적자만 내고 있는 정리할 회사들의 리스트. 그것만 정리하는 데도 윤희 없이 3개월은 불가능할 것 같았다.

인환이 구해주었던 바리스타를 보내고 다시 수연이 카페를 맡았다. 수연은 며칠 빠진 것에 대한 보상으로 더 열심히 일을 해서 사장의 마음을 흡족하게 했다.

"난 한수연이 참 마음에 든다. 먼저 바리스타는 좀 거만했어."

"그죠, 이모? 저도 그렇게 생각해요."

"근데 한수연에 대해 이런저런 말이 많은데 계속 일하게 둬서 괜찮을까? 또 남자 손님에게 욕 퍼붓고 하면 곤란한데."

"그때는 이모, 특별한 경우였다니까요. 이제 정말 그런 일 없을 거예요. 봐요, 이모. 수연이가 제 돈으로 재료 사서 머랭 구워 서비스하는 거, 솔직히 저런 바리스타를 구하는 거 쉽지 않아요."

"하긴 그렇긴 해. 한수연이 편안하게 해줘서 좋다는 손님도 꽤 많으니 믿어보자. 그보다 세나야, 머리 다듬어줄 테니까 미용실로 올라가자. 여자 머리가 그게 뭐니?"

"정말이요? 에헤, 신난다."

세나가 김혜영 원장을 따라 나가는 것을 보며 수연은 머리로 손을 올렸다.

나도 머리나 자를까?

말은 하지 않았어도 인환은 그녀의 머리카락을 만지는 것을 좋아했다. 가만가만 쓰다듬는 걸 문뜩문뜩 느꼈으니까. 그래서 자를 생각조차 하지 못했던 머리였다. 4년이나 기른 머리는 지나칠 정도로 길었다. 그래, 머리나 확 잘라 버리자. 느슨하게 땋은 머리를 손으로 비비 틀었다.

"왜요, 언니?"

"나도 머리 자를까?"

"아깝게."

"아깝긴. 세나 머리 자른 거 보고 예쁘면 나도 머리 잘라야겠어."

"언닌 긴 머리가 어울릴 텐데. 머리카락이 반짝반짝 얼마나 예쁜데요. 아직 언니 머리 푼 것은 못 봤지만 틀림없이 예쁠 것 같아요."

"예쁘지 않아."

말은 그렇게 했지만 어릴 때부터 머릿결이 명주 같다는 말은 곧잘 듣긴 했다. 혹시 샴푸 광고를 해보지 않겠느냐는 길거리 캐스팅도 받은 적 있었다.

"목도 길고 머리도 길고. 그러고 보면 언니는 긴 게 참 많아요?"

"그래?"

"네, 손가락도 길지 다리도 길지. 그러면서 허리는 짧지. 정말 언니는 우월한 유전자를 너무 많아 가졌어요."

그리고 미련도 길지. 그리고 미련이 길다는 것은 전혀 우월하지 않았다. 어쨌거나 수연은 계영을 향해 웃어주었다.

“계영 씨, 붕어빵 먹고 싶구나.”

“언닌.”

“사다 줄게.”

“피이, 붕어빵은 핑계고 사실은 고양이 밥 주러 가는 거죠?”

“아니야, 붕어빵 사러 가면서 그냥 고양이 밥 주는 거야.”

지금 수연은 무언가 신경 쓸 곳이 필요했다. 고양이 밥 주는 것 같이 챙겨줄 무언가가. 사료를 챙겨 들고 수연이 카페를 나왔다. 그녀가 나오는 것을 지켜보기라도 한 것처럼 고양이가 야옹 소리를 내며 다가왔다.

경계를 하는 고양이의 앙칼진 눈빛을 보면서 수연이 조심스럽게 손을 내밀었다. 휙 고양이가 어느새 저만큼 달아나 버렸다.

“알았어. 먹어. 이만 갈게.”

일어서서 걸음을 옮기려던 수연의 발이 딱 멈추어 섰다. 언제부터 있었을까? 인환의 차가 보였다. 그리고 그가 차 앞에 서 있었다.

나타나지 말랬는데 잘도 나타나는군. 노려보는 것도 부질없어서 수연은 그냥 눈길을 돌려 버렸다. 걸음을 옮기는 수연을 향해 인환이 말했다.

“미안해.”

“…….”

“미안하다는 말을 할 자격이 없다는 것을 알아.”

“…….”

“나타나지 말라는 네 말대로 하려고도 했어.”

“…….”

“하지만 안 돼. 난 할 수가 없어.”

아무리 보지 않으려고 해도 그의 마음대로 되지 않는 것을 어쩌란 말이냐. 눈앞에 보지 않으면 참을 수 없는 것을 어쩌란 말이냐.

“네 말대로 하려고 했어. 원하는 것이 그것이라면 그렇게 해야지. 죽을 때까지 사랑하라고 했지? 다시는 눈앞에 나타나지 말라고 했지? 그래, 죽을 때까지 사랑하겠어. 네게 대한 사랑 때문에 지쳐 죽는다 해도 사랑하는 걸 멈추지 않겠어. 다시는 눈앞에 나타나지 말라고 했지? 나를 보는 것이 괴롭다면 내 모습을 치워주려고 했어. 그런데 그것이 안 돼. 나도 모르게 너를 찾고 있어. 네가 여기에 있다는 것을 아는 내가, 나도 모르는 내가 너를 찾아와. 그러니까 보지도 말라는 말은 하지 마.”

아무것도 본 적도 아무 말도 들은 적도 없는 것처럼 수연이 그를 지나쳐 갔다.

“아저씨, 붕어빵 좀 주세요.”

다른 사람을 향하는 수연의 말은 봄바람처럼 부드럽고 상냥하기만 했다.

chapter 13

그 끝에 그가 있다

김 회장은 김 양이 올린 보고서를 읽다가 수연의 사진을 보고 그만 혀를 차고 말았다. 며칠 전에 올라온 보고서는 수연이 지금 어떻게 지내는지, 무엇을 하는지에 대한 가장 기초적인 내용과 주변 인물에 대한 것들이 전부였는데 이번 것은 수연이 어떤 곳에서 먹고 자는지 또 어울리는 사람들이 무엇을 하는지까지 아주 일목요연하게 정리돼 있는데다 같이 올린 사진의 개수도 아주 많았다.

주원아, 네 딸이 남에게 커피를 만들어주고 시중들며 살고 있구나. 네 딸이, 내 손녀가.

속이 상해서 연신 한숨만 쉬던 김 회장이 사진을 넘기던 손길을 멈췄다.

"저녁마다 본부장님께서 다녀가신답니다."

"수연에게?"

"네. 저녁마다 커피 마시고…… 가신답니다."

"그리고?"

김 양이 무언가를 말하고 싶어 하는 걸 눈치채고 김 회장이 물었다.

"수연 양은 쳐다보지도 않는답니다."

"그런데?"

"그런데도 계속 수연 양을 향해 말을 붙이다가 돌아가신답니다."

생각하면 할수록 머리가 아팠다. 이 아이들을 이제 어째야 하는지 모르겠다.

"도경이 요즘 어떻게 있는지 알고 있니?"

"양재동 사모님께선 요즘 친정 부모님 묘소 단장을 하고 계십니다."

"묘소 단장?"

당장 유찬을 데리고 유찬의 큰집으로 달려가 사촌 형제와 큰아버지를 붙잡고 유전자 검사라도 들어갈 줄 알았는데 다행히 제정신을 차렸나 보다. 그동안 도경은 철저하게 자신의 뿌리엔 무관심했다. 친정이 없는 사람처럼 굴었다. 그 이유가 그런 망상 때문이었다니. 그나마 김 회장의 태도에 자신의 생각이 틀린 것을 깨달았나 보다. 친정 부모 묘소를 단장하고 있다니.

도경을 생각하다 이내 김 회장은 다시 사진으로 고개를 내렸다. 요즘 김 회장의 관심사는 오로지 수연뿐이었다.

가엾은 것, 여위었구나. 수연의 얼굴이 찍힌 사진에서 인환의 사진으로 시선이 옮겨갔다.

가엾게 너도 여위었구나. 사진만 들여다보는 김 회장에게 김 양이 조심스럽게 말을 꺼냈다.

"참, 회장님. 본부장님의 비서가 사표를 냈습니다."

"그래?"

"네, 그런데 본부장님이 그 후임을 뽑지 말라고 하십니다."

왜? 물으려다 그만두었다. 묻는다 한들 김 양이 알 리가 없을 테니까.

"그 본부장 비서가 본부장의 친구였지, 아마?"

"네."

친구인데 갑자기 왜 사표를 냈을까? 요즘 본부장 힘들어하는 것을 알 텐데. 그리고 후임을 뽑지 말라고 했다면……. 김 회장의 눈이 저절로 찌푸려졌다.

"그 비서 좀 불러."

"지금이요?"

"응."

"알겠습니다."

김 양이 나가고 난 뒤에도 김 회장은 한참 동안이나 수연의 사진에서 시선을 거두지 못했다.

　도경은 정말 자신의 생각에 대해 한 번도 의구심을 품은 적이 없었다. 그래서 그녀는 자신이 받아 든 유전자 통보를 믿을 수가 없었다. 묘소를 손본다는 핑계로 부모의 묘를 파헤쳐 손에 넣은 머리카락의 검사 결과는 도경이 믿고 있던 것과 정반대의 결과였다.

　내가 친딸이라고?

　말도 안 된다. 이건 말도 안 되는 일이지 않은가. 어째서 내가 친딸이라는 결과가 나온 것이지? 이건 틀림없이 그 노인네가 조작한 걸 거야. 지 남편의 친딸인 내게 아무것도 주지 않으려고 그런 것이 틀림없어.

　도경은 손에 든 서류로 책상을 마구 내려치다가 구겨서 휙 던져 버렸다.

　"뭐 해? 엄마."

　외출을 하려고 방을 나온 유찬이 열린 문틈으로 보이는 도경의 모습에 놀라 방으로 들어왔다.

　"뭔데 그래요? 그거."

　"아무것도 아냐."

　도경이 집어 들려고 하기 전 유찬이 먼저 서류를 집어 들었다.

　"아무것도 아니라니까! 이리 내놔."

　도경이 뺏으려 들었지만 이미 유찬은 구겨진 서류를 펴본 뒤였다. 유찬의 얼굴이 잔뜩 일그러졌다. 그는 지금 자신이 보는 것을 믿지 못하고 있었다.

"이게 뭐죠?"

"아무것도 아니랬잖아."

"왜 이런 검사를 하셨어요? 돌아가신 지 수십 년도 지난 외할아버지와 외할머니의 머리카락은 어디서 구하신 거예요? 설마?"

유찬의 눈이 커다래졌다.

"두 분 묘소를 새로 단장한 것이 이것 때문이었어요?"

"이건 네 외할머니가 조작한 거야, 틀림없어. 내게 선양을 주지 않으려고. 맞아. 그러고도 남아, 그 늙은이는. 내가 속을 줄 알아."

"무슨 말씀이에요?"

"내가 자기 남편 딸이라는 게 밝혀지는 게 싫어서, 그래서……."

"엄마."

"웃기지 마! 이런다고 내가 순순히 물러날 줄 알아? 내가?"

"엄마!"

"어디서 굴러먹은 인간들의 자식인지도 모르는 인환이 놈에게 선양을 빼앗길 것 같아."

"어머니!"

유찬의 어머니란 소리에 도경은 정신이 퍼뜩 들었다. 그제야 자신이 너무 많은 말을 했다는 것을 깨닫고 입을 다물었다. 아들은 엄마라고 불렀지 아직까지 한 번도 어머니라고 부른 적은 없었다. 평소와 다른 유찬의 표정을 보고 도경은 조금 당황했다.

"유, 유찬아."

“어머니, 이런 분이었군요.”

그가 하고 싶은 일을 못하게 말린 것만 빼고는 자신에게만은 아주 좋은 엄마였다. 유찬의 목소리가 떨려 나왔다.

“이런 분이셨어요……..”

실망으로 처진 어깨로 유찬이 돌아섰다.

“유찬아.”

유찬은 말없이 방을 나왔다. 도경이 불렀으나 돌아보지 않았다. 어떠한 사람이든 엄마는 엄마라는 사실이 유찬의 걸음을 무겁게 했다.

“너, 어디 가?”

비로소 유찬이 돌아섰다.

“엄마를 찾으러 가요.”

“뭐야?”

“도도하지만 아름답던 내 기억 속의 엄마를 찾아봐야겠어요.”

그리고 유찬이 나가 버렸다. 어쩐지 유찬의 말에 가슴이 먹먹해져서 도경은 더 이상 아무 말도 하지 못한 채 유찬의 등만 멍하니 바라보았다.

언제부턴가 고양이가 수연의 손길을 피하지 않고 받아들이기 시작했다. 수연이 살그머니 쓰다듬는 손길에 야옹 소리를 내며 다가왔다. 수연은 들고 나온 사료를 고양이 가족이 달려들어 먹는 것을 쪼그리고 앉은 채 바라보았다. 차라리 나도 동물로 태어났다면 좋았을걸. 수연은 인간으로 사고를 한다는 것이 너무 싫었다. 동물은 생각하지 않을 거야. 그저 먹고사는 것에만 충실할 테지. 그렇게 살 수 있다면 얼마나 좋을까?

"또 청승이지. 제발 얘네들 밥 좀 주지 말아라. 얘네들 때문에 입구 지저분해진다고 계영이 자꾸 구시렁대더라."

고양이 가족이 세나가 오는 기척에 후다닥 계단으로 사라져 버렸다.

"저놈들은 먹이 주는 인간에게만 야옹대. 얄밉게."

"오올, 박세나, 옷차림이……."

세나를 보며 수연이 탄성을 질렀다. 아직 추운 날씨건만 세나의 옷차림에 봄이 가득 들어 있었다. 팔랑팔랑 날리는 세나의 스커트에서 활랑활랑 봄의 향기가 배어 나왔다.

"옷차림이 뭐?"

"너무 여성스럽네. 진짜 여자 같아."

"나 원래 여자야."

"거짓말. 그런다고 누가 속을 줄 알고."

"진짜 여자거덩. 보여줘?"

"응, 보여줘."

"자."

세나가 가슴은 앞으로 엉덩이는 뒤로 뺐다. 고혹적인 표정으로 입술을 오므려 주욱 내밀고는 눈은 게슴츠레 떴다.

"여자로 보이지?"

“아니.”

“에이 참, 내가 벗어야 믿을 거야?”

“응.”

“에이, 네 앞이니까 벗는다. 잘 봐.”

세나가 확 신발을 벗고 맨발을 들이밀었다. 앙증맞은 하얀 맨발을 보며 수연은 풋 웃음을 터트렸다. 요즘 세나는 틈만 나면 수연을 웃겼다.

“어때, 그럴듯하지? 내 발 여성스럽지 않니? 섹시하지? 혁진이는 내 발이 그렇게 예쁘대.”

“원래 혁진 씨가 족발을 좋아하잖아.”

“지금 내 발이 족발 같다는 거냐?”

계단을 올라와 카페 안으로 들어서며 수연이 손가락을 입에 가져다 댔다. 흥분을 하면 세나의 목소리는 쨍 커졌다. 손님은 많지 않지만 그래도 카페의 품격이 있지 않은가. 바깥에서야 소리 높여 말을 해도 괜찮지만 여기서는 시끄럽게 만들 수 없었다.

“자, 마셔.”

무조건 커피부터 한 잔 가득 따라주었다.

“오올, 웬일이야? 요즘은 주문도 안 했는데 서비스가 완전 띵호야네.”

“돈 받을 건데?”

“주문도 안 한 커피 주면서 돈을 받겠다고?”

“그럼 돈 안 주고 마시려고 그랬어?”

"어, 그건 아니지만……."

"자, 이건 진짜 서비스."

하얀 접시에 하얀 머랭을 예쁘게 놓아서 세나 앞으로 밀어주었다.

"하나 더 줘."

세나는 입안에서 바사삭 부서지는 머랭을 무척 좋아했다. 인심 좋게 두 개를 더 세나 접시 위에 올려놓고 수연은 자신도 모르게 흘끔 출입문 쪽으로 시선을 던졌다.

"누구 기다려?"

"아니."

그렇게 대답은 했지만 사실은 기다리는 것은 아닐까? 날마다 이 시간이면 오고 있는 인환이 어느새 습관처럼 느껴지나 보다. 그렇지 않고서야 눈이 자꾸만 출입문을 향할 이유가 없다. 그건 안 돼. 난 아무도 기다리지 않아.

바를 마주하고 앉아서 인환은 그저 바라다보기만 했다. 그러다 눈이라도 마주치면 웃을 듯 말 듯 입가를 움직이려 했다. 고개를 돌려 버리면 그의 표정이 체념으로 굳어버린다.

절대로 기다리지 않아.

수연은 인정하고 싶지 않았다. 기다리다니. 만의 하나 그렇다면 난 정말 쓸개가 빠진 거야. 그럼에도 자꾸만 출입문을 바라보는 것은……. 그래, 기다린다면 시간을 기다릴 테지. 하루가 1초처럼 빨리 지나서 이대로 나이 먹어 어서어서 죽었으면 좋겠으니까.

딸랑, 문이 열리는 소리에 저절로 고개가 돌아갔다.

"아."

이 기사와 다른 사람들의 부축을 받고 선 김 회장을 본 순간 신음이 저절로 터져 나왔다. 사람들에게 부축을 받고 자리에 앉은 김 회장이 손짓을 해 사람들을 물렸다.

"내가 이래서 외출을 안 해. 나 때문에 저들이 너무 고생을 하거든. 한데 어쩌겠누. 오라고 해도 네가 안 올 것 같으니 내가 와야지."

"아, 안녕하셨어요."

"너나 나나 둘 다 안녕하진 못한 것 같구나? 그렇지? 너도 많이 말랐다."

"회장님……."

"나도 이젠 네 마음속에서 내쳐진 모양인 게구나? 회장님이라고 부르는 걸 보니. 아니면 처음부터 받아들이지 않았던지. 그래, 어느 쪽이었니?"

이거 뭔가 많이 심각한데? 회장님이라니? 수연이 할머니 같은데 무슨 회장님? 궁금한 것이 많았지만 너무도 심각한 분위기에 세나가 슬며시 일어났다. 옆에서 무슨 이야기를 하나 듣고 싶었지만 이런 분위기 때는 자리를 피해 주는 것이 예의일 거다.

"저분 누구세요? 어디서 본 분 같은데?"

세나가 김 양의 자리에 앉으면서 낮게 소곤거렸다.

"회장님이십니다."

무슨 회장? 육성회? 친목회? 동창회? 요즘 회장이 얼마나 흔한 지 알아? 우리 아빠는 조기회 축구 회장이고 난 만화가 모임 먹자 계 총무면서 회장이거덩?

"선양그룹 김진옥 회장님이십니다."

뜨악. 대번에 세나의 입이 벌어지고 말았다. 김진옥 회장님? 그 런데 저분이 수연이 할머니라면, 저기 그럼 수연이가 그, 그, 서, 설마.

"맞습니다."

엥? 당신, 독심술 하나? 내가 뭐라고 묻지도 않았는데 맞긴 뭐 가 맞아?

"한수연 씨는 김진옥 회장님의 손녀가 되세요."

띠옹, 세상에! 설마가 사람 잡았다!

"커피를 다오. 나도 네가 뽑은 커피 한번 마셔보자."

수연이 커피를 새로 내리는 것을 물끄러미 바라보면서 김 회장 은 수연이 사진보다 훨씬 말라 있다는 것을 깨달았다.

"좀 엷게 뽑았어요."

건강 때문에 한동안 마시지 않은 커피를 한 모금 마신 김 회장 이 고개를 끄덕거렸다.

"향이 좋구나."

무슨 말을 어떻게 꺼내야 할지 망설이다니, 철혈의 바이올렛이 란 명성도 이제는 다 옛말이구나. 자조적인 미소가 김 회장의 얼굴에 그늘처럼 드리워졌다.

"그런데 웬일이세요?"

"네가 안 와서 내가 보러 왔다지 않니. 너는 내가 안 보고 싶을지 모르지만 나는 안 그렇다."

"저는……."

"네가 엄마를 닮진 않은 모양이야. 네 엄만 아주 착했다. 섬약했지."

김 회장의 말에 앙금처럼 가라앉아 있는 감정이 보글거리면서 끓어올랐다.

"할머니께 엄마 이야기는 듣고 싶지 않아요."

"어쩌겠누. 그래도 난 해야겠는데. 그러니 들어라."

예전 같으면 손녀에게 변명을 늘어놓는 채신머리없는 짓은 절대 하지 않았을 테지만 도경이 그러고 간 뒤 마음이 변했다. 인간들은 자신이 보고 들은 것으로 모든 것을 판단하고 믿어버린다. 알아주겠지 하는 생각은 바보 같다는 것을 깨달은 것이다.

"착해도 너무 착했지."

그런 착하신 분을 왜 불행하게 만드셨어요? 따지고 싶은 충동이 발끈 일어났다. 엄마를 생각하면 할머니를 외면하고 싶었다.

"그런데 내 아들도 착했어, 네 어미만큼. 그것이 마음에 안 들었다. 둘 중 누구 한 사람은 좀 야무지고 강해야 하는데 그저 착하기만 했다. 거기다 계산도 못했어. 나이 스물도 안 돼 덜컥 임신을 한 네 어미나 스물여덟이나 먹어놓고 아직 채 어른이 안 된 네 어미를 임신시킨 네 아비나, 계산 못하고 야무지지 못한 것은 자로 잰 듯 똑같았지. 두 사람의 경솔함에 무척 화를 냈지만, 그리고 네가 알고 있는 대로 내가 네 어밀 억지로 데리고 병원엘 가서 아이를 유산시켰지만, 그래야만 했다. 거기엔 그럴 만한 이유가 있었다. 네 어미가 마음에 들던 안 들던, 내 아들의 첫 아이를 가진 아이니 그래도 받아줘야지 했었는데 의사가 내게 연락을 해왔어. 양수검사 결과 태아가 다운증후군이라고.”

그 사실을 아이들에게 한마디도 하지 못했다. 정상적인 아이를 갖지 못했다는 사실에 아이들이 받을 상처를 생각하고 김 회장은 끝내 입을 다물었다. 대신 모질게 낙태를 강요했다. 병원으로 반강제로 끌려 온 한지희는 낙태 수술을 받고 병원에서 사라져 버렸다. 비서가 원무과에서 계산을 하는 동안 모습을 감춘 것이다.

여자에게 낙태는 깊은 상처였다. 아마도 섬약한 그 아이는 엄청난 충격을 받고 김 회장을 원망하며 사라진 것 같았다. 아이를 지켜주지 못한 아들도 원망했겠지. 그러니까 몇 년 동안 자취를 감추고 주원이 그렇게 찾아도 나타나지 않은 거겠지.

“착해 빠진 네 부모는 다운증후군이라도 분명 아이를 낳았을 것인데, 내가 그런 아이를 낳게 두었어야 했을까? 그럼 네 부모는 적어도 떨어져 살면서 불행하지는 않았겠지? 그랬다면 적어도 네가 이런 상태로 살진 않았겠지?”

이제는 퇴색한 김 회장의 보랏빛의 눈동자에 회한이 가득 찼다.

“그래도 말이다, 나는 그때로 돌아간다면 똑같은 선택을 했을 것 같다. 내가 안 그러면 네 부모가 평생을 고통받고 살아야 할 테니까. 자식들이 행복하게 살길 바라는 것이 부모의 마음이란다. 다운증후군의 자식을 키우며 평생 마음고생하고 그런 아이를 낳았다는 자책으로 힘들어할 텐데 그걸 어찌 두고 봐. 그게 내 독단이라도 나는 또 그럴 것이다. 벌은 나만 받으면 되니까.”

컵을 정리하는 수연의 손이 조금 떨리고 있었다.

“내가 잘했다는 것도 아니다. 아닌데, 후훗. 이 나이에 변명이나 하다니, 나도 이제 참 초라한 늙은이가 돼버렸구나. 그냥 미안하다, 나 때문이다, 그렇게 말하면 되는데 그게 안 돼서 이런 말 주저리주저리 늘어놓고 있다니.”

김 회장의 나이 이제 팔십이 넘었다. 그다지 오래 살았다고 볼 수 있는 나이는 아니었지만 짧다고도 볼 수 없는 그런 나이였다.

“수연아, 시간은 참 잔인한 것이다. 눈 깜박할 사이에 흘러가 버리고 마지막으로 후회만 남겨준단다. 모든 것을 다 부질없게 만들지. 그때는 이랬어야 한다, 또 저때는 저랬어야 한다는 후회만 주고 모든 것을 빼앗아간단다. 미워하며 살기엔 인생은 너무 짧아.”

“할머니시면서 저더러 지금 용서하라고 말씀하시는 거예요?”

“내가 어떻게 용서를 하라 마라 할 수 있겠니? 그런 말은 하지 못하지. 단지 나는 이제 네가 그만 힘들었으면 좋겠다. 증오하고 미워하는 것이 안 괴롭니? 미워하는 일이 힘들지 않아?”

“전…….”

부정할 수가 없을 만큼 사실 수연은 괴로웠다. 그리고 아팠다.

"네 어미는 정말 착했지. 치사랑은 없어도 내리사랑은 있다는 데 그렇게 보면 네 엄마 입장에선 난 제 자식 죽인 원수였을 것이다. 그런데도 네 어미는 아마도 내 원망을 너에게 한 번도 하지 않았을 것이다. 그렇지 않니? 네 엄마에게 내 얘기를 들어본 적이 있니?"

맞아요. 엄마는 그럴 거예요. 미워하거나 원망 같은 거 하지 않았을 거예요. 대책이 없을 정도로 착하기만 했으니까. 한 번도 누구를 원망하거나 욕하지 않았어요. 그렇게 착하기만 했어요. 엄마라면 모두 용서했을 거예요. 왜 그랬어? 그 한마디만 하고 다 용서하고 넘어갔을 거예요. 하지만 난 엄마가 아니에요. 난, 난……. 이유 없이 서러워져 자꾸만 눈물이 올라오고 있었다.

"그래, 네 엄마는 정말 착했어. 속도 없이."

"그렇게 말씀하지 마세요."

착하다는 말이 마치 허물이라는 소리처럼 들려와 수연은 날카롭게 부르짖었다.

"나중에 네 아비랑 다시 만났다면 나와 세상과 네 아버지의 부인과 싸웠어야 한다. 널 임신했으면 더욱 싸웠어야지. 한데 네 어민 그대로 사라져 널 사생아로 낳아 키웠어. 왜 그랬을까? 아마 너무 착해서 그랬을 것이다. 남의 가정을 깨는 것에 대한 가책과 또 내 손에 끌려 병원에 갈까 겁이 난 것인지도 모른다. 만일 그렇다면 너무 착해서 그런 거야."

"그럼 엄마가 악했어야 된다는 말씀이세요? 누군가처럼 자신의 야망을 위해 사람을 죽이라고 시키고 그랬어야 해요?"

확 수연의 눈이 불타올랐다.

"할머닌 도덕적인 분은 아니시네요."

"도덕적으로 살았다면 내가 이 자리에 올라설 수 있었겠니?"

후. 낮고 짧게 수연은 웃었다.

"어른들은 보통 도덕적으로 살라고 가르치시는데 안 그러시네요."

"나는 강하라고 가르쳤다. 이 세상은 약한 것은 도태된다고 가르쳤다. 이제 그것을 후회하고는 있지만. 후회해도 너무 늦었겠지?"

수연은 네, 라고 대답하고 싶었다. 후회는 아무리 빨라도 늦은 것이다. 잠시 수연을 보던 김 회장이 혼자서 고개를 끄덕였다.

"가야겠다. 네 얼굴을 봤으니 됐다. 다음에 또 보러 오면 그때는 지금보다 조금 더 살이 쪄 있었으면 좋겠구나. 오지 말라니 어쩌니 하는 소리는 하지 말아라. 보고 싶으면 다시 올 것이니까. 김 양아, 그만 가자."

싸늘한 얼굴의 수연은 착하고 심약한 제 부모완 달리 고집스러워 보였다.

"착한 네 엄마가 네가 이렇게 괴로워하는 것을 좋아할까? 사람을 미워하는 일 같은 것은 절대로 못할 사람이 네가 증오 속에서 말라가는 것을 정말 바랄 것 같니?"

그리고 김 회장은 사람들의 부축을 받고 가버렸다. 수연은 잠시 꼼짝도 하지 못했다. 뭔가로 한 대 머리를 얻어맞은 것같이 멍했다.

"한수연, 너 로열클래스였어? 정말 김진옥 회장이 네 할머니야? 어? 너, 재벌집 따님이었어? 근데 왜 여기서 이러고 있어?"

세나가 다가와 수선을 떨자 두 눈에 핑글 눈물이 고인 수연이 말했다.

"속상해 죽겠어."

"뭐가?"

"할머니한테 커피 값을 안 받았잖아."

입을 딱 벌린 세나를 외면하고 수연은 돌아섰다. 입술을 깨물지 않으면 눈물이 나올 것 같아서였다. 시간이 빠르다고요, 할머니?

아니었다. 시간은 너무 느렸다. 느려도 너무 느렸다. 수연은 정말 시간이 후딱 지났으면 좋겠다는 생각을 했다. 십 년을 하루처럼 살았으면 좋겠다. 그래서 빨리 죽어버렸으면 좋겠어요. 할머니 말이 다 맞아요. 증오하는 거 힘들어요. 정말 아프고 힘들어요.

김 회장의 출현 때문인지 감정적으로 몹시 힘든데 꼭 이럴 때마다 머피의 법칙이 적용되는지 실없는 손님 한 명이 커피바에 늘어앉아 계속 수연에게 실없는 농담을 던지기 시작했다. 아주 가끔씩 나타나는 정신 나간 녀석의 전형이었다.

"양 선생님이나 쎄나 쌔임을 부를까요?"

계영이 속삭임에 수연이 고개를 흔들었다. 이보다 더한 손님도 많았는걸, 뭐.

“괜찮아.”

“괜찮긴 뭐가 괜찮아요. 이제 막 손도 잡으려 드는데.”

계영은 인상을 썼다. 가끔씩 나타나는 실없는 놈팡이의 전형적인 모습을 보여주는 남자를 흘끔 바라보았다. 커피바에 앉아서 여기 바리스타 미인이네. 늘씬해. 커피만 먹고 살아도 이렇게 쭉쭉 빵빵한가? 이런 말을 하다가는 갑자기 손을 잡고는 손도 예쁘니 뭐니 하면서 남자는 실없는 놈들의 전형적인 수순을 밟고 있었다.

“끝나고 같이 나가 한잔 어때? 오케이?”

“오늘은 약속이 있어서 안 되겠어요.”

“그럼 내일은?”

“내일도 약속이 있어요. 앞으로 50년까지 이미 약속이 다 잡혀 있답니다.”

“어이구, 우리 아가씨가 무척 바쁘시구만.”

“네, 바쁘니까 이만 제 손을 돌려주시겠어요?”

수연이 뿌리친 손을 남자가 다시 잡았다.

“에이, 그러지 말고 같이 2차 나가자고. 응?”

누군가 툭툭 어깨를 쳐서 남자가 인상을 쓰며 돌아보았다. 자신의 뒤에 선 상대를 보는 남자의 눈이 험악하게 빛났다.

“뭐요?”

인환은 대답하지 않고 남자가 잡고 있는 수연의 손만 바라보았다.

“뭐냐고.”

인환의 시선에 남자는 조금 주눅이 들어버렸다. 뭐야, 이 자식은. 어디서 잘난 척이냐? 그런 생각을 했지만 주눅은 쉽게 사라지지 않았다. 뭔가 건드리면 불리할 것 같다는 생각이 저도 모르게 큰소리를 치는 목소리의 끝이 조금 죽어버렸다.

"그 손, 내 거야."

이윽고 나온 인환의 목소리는 아주 낮았다. 손에 머물러 있던 시선이 천천히 남자의 얼굴로 향했다. 이글이글 타는 인환의 시선에 살의까지 깃들여 있는 것에 남자는 깜짝 놀랐다.

이런. 잘못 건드렸다! 벌떡 일어나 허둥지둥 나가려는 남자를 향해 수연이 빙긋 웃었다.

"오천 원입니다."

남자가 주는 돈을 받고 거스름돈과 영수증을 건넨 뒤에야 수연은 입가의 미소를 지웠다. 수연이 인환을 노려보았다.

"그런 허튼소리 다시 하지 말아요."

"사랑해."

"이……."

"라는 말은 해도 돼?"

수연은 돌아서서 남자가 마신 커피잔을 씻기 시작했다. 온 힘을 다해 문질러 닦고 헹군 뒤 건조기에 집어넣었다.

『증오 속에서 말라가는 것을 정말 바랄 것 같니?』

김 회장의 말이 생각나자 거짓말인지 진실인지 모르는 대답이 수연의 마음속에서 메아리쳤다.

전 사랑 속에서도 말라갔어요. 그때는 원망조차 하지 못했어요. 그래서 차라리 지금이 편해요.

느리고 느리게 시간이 갔다. 하루, 이틀, 사흘이 지겨울 만큼 천천히 지나갔다. 김 회장이 다녀간 지 사흘이 지난 날, 수연은 세나와 농담을 주고받으며 커피의 재고를 점검하고 있을 때 도경이 사나운 표정으로 들어섰다. 왜 왔을까? 그다지 마주하고 싶지 않았지만 수연은 평온하게 인사했다.

"어서 오세요."

어서 와? 도경은 사납게 눈을 치떴다. 도경은 지금 몹시 화가 나 있었다. 1주일이나 집엘 들어오지 않는 유찬 때문에 속이 탈 대로 탄 도경이 더 이상 참지 못하고 아들을 찾아갔다가 유찬에게 등 떠밀렸던 것이다.

『제게 시간을 주세요. 지금은 그냥 내버려 두세요. 어머니 얼굴을 지금은 못 보겠어요.』

정말로 외면하는 유찬을 보고 도경은 충격을 받았다. 연극을 한다는 것을 말리기 위해 도경이 손목을 긋는 시늉을 했을 때도 유찬은 이런 눈으로 보지 않았다.

『이렇게까지 반대하고 싶으세요?』

시위를 하기 위해서 한 일이라 상처는 그다지 크지 않고 출혈 또한 많지 않았다. 정말 죽으려는 것이 아니라 시위를 하기 위해 벌인 일이란 것을 알면서도 유찬은 도경을 거부하지 않았다.

『알았어요, 엄마. 그만둘게요.』

그랬던 아들이 분명 도경을 거부한 것이다.

어머니 얼굴을 지금은 못 보겠어요, 라니. 도경은 기가 막혔다. 왜? 내가 뭘 잘못했는데? 그녀는 잘못한 것이 없었다. 잘못은 김 회장이 했다. 정말로 이건 다 김 회장의 잘못 아닌가. 유전자 검사를 조작한 것도 그 늙은이고, 아무 상관 없는 인환이 놈을 후계자로 삼은 것도 그 늙은이다. 그리고 그 계집애 잘못도 많다. 밥그릇을 가져다주었으면 제대로 찾아 먹어야지, 제 밥상 갖다줬으니 받아 챙기고 나중에 내 몫은 주면 그걸로 계산이 끝나는데 그 계집애…… 생각할수록 열이 올랐다.

아들이 자신을 외면했다는 분노가 김 회장과 인환과 수연을 향해 용암처럼 터져 나왔다. 그 셋 중 가장 만만한 수연을 찾아온 도경이 성큼 다가와 그대로 수연의 뺨을 후려쳤다.

"무슨 짓이에요?"

"더러운 년 같으니라고."

"뭐라고요?"

"제 에미 죽인 놈과 붙어먹으니 좋든?"

"지금 말이면 단 줄 아세요?"

"아니면? 아니냐? 3년 동안 네가 그놈에게 아양 떨고 붙어먹었잖아."

"좀 인간답게 굴 수는 없으신 거예요?"

"뭐?"

"할 말 못할 말 구분하고 사는 인간답게 말하시라고요. 내가 당신더러, 돈에 환장한 것처럼 어머니라고 부르는 사람의 유산을 호시탐탐 노리고 있다는 말을 하고 싶어도, 해서는 안 될 소리기에 참고 있는 것처럼요."

"이년이, 이년이 감히!"

번들번들한 도경의 눈빛은 무척 위험해 보였다.

"오냐, 지 어미 닮았으니 오죽하려고. 유부남인 네 아비에게 꼬리 흔들어 낳은 게 너 아니냐. 그런 사생아가 무슨 말인들 못하겠느냐. 어디 그 입으로 말해보아라. 네 어미 죽이라고 시킨 놈과 사는 것이 어떻든? 개만도 못한 것. 세상에 사내가 없어 제 어미 죽인 놈과 붙어먹어?"

수연의 피가 싸늘하게 식어 내렸다. 이건 너무해. 이런 말은 너무해. 덜덜 입술이 떨려왔다. 누군가가 들어왔고 갑자기 소란스러워졌지만 수연은 아무것도 인식하지 못했다. 충격과 분노로 몸을 떨 뿐이었다.

"끌어내."

인환이 나타나서 김 회장이 보낸 남자들에게 명령했다. 카페의 입구와 카페에서 수연을 보호하는 사람들은 김 회장의 경호팀으로 인환도 잘 아는 사람들이었다. 인환의 명령에 남자들이 도경을 붙잡았다.

"인환이 이 자식, 네가 여길 왜 나타나? 오라, 다 네놈이 만든 일이구나? 그렇지? 이 뻔뻔한 자식. 그래, 이건 다 네놈 때문이야.

네가 저 계집애를 집 안으로 끌어들이지 않았으면 이런 일 없었어. 이 더러운 연놈들아! 이년아, 어디 붙어먹을 놈이 없어서 원수 놈하고 붙어먹어!"

악을 쓰며 도경은 끌려 나갔다. 순식간에 일어난 일은 커다란 광풍으로 수연을 휩쓸고 있었다. 놀란 사람들도, 아수라장이 된 카페도 수연의 안중엔 없었다. 서슬 퍼렇게 쏟아지며 강타하는 도경의 욕으로 수연은 아득하게 가라앉았다.

어디 붙어먹을 놈이 없어서 원수 놈하고 붙어먹어.

억울해.

그저 사람에게 매달렸을 뿐이었다. 너무도 막막해서 손 내밀어 주던 사람을 사랑했을 뿐이었다. 내 사랑이 왜 그런 욕을 들어야 하는 거야? 그렇게 추악한 오명을 뒤집어써야 하는 거야? 몰랐다는 것이 그렇게 큰 죄인가? 그런 더러운 욕을 들어야 할 만큼? 그녀를 바라보고 있는 인환의 시선과 마주쳤다.

"당신 때문이야. 왜 내가 저런 더러운 소리를 들어야 해? 왜?"

이 얼마나 추악한 짓일까? 잘못을 전부 타인에게 밀어놓다니. 도경이 방금 해댔던 패악을 이제 자신이 그대로 하고 있다니. 하지만 폭발한 분노는 다스려지지 않았다.

"내가 무슨 잘못을 저질렀는데? 난 그저, 그저 살았을 뿐이야. 죽지 못하고 살았을 뿐이라고. 그런데 왜 내가 저런 소리를 들어야 해? 대체 내가 뭘 잘못했어? 사람을 죽인 건 내가 아냐. 내 엄마를 죽인 건 내가 아니라고. 당신이잖아. 당신이 죽였잖아. 그래

놓고 왜 내 앞에 자꾸 나타나? 왜 내가 저런 소릴 듣게 나타나냔 말야! 제발 내 눈앞에 나타나지 말아. 난 정말 끔찍해. 같은 도시에 산다는 것도 끔찍한데 왜 자꾸 눈앞에 나타나. 왜 그렇게 잔인해? 내가 뭘 그리 잘못했어? 왜 날 말려 죽이려고 해? 내가 살아 있는 것이 그렇게 못마땅해? 죽어줘? 그래 줄까?"

수연은 직감적으로 인환의 가장 약한 부분을 알아차리고 그 부분을 마구 물어뜯었다. 너무도 늦게 말했지만 인환은 그녀를 사랑한다고 말했다. 사랑을 하면 약자고 힘이 약한 자는 밟히는 것이다. 그녀도 몰랐던 자신 안의 잔인함에 치를 떨면서도 인환을 향해 계속 퍼부어댔다.

"난 당신이 싫단 말이야. 생각하는 것도 싫어. 그냥 완벽하게 잊고 싶어. 그러니 다시는 내 앞에 나타나지 마. 잊게 해달라고."

인간은 얼마나 잔인한 동물인 걸까? 그의 눈에서 미안하다라는 사죄가 읽혀졌지만 수연은 멈추지 않았다.

"제발 내 눈앞에 다시는 나타나지 마. 헉."

갑자기 가슴을 부여잡고 수연이 말을 멈췄다.

"수연아?"

아!

눈앞이 새하얘진다. 천지를 뒤엎을 만한 고통이 갑작스럽게 덮쳤다가 사라져 버린다. 눈의 동공이 풀리면서 새파랗게 입술이 질려갔다. 하얘지는 시야, 죽어가는 청각.

죽는구나.

그 순간 느낀 것은 안도였을까? 눈물이 한 방울 수연의 눈에서 흘러내렸다. 수연은 마지막으로 입을 벌렸다.

난 당신을 죽일 만큼 미워.

난 당신이 죽을 만큼 미워.

수연의 입에선 아무런 소리가 나오지 못했다. 벙긋거리는 입은 단지 모자란 숨을 구하는 것처럼 보였다.

난 당신을 사랑했어.

아니, 아직도 사랑하는 마음을 버리지 못했어.

그래서 난 당신을 용서를 못해.

나를 용서 못해.

"수연아!"

절규를 들으며 그대로 수연은 뒤로 넘어갔다.

"안 돼!"

인형처럼 넘어가는 수연을 잡은 순간 인환은 수연의 숨이 멎은 것을 알았다. 수연의 정동맥을 잡아보고 심장을 눌러보았다. 아무런 맥도 뛰지 않고 심장은 멎어 있었다. 심장마비?

"119를 불러 주십시오!"

인환은 빠르게 말하고 수연을 눕혔다. 그는 모든 힘을 다해 수연의 가슴을 누르기 시작했다. 절망과 공포로 참담하게 얼굴을 일그러뜨리면서 인환은 정신없이 수연의 심장을 압박했다. 하나, 둘, 셋, 넷, 다섯…… 아무 변화 없는 수연으로 인해 그의 심장도 금방이라도 멎어버릴 것 같았다.

죽으면 안 돼. 이대로 가면 안 돼. 제발 수연아. 제발. 눈을 떠.

이렇게 쉽게 눈앞에서 사람이 죽을 수 있다는 것이, 하필이면 그 사람이 수연이라는 것이 인환은 믿어지지 않았다.

죽은 것 아니지? 그냥 내가 싫어서 쓰러진 거야? 제발 눈을 떠. 이러지 마. 이런 식으로 나를 벌주지 마.

30번을 압박하고 나서 수연의 기도를 벌려 인공호흡을 했다. 두 번의 인공호흡을 하고 다시 가슴의 압박을 시작하는 인환의 표정은 새파랗게 질려 있었다.

"눈을 떠. 제발 눈을 떠."

물기가 그의 손등으로 투둑투둑, 끊임없이 떨어져 내렸다. 심폐소생술을 시도하는 인환의 얼굴은 땀과 눈물로 엉망이었다. 인환은 애원하기 시작했다.

"네 말대로 다 할게. 다시는 네 눈앞에 나타나지 않을게. 멀리서 지켜보는 일도 하지 않을게. 사라져 줄 테니까 제발 눈을 떠. 이러지 마. 두 번씩이나 나를 벌주지 마. 한 번으로 충분했어, 수연아. 그러니까 다시 겪게 하지 마."

그래, 한 번으로 충분했다. 죽었다는 말에 그가 어떤 충격을 받았는지 아무도 모를 것이다.

나는 통곡할 뻔했다. 주저앉아서 웃어버릴 뻔했다. 그렇게 미칠 뻔했다. 신원을 확인하라는 윤희의 목을 조를 뻔했다. 그건 네가 죽었다는 것을 인정하라는 말이어서 죽어도 할 수 없었다. 그런데 이제 눈앞에서 죽어버리는 것은……

"지금은 그때보다 더 잔인하잖아."

이대로 떠나 버리면 난 어떡해? 넌 죽어 천당으로 갈 테니 따라 갈 수도 없잖아. 난 지옥으로 가버릴 거야. 그곳에선 너를 볼 수 있는 건 아무것도 없을 거 아냐. 사진도 추억도 아무것도 허락되지 않을 거야.

"제발, 수연아, 제발!"

미친 듯이 포효하는 인환의 절규엔 두려움과 간절한 사정이 들어 있었다. 제발, 제발, 제발……. 간절함이 통한 것일까?

"쿨럭."

수연의 입에서 숨이 터져 나왔다. 기적처럼 수연의 몸이 움직였다.

살았다. 살아났다! 수연이가 살아났다. 수연이 눈이 떠지는 것을 본 인환은 즉시 뒤로 물러났다. 자신의 얼굴을 보고 다시 수연이 흥분할까 두려워서였다. 수연에게 사람들이 몰려드는 것을 바라보다 인환은 자신의 얼굴을 두 손바닥에 묻었다. 울음이 터져나왔다. 감사합니다, 하나님. 인환은 처음으로 신께 감사했다.

"괜찮아? 수연아, 괜찮은 거야?"

"으응."

"너 때문에 내가, 아, 몰라. 놀라 죽을 뻔했잖아!"

세나가 와락 수연을 끌어안고 울먹거렸다. 왜 그래? 자신을 둘러싼 사람들의 표정을 바라보며 수연은 오히려 어리둥절해졌다. 정말 왜들 그래?

인환은 마지막으로 수연을 바라본 뒤 천천히 출입구로 걸어나갔다. 아까 그는 약속했다. 눈앞에서 깨끗이 사라져 주겠다고. 그를 보는 것만으로 수연에게 스트레스가 된다면 사라져 줘야 한다.

한 걸음. 빛이 사라져 간다. 생기가 뭉텅 빠져나갔다.

두 걸음. 절망이 끝없는 길을 깔았다. 인환은 그 길로 발을 옮겼다. 더 많은 생기가 빠져나갔다.

세 걸음. 겨우 세 걸음이었다. 수연의 인생에서 사라지는 거리.

출입문을 열면서 인환은 마지막으로 돌아보고 싶은 충동을 눌렀다. 딸랑 소리와 함께 문이 열렸다. 그 순간 인환의 눈에서 빛이 꺼졌다. 생기가 하나도 남지 않은 그의 어깨가 추욱 늘어져 버렸다.

chapter 14

사월의 신부

　남자들에게 김 회장의 앞으로 끌려온 도경은 무척이나 흥분해 있었다. 김 회장의 집에 도착할 때까지 그녀는 남자들에게 양팔이 잡혀 있었다. 이것들이 감히 어디서……. 예전 같으면 이런 대접은 꿈도 꿀 수 없는 일이었다. 그녀 앞에서 고개도 못 들던 것들이 죄인 다루듯 그녀를 다루다니, 건방진 놈들 같으니.

　집에 도착한 도경은 다시 의기양양해졌다. 여기서 그녀를 막 대할 인간은 없을 것이다. 내가 이 집의 정당한 딸이다. 곧 이 집 주인이 될 사람이야.

　"놓지 못해!"

　"방에서 나오지 마시랍니다."

감히 그녀를 죄인처럼 방에다 몰아넣고 남자가 말했다. 이것들이? 화를 냈으나 소용없었다. 어처구니없게도 도경은 자신이 자란 방에 갇혀 버렸다. 문을 걷어차고 소리 질렀으나 소용없었다. 아무도 그녀의 부름에 답하는 사람이 없었다.

나가기만 해봐.

이를 갈면서 도경은 별렀다. 이건 감금이었다. 소리소리 지르던 도경은 밤이 지나 아침이 오기까지 아무런 응답이 없는 것에 불안해지기 시작했다. 문은 아침을 가져온 가정부에 의해 열렸다.

"아침입니다. 드시고 기다리시면 회장님께서 부르신답니다."

들고 온 쟁반을 두고 물러가는 가정부를 보니 기가 막혔다. 이것들이 사람을 뭘로 보고. 도경은 쟁반을 냅다 집어 던졌다.

12시가 지나서 방문이 열렸다. 사나운 걸음걸이로 계단을 내려온 도경은 거실에 앉아 있는 김 회장을 보고 소리 질렀다.

"이들이 내게 하는 짓을 봐요! 날 방에다 가뒀다고요!"

김 회장은 잠시 동안 아무런 반응도 보이지 않고 도경을 바라보기만 했다. 다스려지지 분노를 가두기 위해 숨을 몰아쉬고 있었다. 어제저녁 도경이 수연에게 한 짓과 그로 인해 수연에게 일어났던 이야기를 듣고 김 회장은 그대로 쓰러질 뻔했다. 발작을 일으킬 것 같은 가슴을 누르고 달려간 병원에선 이미 수연은 퇴원하고 없었다.

내가 사람을 키운 것이 아니구나. 내가 머리 검은 짐승을 키웠어.

밤새 김 회장은 자책을 했다. 수연이 받은 상처를 생각하자니 도경이 도저히 용서되지 않았다. 이걸 어떻게 해야 하나. 분노로 벌벌 떨면서 밤새 끙끙거렸다.

"네가 수연일 죽였다."

"뭐라고요?"

"네 말에 수연이가 심장마비를 일으켰어."

"그……."

도경의 눈이 커다래졌다. 그제야 도경은 김 회장의 표정이 심상치 않다는 것을 깨달았다. 자신의 분노로 인해 아무것도 보지 못하고 있었던 것이다. 죽었다니? 어째서? 그럼 이제 어떻게 되는 거지?

"정말로 죽었어요?"

"그렇다."

"제 잘못 아니에요. 전 별말 안 했어요. 그냥 조금 야단친 것밖에 없었어요. 생각해 보세요. 집안 망신이잖아요. 인환이 놈하고 그런 걸 그냥 두고 봐요? 내가 아무리 이복 고모라도 고모는 고모예요. 그 애의 어른이에요. 꾸중쯤 할 수도 있지. 안 그래요?"

겁이 난 도경은 제 발이 저려서 저도 모르게 횡설수설하기 시작했다. 그만큼 도경도 수연이 죽었다는 말에 놀라고 있었다.

"네가 수연일 죽이고 인환이가 살려냈다."

"뭐야, 그럼. 죽지 않았다는 거잖아요. 그런 걸 왜 그렇게 사람을 놀라게 해요?"

"죽었었다."

엄청난 분노가 김 회장의 목소리에서 섞여 나왔다.

"넌 그 애를 죽인 거야. 그래서 난 용서하지 않을 셈이다."

"그게 무슨……."

"네 남편과 네 아들을 불렀다. 곧 도착할 게야."

"왜…… 요?"

"내 자식을 죽였으니 그에 상응하는 대가는 치러야지."

"안 죽었다면서요."

도경의 말을 들은 척하지 않고 김 회장이 자신의 비서를 불렀다.

"김 양아, 인환이 비서는 아직 안 왔니?"

"곧 도착할 거예요. 안면도에서 출발한다고 전화한 지 한 시간이 넘었습니다."

"같이 출발한다든?"

"네, 회장님."

김 회장이 다시 도경을 바라보았다.

"인환이 비서가 말이다, 한지희의 죽음에 의아심을 품고는 그 뒤를 캐고 다녔더구나."

갑작스런 김 회장의 말에 도경은 살짝 긴장했다.

"인환이 친구지만 사람을 죽게 만든 것은 용서할 수 없다고 사표까지 냈어. 오토바이 사고를 낸 사람을 찾았더니 4년 만에 펜션 주인이 돼서 아주 잘살고 있더란다. 그 애의 말인즉슨 아무래도 그냥 일어난 사고 같지가 않아서 그 펜션 주인을 수없이 찾아갔다더라. 그래서 결국 인환이가 사주했다는 실토를 받아냈고."

"맞아요, 그 사고 인환이가 사주한 거예요. 전 알고 있었어요."

"어떻게?"

도경은 인환의 사무실에 도청장치를 했다는 말을 해야 하나 말아야 하나 판단을 내리지 못했다.

"그게 중요한 것은 아니잖아요. 이제 어떡하실 거예요?"

"죄를 지었으면 받게 해야지. 김 양아, 신 검사 오라고 했지?"

"네. 신 검사도 곧 도착할 거예요."

"신 검사를 왜요?"

"인환이를 고발할 것이다."

인환이 원하고 있는 거였다. 그렇게 해서라도 죗값을 치르는 것을 보고 수연의 마음이 조금이라도 풀리면 좋을 텐데.

"말이 돼요?"

도경이 빽 소리 질렀다. 아니, 이 노인네가 미쳤나? 끝까지 끌어안고 간다고 할 땐 언제고 이제 와 무슨 고발?

"그게 말이 될 소리예요? 네?"

갑작스럽게 흥분하는 도경을 보며 김 회장의 미간이 살짝 좁혀졌다. 뭔가 도경이 이상했다.

"넌 그 사고하고 아무 관련이 없는 거지?"

"당연하지요."

"그럼 수연이에 대한 값만 치르면 되겠군."

"수연이 죽지 않았다면서 대체 왜 자꾸 이러시는 거예요? 노망 나신 것 아니에요? 인환이는 살인죄로 고발하고 내겐 죽지도 않은 애를 죽였다고 하고."

함부로 말하는 도경의 소리에 김 회장이 휠체어를 내려쳤다. 도경의 말투는 도가 넘어도 한참 넘고 있었다. 하지만 도경인 지금 제정신이 아니었다. 고발을 하면 다시 수사가 들어간다. 그렇게 되면 자신이 한 짓이 명명백백 밝혀지고 말 것이다. 그 무렵 도경은 인환에 대한 경계로 그의 사무실과 이 집에 도청장치를 설치했었다. 나중에 인환이 그것을 눈치채고 제거했지만 그냥 제거하지 않았다. 오히려 덫을 놓았다. 도경은 인환이 일부러 흘린 말에 속아 쓸데없는 곳에 투자했다가 결혼 때 김 회장에게서 받은 재산의 거의 전부를 잃었던 것이다. 그걸 생각하면 지금도 이가 부득부득 갈리는 도경이었다. 하지만 도청장치를 한 그 당시에는 얼마나 의기양양했는지, 내가 네 모든 걸 알고 있다는 생각으로 모든 촉각을 곤두세워서 인환의 일거수일투족에 집중했었다. 그래서 인환의 전화통화 소릴 듣고 그녀가 먼저 사람을 보냈다. 다리 하나만 부러뜨려? 천만의 말씀. 나중에라도 한지희가 다시 나타나면? 혹시라도 주원의 유언에 한지희의 이름이 거론됐다면? 꽤 많은 재산이 주원의 이름으로 돌려져 있는 걸 도경은 알고 있었다. 그건 안 될 말이었다. 그래서 자기가 다른 사람에게 지시했었다.

『시원찮게 받으면 한 번 더 받아서 확실하게 해요.』

아무리 기다려도 인환이 보낸 오토바이가 도착했다는 전화는 없고 한지희가 병원에 도착했다는 전화만 걸려왔다.

『가요.』

명령을 내렸던 것이다. 그 일이 다시 수사돼서 밝혀진다면? 그런 생각을 하자 그만 홱 정신이 돌아버렸다.

"아무리 늙어서 정신이 나갔어도 그렇지, 어떻게 자손들에게 이래? 자기 핏줄 아니라고 이래도 돼?"

"저, 저, 김 양아. 제 남편과 아들이 올 때까지 내 앞에서 저 물건 치워라."

입구에 섰던 남자들이 다가와 도경의 팔을 양쪽으로 잡았다.

"어머니!"

퍼뜩 정신이 든 도경이 발버둥 치며 다시 사정을 했다.

"아버지를 봐서도 이러시면 안 되죠. 전 아버지 딸이라고요. 제게 이러실 수는 없어요. 없다고요! 게다가 인환이를 고발한다는 것은 말도 안 돼요. 그건 정말 말도 안 돼요."

도경이 말하는 것이 이해되지 않을 만큼 이상했다. 인환을 위해 저럴 리는 없다. 그럼 무엇 때문에 저러는 것일까? 퍼즐처럼 생각이 정리되었다.

"네 짓이냐?"

갑작스런 김 회장의 말에 도경의 움직임이 멎었다.

"무, 무슨 말씀이세요?"

"한지희의 사고를 네가 사주했니?"

"아니에요!"

"정말로 아니니?"

"네, 아니에요."

"정말 아니지? 아니길 빈다. 고발은 인환이가 원하는 거다. 그렇게 되면 어쨌든 다시 수사에 들어가겠지."

미친놈. 왜 그런 걸 원해? 병신 같은 놈. 도경은 끓어오르는 화를 참지 못해 얼굴을 벌겋게 붉혔다.

"아니에요, 아니라고요. 난 아니에요! 죽이라곤 안 했어요!"

아무도 입을 열지 않았다. 거실 안의 침묵이 한참이나 계속되었다. 문뜩 고개를 돌린 도경은 거실 입구에 서 있는 아들과 남편을 발견했다.

"여, 여보, 유찬아."

자신만큼이나 놀란 얼굴로 서 있는 두 사람을 보고 도경은 털썩 주저앉았다.

수연은 도경의 일이 있은 후 카페를 그만두었다. 도경의 악다구니로 인해 그녀에 대한 소문이 허무맹랑한 살을 붙여가면서 일파만파 퍼진 터라 더 이상 일을 할 수도 없었다. 세나의 작업실은 수연에게 피난처였다. 수연은 한 발짝도 나가지 않고 멍하니 창밖만 내다보았다. 누군가 벨을 눌렀고 세나가 나갔다.

"수연아, 잠깐만 나와봐."

세나의 얼굴을 본 순간 수연은 누가 왔는지 알아차렸다. 그가 왔다. 틀림없었다. 문 앞에 선 인환을 본 순간 마음 깊은 곳으로 잠재운 원망이 되살아났다.

다 당신 때문이다. 도경이 퍼붓던 그 더러운 말을 들은 것도, 원하지 않는데 다시 되살아난 것도.

죽게 두지.

그냥 죽게 놔뒀더라면, 그래서 깨어나지 않았으면 얼마나 편했을까?

"할 말이 있어."

인환의 말에 수연은 코트를 집어 들었다.

"나 좀 나갔다 올게."

"바깥은 추워. 들어오라고 해. 나 커피 마시고 올게."

세나의 말에 수연은 고개를 흔들었다.

"아니야, 나갔다 올게."

"그럼 카페로 가. 추운 데서 떨지 말고."

그녀가 생활하고 있는 세나의 작업실로 인환을 들이고 싶은 마음도, 1년 동안 일했던 카페로 인환을 데리고 가고 싶은 마음도 들지 않았다. 작업실을 나와 잠자코 걷던 수연이 걸음을 멈췄다. 바람이 수연의 마음처럼 미친 듯이 두 사람을 휩싸고 돌았다.

"할 말이 뭐지요? 혹시 살려줘서 고맙다는 인사라도 받고 싶은 건가요?"

인환이 코트에서 팔을 빼는 걸 보고 수연은 그가 자신에게 그것을 둘러주기 위해 벗고 있다는 것을 깨달았다.

"나더러 또 버려달라는 거예요? 제발 쓰레기는 그쪽이 처리하면 안 돼요?”

“버리더라도 일단은 입어. 당신, 추워 보여.”

인환의 입에서 나온 당신이라는 말의 무게가 어깨 위에 얹혀지는 코트보다 더 무겁게 수연의 가슴을 누르기 시작했다. 하지만……

『이년아, 어디 붙어먹을 놈이 없어서 원수 놈하고 붙어먹어.』

도경이 했던 말이 그녀를 감싸고 있던 인환의 체취를 단숨에 흩트려놓았다. 나는 그런 막말을 들었다. 너무나 억울했지만 그 말보다 더 분했던 것은 그 말이 사실이라는 데에 있었다.

“대체 할 말이 뭐예요?”

“네가 원하는 대로 하려고 했어. 영영 나타나지 않으려고 했어.”

정말이었다. 그래서 모든 걸 정리하고 있었다. 그런데 오늘 김 회장에게 불려가 기막힌 사실을 들은 것이다.

『한지희의 사고는 네가 시킨 자가 저지른 것이 아니더구나. 도경이가 한 짓이다. 사주 받은 자를 데려왔다.』

강인환이 자신에게 시켜서 오토바이 사고를 냈다는 남자는 인환을 보고 누구냐고 물었다. 그리고 그가 일을 시켰던 남자는 순순히 실토했다.

『죄송합니다. 본부장님 전화 받고 보낸 녀석이 당도했을 땐 이미 사고가 난 뒤였어요. 근데 그게 공교롭게 오토바이 사고여서 그냥 우리가 한 것으로 해버렸던 겁니다.』

한지희의 죽음에 그의 명령이 직접적으로 개입된 것이 아니라
는 것에 희망을 품고 달려온 인환은 막상 수연의 얼굴을 보고 나
서야 자신의 생각이 너무 뻔뻔하다는 것을 깨달았다.

"만약에……."

"만약에?"

"혹시 내가 당신 어머니의 죽음과 관련이 없다면 어떨까?"

이런 이야기를 하는 것 자체가 너무 뻔뻔하다는 것을 알기에 인
환의 목소리는 몹시 주저하고 있었다. 그의 명령이 사고에 직접적
인 개입이 안 된 것은 기적 같은 축복일지 모르지만 한지희를 해
치려 했다는 본질은 그대로니 여전히 수연에게 용서받지 못해도
할 말이 없었다.

"우리 엄마를 다치게 하라고 명령을 내린 적이 없다는 말인가
요?"

"……."

"그럼 뭐예요? 그런 명령 내렸는데 내리기만 한 거고 엄마에게
일어난 사고는 그쪽과 아무 상관이 없는 것이다, 그러니 얼마든지
네 앞에 나타나도 된다, 이렇게 말하고 싶은 거예요? 혹시, 그래서
아무 잘못도 저지른 것이 없다고 말하고 싶은 거예요?"

"그건 아니지만……."

"그럼 닥쳐."

왜 이리 점점 모질어지는 것일까? 수연은 자신이 해놓고도 자
신이 한 말에 놀랐다. 멈추어지지 않아 더욱 놀랐다.

"뻔뻔스럽게 굴지 마. 내 귀로 똑똑히 들었으니까. 다리라도 부러뜨리라는 그 말, 내 귀로 똑똑히 들었다고. 우리 엄마 죽음에 관련이 없어? 천만에. 그쪽이 그 말을 시작한 것으로 우리 엄마 사고는 시작된 거야."

"그 말은 맞아. 변명의 여지가 없어. 하지만……."

"꼭 꺼지라고 말을 해야 하나요? 그럼 말해 드리죠. 입 닥치고 제발 꺼져 주세요. 부탁드릴게요. 강인환 씨, 내 앞에서 꺼져 주시고요, 다시는 내 눈앞에 나타나지 말아주세요. 양심이라는 것이 있으면요."

네 말이 다 옳아. 그래, 네 엄마의 사고에 대한 본질을 나야. 그리고 네가 용서 못할 것도 알아. 하지만 난 이제 그런 것 다 무시할 거다. 내가 보낸 사람들이 일으킨 사고가 아니라는, 내게는 구원 같은 소식에 매달릴 거다. 절대 너 포기 못해. 네가 아무리 치를 떨고 나를 싫어한다고 해도 난 결코 포기 안 해.

시간을 두고 천천히 다가가야 한다는 것을 인환도 알고 있었다. 그가 저지른 수많은 잘못으로 꽁꽁 얼어붙은 수연의 마음을 조금이라도 녹이고 다가가야 한다는 것이 얼마나 인내를 내야 할지 모르지만 그래도 상관없었다.

"나를 살려냈으니 내 앞에 나타나도 좋다고 생각한 거예요? 웃기지 말아요. 누가 살려내래? 난 죽고 싶었다고. 사는 것 정말 싫다고. 그러니 그냥 죽게 됐으면 좋았잖아. 지긋지긋해, 사는 거. 당신이란 사람과 같은 세상에서 살아야 하는 거 내겐 저주야. 눈

감고 다신 뜨고 싶지 않아. 그래, 솔직히 난 이렇게 살고 싶지 않아. 왜 내가 눈 뜨면 나타나는 당신이란 존재를 끔찍해하면서 보고 견뎌야 해? 당신은 자비도 없어? 날 좀 살게 두면 안 돼? 나 좀 편안하게 내 앞에서 사라지면 안 돼? 천 일 동안이나 그렇게 아프게 했으면 충분하지 않아?"

수연의 한마디 한마디가 인환의 가슴에 파편처럼 와 박혔다.

"그래, 무려 천 일이야. 천 일 동안 붙어먹었으니 이제 충분하잖아."

도경의 말에 얼마나 깊은 상처를 받았는지 수연의 말에서 여실히 드러나고 있었다.

"우리 엄마 죽음에 관련이 없다면이라니, 정말 웃기잖아, 당신. 사고의 시작은 당신이란 건 어쩔 건데? 그래서 엄마가 죽은 건 어쩔 건데? 또 천 일 동안 내게 했던 짓은 어쩔 거고?"

우두커니 선 인환에게 그의 코트를 던지고 수연은 돌아섰다. 이 얼마나 비겁한 짓일까? 인환이 사랑한다고 한 뒤부터 그것을 철저히 이용하고 있었다. 분노가 목적이 돼버렸다. 사실은 그녀의 생명을 구해준 인환에게 고맙다는 말을 해야 하는 건데, 그 말도 하지 않고 계속 비난만 퍼붓고 말았다.

"조금이라도 인정이 있다면 다시는 내 앞에 나타나지 말아요. 부탁할게요."

멀어져 가는 수연의 뒷모습을 인환은 바라만 보고 서 있었다. 잡지 못한다. 무슨 염치로 잡을 수 있을까? 네 말이 다 옳은데. 변명의 여지가 없이 다 옳은데.

석상처럼 서 있는 인환의 발치로 떨어진 코트가 바람에 날리자 갑자기 누군가가 그것을 집어 들더니 탁탁 털었다. 그런 뒤 인환에게 내밀었다.

"수연에게 지은 죄가 많으세요?"

이러면 안 된다는 것을 알면서도 살그머니 따라 나온 세나는 심폐소생술을 하면서 절규하던 인환의 모습이 아직도 눈에 선했다. 불쌍했다고, 이 남자. 내가 따라 울 뻔했어. 그만큼 불쌍했어.

"좀 착하게 살지 그랬어요."

아, 농담인데 안 통하려나? 바라보는 인환의 눈길에 그만 찔끔해서 세나는 공연한 말을 했다고 후회했다.

"그럴 걸…… 그랬습니다."

코트를 받아 들고 인환이 고개를 숙였다.

"박세나 씨죠? 수연일 잘 부탁드리겠습니다."

"아, 네……."

"그 사람, 목이 많이 약합니다. 외출할 때 목도리 잊지 않게 챙겨주십시오. 그리고 사실은 커피를 좋아하지 않습니다. 작업실에 커피 외에 다른 차도 챙겨서 그 사람이 마시게 해주십시오. 바보같이 자기를 위해선 사는 것도 못하고 챙겨 갖지도 못하는 사람입니다."

세나는 한참 동안이나 인환의 뒷모습을 바라보고 서 있다가 훌쩍 코를 들이마셨다.

짠하네, 짠해. 뭔가 도와주고 싶다는 생각이 저절로 들 만큼 아주 많이!

세나가 며칠 동안 머리를 긁적긁적 긁어가면서 일을 하는 동안 수연은 세나를 위해 열심히 요리를 만들어댔다. 여기저기서 계속 전화가 걸려오고 그녀를 찾아서 많은 사람들이 왔지만 수연은 모든 것을 다 무시했다. 아까도 김 양이 찾아와 김 회장이 그녀를 부른다고 전했다.

『나중에 찾아뵐게요.』

요 며칠 김 회장은 그녀에게 오라고 계속 사람을 보냈고 수연은 며칠 후에 뵙겠다고 가지 않고 있었다. 마음이 정리되기를 기다려 주지 않고 계속 오라고 하는 김 회장에게 조금 화도 나 있었다. 아주 중요한 이야기니 지금 가서 듣는 것이 좋다면서 김 양은 아주 간곡하게 사정까지 했으나 수연은 끝내 가지 않았다. 그런 수연에게 세나가 조심스럽게 권했다.

"할머니가 부르신다는데 안 가도 돼? 굉장히 중요한 말씀을 있으시다잖아."

"상관없어, 무슨 이야기든."

아무려면 인환이 들려준 이야기보다 더 중요할까? 내가 당신 어머니의 죽음과 관련이 없다면, 이라니. 생각할수록 화가 나는 말이 아닌가. 관련은 없을지 모르지만 시작은 어쩌고? 할머니에게 어떤 말을 듣게 될지 짐작은 갔다. 아마도 그가 한 말을 해주려고 그러는 거겠지. 무슨 일이 어떻게 돌아가는지 죽을 만큼 알고 싶고 죽을 만큼 알고 싶지도 않았다.

"마음대로 해. 나 이제 일할 거야. 참, 장미차 좀 타주시겠소?"

세나의 말에 수연이 풋 웃음을 터트렸다.

"그러지요."

수연이 장미차를 타주자 세나가 화장품 냄새가 난다며 투덜거렸다. 수연은 한 모금 마시고 고개를 갸웃거렸다.

"난 딱 좋은데?"

"그럼 너 다 마셔."

수연이 장미차를 마시는 것을 잠잠히 지켜보던 세나가 어깨를 으쓱거렸다. 무슨 바리스타가 커피가 아닌 차를 마시면서 저렇게 황홀한 표정을 지어?

세나는 투덜거리며 작업을 시작했다. 이거 공연한 헛수고를 하는 거 아닌지 모르겠네. 잘못하면 진짜 공연한 짓을 했다고 후회만 할지 모른다는 생각을 하면서도 밤새 열심히 일을 했다. 목적을 끝낸 세나는 흡족하게 웃으며 깜박 잠들어 있는 수연을 흔들어 깨웠다.

"해냈다, 해냈어. 수연아, 축하해 줘. 나 결국 끝냈어. 장하지? 대단하지? 어서 축하한다고 해줘."

수선을 떠는 세나를 향해 수연은 원하는 대로 말해주었다.

"축하해."

세나가 복합기에서 프린트한 A4 용지를 간추려 수연에게 내밀었다.

"읽어봐. 그리고 감상을 말해줘."

세나가 그녀를 위해 얼마나 신경을 쓰는데 이런 부탁 하나 못 들어주랴. 비록 마음속은 갈기갈기 찢어지고 신경은 가닥가닥 풀려 있지만 수연은 아무 말 않고 세나가 내민 종이를 받아 들었다.

이건?

세나가 준 그림은 여자가 쓰러지는 것부터 시작하고 있었다. 세나는 직선을 아름답게 그렸다. 그래선지 남자의 얼굴선이 무척이나 샤프했다.

"음, 남자 멋진데?"

"그렇지? 멋져, 그 남자."

수연은 웃으며 그림을 계속 넘겼다. 남자가 여자에게 심폐소생술을 하는 장면을 보자 가슴이 뭉클해졌다.

나도 이렇게 살아났다는데.

[눈을 떠. 제발 눈을 떠.]

말풍선 속에 적힌 대사였다. 남자가 울면서 여자에게 사정을 하고 있었다. 크고 작게, 멀고 가깝게 남자의 표정이 절망으로 일그러지고 공포로 가득했다. 가슴이 찡할 정도로 남자의 가슴 아픈 표정은 그림 속에서 생생하게 살아 있었다. 울고 있는 남자의 얼굴이 너무나 가엾어 보였다.

[네 말대로 다 할게. 다시는 네 눈앞에 나타나지 않을게. 멀리서 지켜보는 일도 하지 않을게. 사라져 줄 테니까 제발 눈을 떠. 이러

지 마. 두 번씩이나 나를 벌주지 마. 한 번으로 충분했어. 그러니까 다시 겪게 하지 마.]

데자뷰인가. 왜 이 말이 이렇게나 생생할까?

[지금은 그때보다 더 잔인하잖아.]

이건? 비로소 깨달은 수연이 고개를 들었다. 세나가 머뭇머뭇 말을 했다.

"그렇게 말하고, 그렇게 울었어, 그 남자."

그럴 리가 없다. 그가 운다고? 그가 내가 죽은 줄 알고 아파했다고?

"사연을 모르겠지만 그 남자가 그러고 울 때 같이 울고 싶었어. 너무나 가엾어서 너한테 알려주고 싶었어."

당신, 정말 울었어?

당신, 정말 날 사랑해?

이제 나 어떡해?

도저히 풀 수 없는 문제였다. 수연은 원고를 세나에게 돌려주고 일어섰다.

"어디 가는데?"

"바람 쐬러."

"목도리 하고 나가."

"……."

"그 남자가 부탁했어. 너 목 약하다고 나갈 때 꼭 목도리 하게 하라고."

쾅, 문을 닫고 바깥으로 나온 수연은 한참 동안 동네를 빙빙 돌다가 카페 앞에서 걸음을 멈추었다.

야옹.

고양이 가족이 그녀를 반겼다.

"안녕."

수연은 주머니를 뒤져 보았다. 다행히 호주머니에 사료가 들어 있었다. 수연이 쪼그리고 앉자 고양이가 다가와 배를 보였다. 수연은 고양이의 털을 가만히 쓰다듬었다.

"이제 나랑 친구 된 거지?"

고양이가 그렇다는 듯 그녀의 손가락에 얼굴을 비볐다.

"넌 고집을 꺾은 거니? 있지, 난 말이지…… 나도 고집을 부리고 있는 것 같아."

사실은 무섭다는 것이 더 정확할지도 모르겠다. 인환의 말대로 그가 엄마의 죽음에 관여되지 않았다면 더 이상 그를 미워할 필요가 없는 것인데……. 그냥 달려가서 무슨 일인지 알아나 볼까? 정말 궁금해.

『혹시 내가 당신 어머니의 죽음과 관련이 없다면 어떨까?』

그 말 무슨 뜻인지 지금도 미치게 궁금해. 그렇게 되었으면 좋겠다고 미치게 소망해. 하지만…….

"그래, 난 무서워."

또다시 그에게 죽기 살기로 매달리게 될까 봐, 그래서 그가 그전처럼 돌아서 버리면 또 상처받을까 봐.

"사실은 말이지, 얼마나 빌었는지 몰라. 엄마의 일과 관련이 없으면 제발 그렇게 해달라고 신에게 빌고 엄마에게 빌었단다. 그런데 막상 그런 조짐이 보이니까 이젠 무서워지네. 내 바람이 사실이 아닐까 봐, 또…… 사실일까 봐."

"수연 씨?"

갑작스런 일어선 수연은 윤희를 발견하고 깜짝 놀랐다. 생각도 못한 만남에 당황스러웠으나 1년 만에 보는데도 윤희는 매일 보는 사람을 보는 듯 친숙하게 나왔다.

"맞네. 바람 쐬러 나갔다고 해서 여기저기 한참 찾았어요. 수연 씨 사는 곳에 먼저 갔었거든요."

수연은 왜냐고 묻지 않았다. 대신 인사했다.

"안녕하셨어요?"

"네. 수연 씨도 잘 있었어요? 제가 왜 왔는지 궁금하시죠?"

"아니오. 이번엔 윤희 씨인가 생각했어요."

"반갑지 않다는 말 같은데, 그런 거예요?"

"반가워요."

윤희는 수연에게 상냥하게 잘 대해주었다. 윤희가 저만치 물러난 고양이 가족을 바라보았다.

"수연 씨가 기르는 고양이예요?"

"아니에요. 길냥이예요."

"오, 길냥이는 길들이기 힘들다고 들었는데 그걸 길들였네요. 대단하시네요. 하긴, 강인환을 길들인 사람이니 이런 길냥이쯤이야, 뭐. 안 그래요?"

"무슨 말이에요?"

"안 가르쳐 줄래요."

윤희가 방긋 웃었다.

"전 입이 무거워서 말이죠. 강인환이 수연 씨 죽은 줄 알고 지낸 1년 동안 죽는 것보다 더 괴로워했다는 것 안 가르쳐 줄 거예요. 수연 씨 어머님 죽음을 인환이 아닌 이도경 씨가 사주했다는 것도 안 가르쳐 줄 거고요, 지금 인환이가 한국을 떠나려고 하는 것도 안 가르쳐 줄 거예요."

"그가 한국을 떠나요?"

"유럽지사로 자원해 곧 출국한다는 것 안 가르쳐 준다니까요. 그것이 수연 씨를 편안하게 해주는 길이라는 바보 같은 생각 끝에 내린 결론이라는 것도 안 가르쳐 줄 거예요."

수연이 홱 몸을 돌리자 윤희가 수연의 등에다 말했다.

"지금 집에 없다는 것도 안 가르쳐 줄 거예요."

"지금 어딨어요, 그 사람?"

"안 가르쳐 줄 거예요."

"윤희 씨."

"강인환이 떠난다는 말에 사색이 될 정도로 마음에 담아놓고 도대체 왜 그렇게 밀어냈어요?"

인환이 힘들어하는 것에 윤희는 조금 화가 나 있었다. 또한 선양의 후계자인 인환이 모든 것을 팽개치고 유럽지사로 나간다는 말에 선양의 주가가 급락해서 화가 났다. 남 보기엔 얼마 안 되지만 윤희는 선양의 주식을 조금 갖고 있었다. 그게 인환이 때문에 1주일에 7백만 원이 넘게 손해를 보았는데 쉽게 가르쳐 줄 줄 알고?

"윤희 씨."

"네."

"수영할 줄 아세요?"

"네."

"그럼 물을 무서워하진 않겠네요."

"뭐……."

"전 못해요. 그래서 물이 깊으면 빠져 죽을 것 같은 공포를 가져요."

음……. 한 번 더 물어오면 인환이 있는 곳을 순순히 가르쳐 줘야겠다. 회장님의 특명도 특명이지만 주식이 올라야 내 돈을 건지지.

"나 지금 인환이 있는 곳으로 간다는 것 절대 안 가르쳐 줄 거예요. 내 차 저기 있다는 것도."

수연이 피식 웃음을 터트렸다.

"지금 갈 거라는 것도 안 가르쳐 주실 거죠?"

"수연 씨 대단하네. 안 가르쳐 줬는데 그런 걸 어떻게 다 알아요?"

해가 지기 시작했다. 호수 위에 내리는 어스름이 점점 짙어져 갔다.

가야지. 그만 들어가야지.

하지만 인환의 몸은 쉬이 움직여지지 않았다.

가서 뭘 할 건데?

부질없었다. 낚시찌만 노려보고 있는데 갑자기 자박자박 발걸음 소리가 다가왔다. 발걸음 소리는 그의 바로 옆에서 멎었으나 인환은 신경 쓰지 않았다. 그저 멍하니 어두워져 가는 물 위만 바라보고 있었다.

수연은 인환을 내려다보며 그가 고개 들길 기다렸다.

엄마, 나는 말이지. 타협해 버렸어. 윤희 씨의 말을 듣고 이 사람을 내 안에 받아주기로 했어. 엄마를 해치려 한 것은 용서 못하지만 그래도 다행히 엄마를 해친 주범이 이 사람이 아니래. 그 말을 듣고 나 울어버렸어. 나 이제 아파하는 것 끝낼래. 미워하는 것 이제 그만둘래. 난 알아. 할머니 말씀대로 엄마는 내가 이러는 것을 바랄 거라는걸. 아파하는 것보단 내가 행복해지는 것을 원한다는걸. 수연은 앞만 바라보는 그를 내려다보며 속삭였다.

"오빠도 엄마 기다려요?"

수연의 말속에 아주 조금이지만 울음이 섞여 나왔다. 엄마 생각과 그동안 슬펐던 여러 가지 일들이 생각나 버렸던 것이다.

생각지 못한 목소리에 놀라서 바라보는 인환의 눈이 아주 커다래졌다. 꿈인가? 인환은 자신의 눈을 믿지 못하면서 잠시 생각했다. 꿈이야? 인환의 목소리가 조금 떨려 나왔다.

"아니. 나는 너를 기다려."

수연은 쪼그리고 앉아 한참 동안 어둠이 내려앉고 있는 물 위를 바라다보았고, 인환은 그런 수연을 바라보았다.

"우리 나중에……."

우리 둘 다 죽어서.

"엄마에게……."

죽어 하늘에서 엄마를 만날 수 있다면.

"꼭 사죄드려요."

"응."

인환이 대답했다. 아주 크고 강하게 다시 한 번.

"응!"

이유 없이 자꾸만 눈물이 나오려고 해서 수연은 계속 눈을 깜박거렸다. 수연은 눈물을 흘리는 대신 질문을 했다.

"유럽지사로 자원했다는 것이 사실이에요?"

"……응."

"왜요?"

그리움으로 자신이 죽는다 해도 수연이 편안해지면 그것으로 됐다고 생각했기에 이 땅에서 사라져 주기 위해 유럽지사로 발령을 자청했던 인환이었다.

"당신이라도 편안해지라고."

"당신이란 말, 참 듣고 싶었어요."

그 말을 너무나 듣고 싶어서 인환을 향해 수연은 당신이란 말을 속으로 하고 또 했었다.

"알고 있었어."

"알고 있었어요?"

"응. 당신에 대한 모든 것을 다…… 알고 있어."

왜 이렇게 말이 감미로울까? 듣고만 있어도 행복해진다. 정말이에요? 계속 다짐하고 확인하고 싶었으나 수연은 대신 다른 말을 중얼거렸다.

"추워요."

해를 빼앗긴 호수의 바람은 정말 춥고 매웠다. 일어선 인환이 수연을 보며 조심스럽게 손을 내밀었다. 수연은 그 손을 잡았다. 따뜻한 손의 온기에 마음이 뭉클 움직였다. 어두운 길에 비틀거리지 않게 인환이 조심스럽게 수연을 이끌고 걸었다. 물가를 벗어나 약간 비탈진 길을 올라갔다. 인환이 불이 꺼져 있는 예쁜 집 안으로 수연을 데리고 들어갔다.

달칵.

불이 켜진 순간 벽의 한 면이 모두 프랑스 식 창문으로 구성된 집이 환한 빛으로 가득 찼다. 창 너머로 호수는 가로등과 카페에서 비추는 불빛들을 잘게 부서진 보석의 파편처럼 빛내며 있었다.

"자."

넓은 거실 한쪽에 위치한 홈바에서 인환이 차를 타가지고 나왔다. 얼떨결에 받아 든 뒤에야 수연은 향긋한 캐모마일의 향을 맡았다. 인환은 커피 마니아였다. 그래서 당연히 커피일 줄 알았다. 그녀의 표정을 읽은 인환이 희미하게 웃었다.

"커피, 안 좋아하잖아."

"어떻게 알았어요?"

인환을 위해 커피를 내렸지만 사실 수연은 커피보다 차가 좋았다. 바리스타라는 직업상 커피를 마시면서 차에 대한 기호를 없애고 있었지만 커피보다는 차가 좋았다.

"당신에 대한 모든 것을 다…… 알고 있다니까."

언제나 그녀를 곁눈질하면서 정말 수도 없이 많은 것을 알아가던 3년이었다. 수연은 원하는 것이나 좋아하는 것이 모두 다 평범하고 작은 것들이었다. 눈 뜰 때 마주치면 짓는 미소, 아침 시중을 드는 그녀에게 다녀올게라고 해주는 인사 등, 너무도 쉬운 것들을 수연은 원했다.

"초록색을 좋아하고 스커트를 선호하고 꽃향기보다는 과일 향이 나는 샴푸를 쓰고 햇빛 들어오는 창가 바닥에 웅크리고 앉는 걸 좋아하잖아."

정말로 수연은 소파보다는 바닥에 앉는 것을 좋아했다. 두 무릎을 양팔로 끌어안고 되도록 몸을 작게 만들면 마음이 편안해졌다. 수연은 한 모금 차를 마시고 바닥으로 내려앉았다.

"앞으로 잘하는 것만 하지 말고 좋아하는 것만 하면서 살아, 영원히."

그렇게 살게 해주겠다는 말로 들려왔고 그 말이 이상하게도 수연의 눈물샘을 건드려 버렸다. 핑그르르 고인 눈물을 흘리지 않기 위해 수연은 이를 악물어야 했다.

"어깨 빌려줄래요?"

대답을 기다리지 않고 인환의 어깨에 몸을 기댔다. 인환이 알고 있는지는 모르겠지만 사실 수연은 기대는 것을 무척 좋아했지만 한 번도 이렇게 그의 어깨에 기대본 적은 없었다. 인환의 팔이 조심스럽게 그녀의 어깨를 감싸 안았다.

쿵쿵쿵 인환의 심장 뛰는 소리를 들으며 수연은 눈을 감았다. 아늑하고 따뜻한 품속이 너무도 포근했다. 감은 눈이 떠지지 않아 수연은 그대로 깊이 잠들어 버렸다.

다음날 아침 눈부신 햇살 속에서 눈을 뜬 수연은 자신을 내려다보고 있는 인환의 얼굴에 잠시 멍해졌다. 수연을 부둥켜안고 밤을 샌 것일까? 두꺼운 이불로 감싼 자신을 부둥켜안은 인환의 눈엔 그녀와 달리 잠기운이 한 조각도 없었다.

"잘 잤어?"

좋아하는 것만 하면서 살라고 했지? 수연은 빙그레 웃으며 인환의 턱에 살짝 입술을 누르며 한 번도 해보지 못한 모닝키스를 했다.

"응. 당신은요?"

"아, 아!"

잠든 수연의 얼굴을 바라보면서 인환은 한숨도 자지 못했다. 잘

수 있을 리가 없지 않은가. 혹시라도 잠들면 모든 것이 사라져 버릴까 봐 겁이 나서 한순간도 자지 못했다. 지금도 꿈을 꾸는 건가 싶어 겁이 나고 있었다. 하지만 이 온기는 절대 꿈이라면 느낄 수 없는 거겠지.

"알려줄 것이 두 가지가 있는데 무엇부터 말해줄까?"

"나쁘지 않은 것부터요."

"당신 코 골아."

설마? 수연의 눈이 휘둥그레졌다. 자는 모습을 본인은 모른다지만 자신이 코를 곤다는 것은 생각도 못해본 일이었다.

"정말이요?"

"가랑가랑 아주 가늘게. 그래서 예뻐."

무슨 그런 말을. 수연의 얼굴이 새빨개졌다. 말도 안 돼, 코를 고는데 그것이 예쁘다니, 그건 정말 말도 안 돼.

"다른 건 뭐예요?"

창피함 때문에 수연의 목소리가 약간은 퉁명스러워졌다.

"회장님께서 당장 올라오라고 하셨어. 빨리 안 오면 내려오신대."

아, 맞다. 할머니. 수연은 벌떡 일어섰다.

"저기 욕실이죠?"

"응."

수연은 욕실로 들어가 부지런히 씻기 시작했다. 언제부턴가 그녀 주위에 경호하는 사람이 붙어 있는 것을 수연도 깨닫고 있었다. 그 사람들이 어제 인환과 그녀가 한집에서 같이 잤다고 보고 했을 것이다.

정말 잠만 잤는데. 하지만 할머니가 그 말을 믿으실까? 마음이란 것이 주인의 생각과 상관없이 스스로 움직이나 보다. 어느새 그녀는 어른에게 책잡혀서 꾸중을 들을까 두려운 마음을 가진 손녀가 되어 있었다.

수연은 수건으로 머리를 두르고 욕실에서 나왔다.

"인환 씨도 씻으세요."

수연이 창가로 가 앉아 수건을 풀어 내렸다. 폭포처럼 머리카락이 바닥으로 떨어져 내렸다. 수연은 젖은 머리를 수건으로 감싸서 툭툭 두드리기 시작했다. 드라이어의 뜨거운 바람을 싫어하는 터라 머리를 감고 나면 말리는 것도 일이었다.

"아무래도 좀 잘라야겠네."

"이런 매혹을 자르는 것, 나는 반대야."

응? 욕실로 들어가던 인환이 다가와 젖은 머리카락을 한 줌 집어 올려 경배를 하듯 지그시 입술을 눌렀다. 보글보글 마음속에서 뭔가가 끓기 시작했다. 느낌이 전달되지 않는 것이 정상임에도 불구하고 머리카락에 닿았던 입술의 감각은 아주 빠르고 강하게 수연의 온몸으로 치닫기 시작했다. 심장의 박동이 빨라지고 숨이 가빠지기 시작했다.

"비단 같아."

인환은 수연의 손에 든 수건을 가져갔다. 뭐라 할 새 없이 수건으로 그녀가 한 것처럼 머리카락의 물기를 제거하기 시작했다.

"물결 같아. 숨 막히게 아름다워."

비단과 물결 같다는 말도 수연을 아주 감미롭게 했다. 그리고 머리카락을 만지는 손의 느낌은 그 말보다 훨씬 감미로웠다. 어째서 머리카락을 만지는데 발끝이 저릿저릿할까? 긴 인환의 손가락이 빗처럼 그녀의 머리를 천천히 훑어 내린 순간 익숙해 있던 감각이 갑자기 기지개를 켜기 시작했다. 그동안 잊고 있던 감각이 온몸의 솜털을 모조리 곤두세웠지만 수연은 서두르고 싶지 않았다.

나른한 음성으로 수연이 중얼거렸다.

"서두르세요. 할머니를 기다리게 할 수는 없으니까."

"응."

인환은 대답을 하고도 쉽게 손을 거두지 않았다. 여전히 손가락으로 그녀의 머리카락을 빗겨 내렸다. 천천히 머리카락을 훑어 내리면서 인환이 말했다.

"사랑해."

"내가 더 많이 해요."

아니! 시작도 그가 먼저였고 사랑도 그가 더 많이 했다. 등 뒤에서 그녀를 두 팔로 끌어안은 인환이 젖은 수연의 머리카락에 얼굴을 묻었다.

"⋯⋯내가 더 많이 해⋯⋯."

수연은 잠시 눈을 감았다. 아무것도 생각지 않고 지금은 이 순간만 생각해야지.

"그래서 행복하다고 내가 말했어요?"

"아니."

"눈물이 날 정도로 행복해요."

"고마워……."

등에 닿은 인환의 심장이 쿵쿵 울리는 것을 느끼며 수연은 자신을 끌어안은 인환의 팔에 가만히 뺨을 기댔다.

"나도 고마워요."

집 안 가득한 햇살보다 더 눈부신 미소가 인환의 얼굴에서 빛나고 있었다.

　　오늘의 데이트는 작은 소극장이 운집한 동숭로로 정했다. 아직은 꽃샘추위로 쌀쌀하지만 이제 봄이 오기 시작하는 동숭로 거리엔 많은 사람들로 넘쳐 나고 있었다. 오늘 두 사람의 데이트 코스는 동숭로 탐방이었다. 연인들이 하는 모든 것을 이제라도 해보자며, 두 사람은 연애를 시작했다. 그래서 요즘 수연은 인환이 해주는 이벤트와 주말마다 하는 데이트로 행복했다.

　　"이것 봐. 너무 예뻐요."

　　노점상의 좌판에서 귀걸이를 집어 든 수연이 인환의 눈앞에다 달랑달랑 흔들어 보였다. 갖고 싶어요. 눈으로 말하고 사달라고 조르기 시작했다.

“조잡해.”

“아니야, 예뻐요. 사장님, 이거 실버예요?”

“예, 그렇습니다.”

“보석은 터키석?”

“맞습니다. 원석입니다.”

노점상의 주인이 열을 올리면서 귀걸이에 대한 설명을 하자 수연이 고개를 끄덕거렸다.

“이거 은이고 원석이래요.”

“그런 것보다 차라리…….”

“이게 예뻐요.”

바보 같긴. 차라리 티파니 매장에 가서 여기서부터 저기까지 이거 다 사줘요, 라고 두 팔을 벌린다 해도 그 모든 것을 다 사줄 텐데 왜 겨우 이런 것을 사달라고 하는 것인지, 정말 수연인 계산을 할 줄 모르는 바보다.

“이것도 예쁘네. 이것도 사줘요.”

응? 사람들에게 전단지를 건네던 유찬이 목소리가 나는 쪽으로 고개를 돌렸다.

맞구나.

너무 밝아서 수연의 목소리가 아닐지 모른다는 생각은 보기 좋게 틀려 버렸다. 수연과 인환이 손을 잡고 길거리의 좌판을 들여다보고 있었다. 두 사람은 커플룩을 입고 있었다. 캐릭터가 그려진 면 티에 청바지를 입고 똑같은 운동화를 신고 있었다.

유찬은 피식 웃었다. 촌스럽게 무슨 커플룩이람.

하지만 그래선지 두 사람은 귀엽고 편해 보였다. 수많은 커플들 중의 하나로 이 거리에 녹아 있었다. 평범하게 데이트를 하는 사람들처럼 보였으나 유찬은 두 사람의 뒤를 보디가드들이 멀찍이 서 따르고 있는 것을 알 수 있었다. 그의 어머니가 수연에게 행패를 부린 뒤부터 이제 수연은 철저하게 보호받고 있는 듯했다.

다행이다. 행복해 보인다. 두 사람의 모습을 보며 유찬은 저도 모르게 미소를 지었다. 하지만 그의 웃음은 이내 스러져 버렸다.

어머니.

지금 정신병원에 있는 도경을 생각하자 한숨이 절로 나왔다.

그냥 사과하고 죗값을 치르면 될 것을.

하지만 어머닌 그러는 대신 다른 길을 택했다. 미친 것처럼 정신병원에 입원해 버린 것이다. 본래 조울증과 함께 가벼운 분열증이 있긴 했지만 심각하거나 생활에 지장을 줄 정도는 아니었는데 어머닌 일상생활이 어렵다는 진단을 받아내고 그 길로 정신병원에 입원해 버렸다.

내가 미쳤다는데 어쩔 것이야?

사과도 하지 않고 죗값도 치르지 않겠다는 선택이었다. 세상이 만만치 않다는 것을 어머니는 정말 몰랐을까? 정신병원에 입원함으로써 모든 것을 피할 수 있다고 생각했던 것일까? 김 회장과 인환의 분노는 결코 드러나지 않았지만 확실했다. 집안은 완전 풍비

박산이 났다. 김 회장은 자신이 준 모든 것을 전부 회수해 갔다. 도경의 이름으로 된 부동산은 모두 압류되었다. 한 걸음 더 나아가 권고사직을 당한 아버지의 재산에도 어머니의 빚을 이유로 가압류가 붙어버렸다. 결국 아버지는 어머니가 정신병원에 입원함과 동시에 이혼 신청을 해야 했다. 그리고 그 후…… 어머니는 분노로 인해 심각할 정도로 정신분열증의 증세가 심해져 버렸다. 다시는 나오지 못할 정도로 병이 깊어진 것이다.

"뭘 그렇게 봐?"

유찬처럼 이제 막 극단에 입문해서 팸플릿을 돌리던 동료가 말을 걸어왔다. 유찬은 턱짓을 했다.

"저 연인들."

"오호, 커플룩. 신혼부부인가?"

"아니."

서로에게 푹 빠져 보이는 두 사람을 보면서 유찬은 빙그레 웃었다.

"연인들이야."

가장 슬펐던, 그래서 이제 가장 행복해질…….

"장유찬, 감독님이 찾으신다. 들어와 봐."

선배가 부르는 소리에 유찬보다 수연과 인환이 먼저 고개를 돌렸다. 세 사람의 시선이 길을 사이에 두고 마주쳤다.

"아!"

반가운 미소가 수연의 입가에 퍼져 갔다. 수연이 손을 흔들고 다가오려 했으나 유찬은 두 사람을 향해 손 키스를 보내고 몸을 돌렸다.

사실은 수연을 처음 보고 마음에 담았더랬다. 작은 연정이 유찬의 가슴에 쓸쓸한 보랏빛으로 살짝 깃들었었다. 그래서 어머니가 흥분해 그 노인네가 널 수연이 짝으로 생각한다고 집에 와 펄펄 뛰었을 때 왜 어머니가 이렇게 펄펄 뛰나 의아해하면서도 어쩌면 수연과 결혼할 수도 있다는 사실에 은근히 기뻐했었다.

"부르셨습니까?"

"장유찬, 박찬호 영화감독 알지? 저번에 인사했지? 먼저 끝난 연극 쫑파티 때. 그때 너를 보고 이번 영화에 출연시키고 싶다고 생각했대."

"감사합니다."

유찬이 새로운 세상을 향해 막 걸음을 내딛을 때 수연과 인환은 여전히 손을 잡은 채 유찬이 들어간 소극장을 바라보고 있었다.

"건강해 보이네요, 다행히."

"응."

"……유찬 오빠도 미워하세요?"

"아니."

"저도 그래요. 우리 가끔 만나러 와요."

"응."

수연이 유찬에게 아무런 악감정을 가지고 있지 않다는 것에 인환은 안심을 했다. 도경은 밉지만 사실 유찬에겐 아무런 감정도 없었다. 유찬은 어린 시절부터 그를 잘 따랐다. 도경이 만류했지만 인환에게 늘 형이라고 부르며 형 대접을 했다. 부모의 죄를 자식이 받는 것은 공평치 못한데 도경의 집안이 망가진 탓에 유찬만 괴롭게 됐다. 그래서 인환은 박찬호 감독에게 은밀히 줄을 댔다. 그 줄을 잡고 올라갈지 떨어질지는 이제 유찬이 하기 나름이었다.

"어머, 저것 좀 봐. 웨딩카예요."

온통 아이보리 빛 장미로 차를 장식한 웨딩카를 보고 수연이 감탄의 소리를 냈다.

"사월에 탈까?"

잠시 동안 수연이 눈을 깜박거렸다.

"혹시 그거 청혼이에요?"

"응."

아직은 차지만 봄을 담은 바람이 두 사람을 감쌌다. 웨딩카를 바라보며 수연이 고개를 끄덕였다. 미소가 눈에 흘러넘쳤다.

"응!"

END…

처음의 제목은 "앤의 비가"였습니다마는…….

겨울의 연인이 더 제목과 어울린다는 말에 제목을 바꿨습니다.

케이윌의 "이러지마 제발"과 팝핀 현준과 그의 부인이 부른 "날이

갈수록"의 뮤직비디오를 보면서 써 내려간 글입니다.

제게는 참 힘들었던 글…… 끝을 내서 뿌듯한 글을 이제 마칩니다.

저는 정말 남자의 이런 사랑을 한 번쯤 받아보고 싶습니다.

모두 행복하십시오.

뱀의 해

지니 올림.